I0689665

MI VIKINGO

MI VIKINGO

DAVINIA PALACIOS

Primera edición: febrero 2018

© Derechos de edición reservados.
Letrame Editorial.
www.Letrame.com
info@Letrame.com

Colección: Novela

© Davinia Palacios

Edición: Letrame Editorial.
Maquetación: Juan Muñoz Céspedes.
Diseño de portada: Antonio F. López.

ISBN: 978-84-17396-27-5

DEPÓSITO LEGAL: AL 241-2018

Ninguna parte de esta publicación, incluido el diseño de cubierta, puede ser reproducida, almacenada o transmitida de manera alguna ni por ningún medio, ya sea electrónico, químico, mecánico, óptico, de grabación, en Internet o de fotocopia, sin permiso previo del editor o del autor.

Letrame Editorial no tiene por qué estar de acuerdo con las opiniones del autor o con el texto de la publicación, recordando siempre que la obra que tiene en sus manos puede ser una novela de ficción o un ensayo en el que el autor haga valoraciones personales y subjetivas.

«Cualquier forma de reproducción, distribución, comunicación pública o transformación de esta obra sólo puede ser realizada con la autorización de sus titulares, salvo excepción prevista por la ley. Diríjase a CEDRO (Centro Español de Derechos Reprográficos) si necesita fotocopiar o escanear algún fragmento de esta obra (www.conlicencia.com; 91 702 19 70 / 93 272 04 47)».

Este libro colabora con: Save the Children

IMPRESO EN ESPAÑA – UNIÓN EUROPEA

A Vero.
Sigue sonriendo allí donde estés.

Esta historia sale de la imaginación de la autora, siendo casualidad cualquier coincidencia con la realidad.

Todos los personajes son inventados y, aunque se ha buscado información y se han introducido algunas de sus costumbres, no pretende ser una novela de historia real sobre la vida de los vikingos.

Prólogo

Dicen que la curiosidad mató al gato.

En mi caso, la curiosidad me llevó al siglo XIII.

A una tierra lejana, a un tiempo lejano, modificando la línea plana del electrocardiograma de mi vida.

Cuando algo tan poderoso que no acabas de entender te cambia cuerpo y mente, no te queda más remedio que acostumbrarte a ello y dejarte llevar por el río de la vida.

A veces será doloroso, otras placentero, pero cada uno tiene que librar sus propias batallas para conseguir lo que realmente quiere.

1

—Blanca, diez fotocopias de las treinta primeras páginas, por favor.

—Y diez más de las marcadas con los post-it… —se escuchó detrás de la potente voz del profesor de física.

Levanté la cabeza para echarle una ojeada a su culo en movimiento mientras desaparecía de mi vista por el pasillo del campus. En el momento en que casi babeo, se giró y me pilló mirándolo descaradamente.

—Y, por favor, ¿te importaría traerlas al aula cuando las tengas listas? —enarcó una de sus negras y acusadoras cejas en mi dirección y yo asentí sosteniendo la documentación de Laura, doctora en genética.

—Está buenísimo pero hay que ver lo gilipollas que es cuando se lo propone.

Laura había salido con él un par de veces pero cuando descubrió algo turbio, algo que no quiso contarme jamás, dejó de verlo como un objetivo asequible y pasó a estar en la bandeja de *No deseados*. Yo simplemente me limitaba a admirar su precioso trasero atrapado en esos pantalones chinos que le quedaban de miedo. Por más gilipollas que fuera, en el culo no se le notaba. En algo tenía que fijarme para levantar la vista de las cientos y cientos de fotocopias que hacía al día.

Trabajaba en la facultad de ciencias, haciendo fotocopias en el turno de tarde. Tarde es lo que se me hacía cada día antes de llegar a casa. No había día en el que mi novio no me dejara tirada y pasara de venir a buscarme con alguna absurda excusa. Siempre pinchaba una rueda o se encontraba con un amigo de la infancia, o se acordaba de que no teníamos nada para cenar a última hora y se iba al súper cinco minutos antes de que cerraran.

Estaba bastante harta de aguantarlo y tenía muy claro que le iba a dar la patada, y ese día no estaba muy lejos. Llevábamos cinco meses saliendo, y de la noche a la mañana pasó de venir a dormir una noche en semana a traer sus cuatro trapos y su gato *Rulo* a mi casa y no salir de allí ni con agua caliente. Agua que poco utilizaba y si hay algo que no soporto en un hombre es que no se duche. Se lo había dicho por activa y por pasiva pero, oye, él no se enteraba.

No tuve nunca el valor para decirle que no debíamos vivir juntos, por lo menos, todavía. Aunque eso pasara así, me ayudó a tener claro que no era el adecuado. Mi poco carácter me impedía ser más clara con él.

—Aquí tienes las copias, Laura.

—¡Gracias, cielo! Alegra esa cara, hoy es viernes trece, ¿qué puede salir mal?—preguntó con ironía.

—¡Ja! Cualquier cosa, desde que Javi no venga a buscarme, como casi cada noche, o que el bus pase antes de que yo llegue a la parada, o que me atraquen… otra vez. Vete a saber. Lo único bueno es que empiezo vacaciones… todo un mes de desconexión.

—Seguro que alguno de los chicos se ofrece a llevarte. Y en lo que a Javi se refiere, envíalo ya a paseo, que te está absorbiendo la vitalidad que tienes. Eres muy joven para estar sufriendo por alguien que no te merece.

—Eso mismo me digo yo cada mañana cuando despierto y lo veo tirado en el sofá, dormido a medio vestir y apestando a tabaco. ¡Cuando yo no fumo! Es que no lo soporto más —El cabreo se apoderó de mí, mis pensamientos y sentimientos más profundos salieron en ese momento de mi boca, desahogándome con Laura que, aunque no era mi mejor amiga, entendía mucho de estos temas. También era psicóloga, aunque no ejercía oficialmente, era la que nos mantenía a flote a gran parte del personal de la facultad.

—Pues no lo prolongues más, aprovecha el momento y vive, el tiempo no se recupera. Eres joven, bonita e inteligente como para estar atada a un gusano como ese. Si lo mandas a paseo esta noche, tendrás las vacaciones para divertirte con tus amigas.

—Amigas que no veo desde que empecé a salir con el tonto este. Me ha apartado de todo el mundo.

Ella se marchó a su despacho y me dejó muchas cosas en las que pensar, cada minuto que pasaba lo tenía más claro. Yo pagaba el alquiler del piso, yo pagaba la compra, yo le subvencionaba el tabaco, ropas, salidas… ¡joder! Hasta los preservativos los pagaba yo.

Tenía que ponerme en contacto con las chicas, sobre todo con África, sé que le hice daño la última vez que hablamos. Ellas viven en otra ciudad, yo me mudé a la capital hace un año, necesitaba trabajo y solo lo encontré aquí. Y lo único bueno que he encontrado en esta ciudad ha sido el trabajo, no tengo un gran sueldo pero, entre eso y mis pequeños ahorros, voy tirando.

Entre encargos y encargos fue pasando la tarde. En mi rato de descanso, mientras me comía un dónut de chocolate y un café con leche, decidí que aquella noche sería la última que él pasaría en mi casa, que se fuera con su madre. Ella lo quería mucho y siempre se quejaba de lo rara que yo era…¿Rara? Rara, ¿yo? ¡La madre que la parió! Si es que eran tal para cual madre e hijo. Con veintiséis años nunca había tenido nada tan claro como ahora. No podía seguir con Javi. Si se lo tomaban muy mal siempre podía echarle la culpa al temido viernes trece.

El teléfono de mi despacho sonó y nada más descolgar se escucharon los gritos de cabreo de *culo bueno*.

—Son las diez de la noche y todavía no tengo aquí las malditas fotocopias. ¿Las piensas traer hoy o ya las dejas para el lunes? —Me dieron ganas de contestarle que mejor lo segundo, pero decidí ser buena chica y contestarle algo que le gustara escuchar.

—Lo siento, se me ha complicado la tarde y me he olvidado por completo. Ahora mismo te las llevo.

—Entra en el laboratorio principal y déjalas sobre la mesa, nosotros estamos en el anexo privado.

¡Imbécil! Normalmente no era muy simpático pero nunca llegaba a ser maleducado, hoy su tono de voz indicaba que le había pasado algo porque el cabreo que tenía era grande. ¿Algún invento que no le acababa de funcionar?

Sabía que estaban liados con algo grande. Todos hablaban de lo mismo aunque nadie sabía nada a claras. Recibían buenas subvenciones, era uno de los mejores físicos y sabía como hacer su trabajo.

Recogí mi bolso, la chaqueta y las fotocopias del profesor *cabreos*. Salí y cerré la puerta con mi llave y me puse los cascos del iPhone mientras buscaba algo de música para relajarme. La potente voz de Sia y su *Cheap Thrills* me acompañaron parte del camino. Diez minutos más tarde llegué al laboratorio, estaba todo a oscuras, no había nadie. Miré a mi alrededor la gran habitación, todas aquellas anotaciones en las pizarras, las pilas de archivos en carpetas sobre las mesas. Mientas tarareaba el punteo de *Orion*, vi una luz potente salir por debajo de la puerta que daba al anexo del laboratorio y algo me hizo ir hasta allí.

Algo llamado curiosidad.

Abrí la puerta y en pocos segundos, o menos, mi cuerpo se paralizó y fue como si todo quedara en pausa. Delante de mí, un gran haz de luz azulado salía de un pequeño cañón con una especie de embudo inverso. Detrás del aparato, resguardados tras un gran cristal de seguridad, el profesor y tres de sus colegas o alumnos, no pude identificarlos. Me miraron con los ojos a punto de salírseles de las órbitas y chillaban algo que no escuché mientras lentamente sus manos llegaban a sus cabezas y tiraban de sus propias cabelleras.

Miré a mi alrededor, buscando el motivo de sus caras descompuestas y al bajar la mirada vi, debajo de mis pies, una especie de alfombra cuadriculada, de la cual se elevaba una pared de luz, encerrándome en ese metro cuadrado.

A mis pies, sobre la misma alfombra en la que estaba yo, un arma extraña, un hacha de doble hoja. Parecía antigua.

Eso fue lo último que vi antes de sentir el mayor pánico de mi vida. Todo ocurrió en segundos, como he dicho anteriormente, pero fue lo más intenso.

Algo se apoderó de mi cuerpo y entré en un tornado de velocidad, aire, luces y ruido.

Un zumbido horroroso y escalofriante me atormentaba y paralizaba, mientras mi cuerpo giraba y giraba sin cesar.

Hasta que caí.

No sé cuánto rato pasó hasta que por fin me atreví a abrir los ojos.

Con asombro pude comprobar que estaba sobre una hierba verde y espesa, desnuda completamente y en un lugar que no conocía de nada. Lo único conocido para mí en ese paraje era el hacha que acababa de ver en el anexo del laboratorio.

Con el cuerpo congelado y dolorido, casi sin fuerza, me levanté y empecé a sospechar que ya no estaba en mi ciudad.

Al levantarme, la sensación de mareo se hizo menos acusada, di una vuelta de trescientos sesenta grados observando lo que me rodeaba.

Y algo en mi mente cambió.

—¡Joder! ¡Joder! ¡¡¡¡Joder!!!! ¿Dónde cojones la hemos enviado?

—¡¡Hostias!! Se supone que ha ido al mismo sitio al que pertenece el hacha, quiero decir, que las dos están en el mismo lugar.

—¡Querrás decir en el mismo tiempo! Dios mío, ¿lo hemos conseguido? ¿la máquina del tiempo funciona?

—Todavía no podemos confirmarlo… pero claramente ha desaparecido delante de nuestras narices, ella junto con el hacha. Y mucho me temo que si realmente ha funcionado esté un milenio atrás.

—¿¿Un milenio?? ¿¿La has enviado al siglo X?

—Carlos, no te pongas así, sabías que el hacha era de esa época, quise enviarla de vuelta y resulta que no se ha ido sola.

—Y ahora, ¿qué vamos a explicar? Esta chica tendrá familia, amigos que denunciarán su desaparición. Las cámaras tendrán grabado su paso por los pasillos hasta llegar a nuestro laboratorio.

—Nuestro laboratorio sí, pero ella después traspasó una puerta en la que se puede leer claramente «SOLO PERSONAL AUTORIZADO» y ella era la chica de las fotocopias, no debía entrar aquí.

—¡David, no digas gilipolleces! Sí, no debía entrar pero entró y no ha podido escoger peor momento para hacerlo.

—¿Y qué propones que hagamos?

—Tenemos que traerla de vuelta. No sé cómo, pero tenemos que traerla.

—No hemos llegado a esa fase todavía, ni siquiera podemos afirmar que haya llegado a algún lugar o que siga viva siquiera.

—Tenemos que hacer lo imposible por recuperarla. Si esto saliera a la luz, nos retirarían todas las ayudas, las subvenciones y entonces olvídate de seguir haciendo pruebas para traerla de vuelta. No podemos decir nada al respecto. Esto quedará entre nosotros tres, no sabemos nada de ella. ¿Estáis de acuerdo? —En mis adentros deseaba que contestaran que sí, aunque ni yo mismo lo tenía claro.

Pasaron unos cuantos segundos antes de que respondieran los dos al unísono.

—Está bien, Carlos, sabemos que conseguirás traerla de vuelta. Trabajaremos contigo las horas que hagan falta hasta dar con la forma de hacerlo.

—Deberíamos empezar por localizar otro utensilio, artilugio de la misma época. Aún así será difícil por no decir imposible asegurar que daremos con ella. Y en tal caso, habrá que decidir quién se arriesgará a atravesar el tiempo para ir en su busca. Y justificar su ausencia, sé que hoy empezaba un mes de vacaciones. ¿Y si hacemos llegar a dirección una carta donde solicite una excedencia?, ¿o una en la que dimita?

—Pero no podemos hacerle eso a la chavala, perderá su trabajo —dijo David.

—¿No te das cuenta de que si no logramos traerla de vuelta, lo habrá perdido todo igualmente? Es mejor dar a entender que ella misma se ha marchado. Si logramos traerla de vuelta, ya veremos cómo lo montamos. Lo que no puede pasar de ninguna manera es que esto llegue a oídos del ejército.

2

Hacía frío. Mucho frío. Las hojas todavía cubrían los árboles pero ya empezaban a cambiar de color y a caer. La niebla que entre ellos había me daba bastante miedo, era todo muy tétrico y oscuro, misterioso.

¿¿Dónde leches estaba?? ¿¿Qué había sido eso tan horrible que acababa de experimentar mi cuerpo y mi mente??

Y ¿qué había pasado con mi ropa?

Decidí levantarme y buscar ayuda. Apenas se veía el sol por las espesas nubes y temía que se hiciera de noche sin tener un lugar dónde cobijarme. Pero, ¿cómo iba a ir por ahí desnuda completamente?

Empecé a caminar hacia los árboles, había una especie de sendero que los bordeaba. Tenía claro que estaba en una montaña, aunque no en la más alta, podía ver la cima muy lejos de mí hacia mi derecha. La goma del pelo también había desaparecido y ahora mi larga melena rubia caía suelta y enredada sobre mis hombros y mi espalda. Hace semanas que tenía que ir a cortarme el pelo, esto me pasa por dejarme tanto.

Mientras caminaba, me fijaba en los detalles del paisaje para intentar recordar por dónde estaba pasando en caso de que tuviera que volver. Cogí el hacha con una habilidad que me sorprendió a mí misma y cada dos árboles hacía una pequeña marca en la corteza de uno de ellos. Asombrosamente no me corté y clavé su afilado filo a la primera. Me sentía fuerte, a pesar de todo. Mis pies notaban todas las piedras, hojas y pequeños guijarros que pisaban y ya tenía algunos cortes en las plantas de los pies.

Después de varias horas caminando, escuché el murmullo de un río. Supuse que cerca debía de haber alguna casa, desde que había aparecido en este extraño lugar no me había encontrado con nadie y mi mente no soportaba la idea de que pudiera estar yo sola en este rincón extraño del mundo. ¡¡Joder!! Si tuviera mi iPhone, podría llamar a la policía o incluso al inútil de Javi para que viniera a buscarme, pero no tenía nada más que este hacha, que ahora parecía formar parte de mi cuerpo.

En medio del bosque me paré en seco al cruzarme con un ciervo que saltó delante de mí a toda prisa. Nunca había visto un animal tan grande y rápido suelto, corriendo a sus anchas fuera de los documentales del National Geographic. Justo después del ciervo pasó a toda velocidad una flecha. Giré mi cabeza hacia la derecha y vi a una mujer con la cara sucia, su pelo rubio y largo recogido en varias trenzas, y un arco y flechas en sus manos.

Me detuve en seco sin saber qué hacer. Mantuve la respiración. Ella dijo algo en una lengua que me resultó extraña. Volvió a gritar en mi dirección y entonces aquella lengua que no había escuchado en mi vida me resultó comprensible. Entendí claramente lo que me decía. Lo más extraño fue cuando mi boca se abrió y le contesté en la misma lengua extraña.

—No quiero tu ciervo. Me han atacado y he perdido todas mis ropas.

¡Dios mío! ¿¿Cómo había dicho yo eso?? Parecía que mi cuerpo iba por libre, se adelantaba a mis propios pensamientos, sin tener en cuenta a mi pobre cerebro. Intenté tapar mi desnudez ante aquella mujer alta como ninguna que yo conociera, mediría casi metro ochenta. Por fiera que fuera su apariencia, no me causó miedo y eso me sorprendió. ¿Desde cuándo confiaba yo en los desconocidos tan abiertamente?

—Soy Asdis. Tienes que estar helada. Ven, acompáñame y podrás calentarte y vestirte. Esos atacantes ¿te han hecho daño?

Mi mente seguía entendiendo aquel extraño lenguaje, no era ni inglés, ni alemán, ni ruso… ¿qué lenguaje era?

Los ojos azules de Asdis me miraron amables y supe que no pretendía hacerme daño. Antes de contestarle, me di cuenta de que mi mano sostenía con más fuerza de lo normal el hacha que había llegado allí conmigo.

¿Por qué reaccionaba así mi cuerpo?

—No. Gracias, Asdis. Me estoy congelando.

Chocó su brazo con mi hombro y la seguí a través del bosque. Retrocedimos por el camino que yo había seguido y fuimos hacia el lado contrario.

—¿Cuál es tu nombre, mujer sin ropa? —Una pequeña sonrisa cruzó sus labios al pronunciar la frase.

Ahora ¿qué nombre le decía yo? El mío seguro que no era de este lugar. El hecho de que estuviera cazando un ciervo con un arco y flechas, su pelo casi albino, recogido con trenzas en su parte delantera y su vestimenta, pantalón y varias capas de pieles cubrían su cuerpo me indicaba que no estábamos en España, ni en Europa, ni en ningún lugar que yo hubiera visto jamás.

En el cinturón que sujetaba su pantalón se aguantaba un cuchillo que doblaba la longitud de lo que se consideraba un arma blanca común. Todos aquellos detalles me hicieron mirar mi hacha y pensar que no me encontraba ya en el siglo XXI. Decidí mantener la verdad lo máximo posible.

—Blank.

—Buen hacha, Blank. Ya estamos llegando a mi casa. Tienes suerte de que mi marido no se encuentre aquí. De no ser así, no dejaría que te acercaras a nuestra casa estando con vida enseñando tu precioso cuerpo.

Me miró de tal manera que sentí algo de calor.

Se suponía que esta especie de…vikinga ¿me había mirado con deseo? ¿En algún lugar de la Tierra todavía quedaban vikingos? No era posible. ¿Dónde me había enviado aquella máquina del doctor *Culo bueno?* ¿Era una máquina del tiempo?

Mi mente no paraba de dar vueltas. Yo recordaba claramente lo que había comido ese medio día, mi vida, mi pésimo novio, mi trabajo, hasta mis estudios. Pero no entendía cómo era capaz de comprender el lenguaje con el que me hablaba esta mujer que, efectivamente, tenía pintas de vikinga. Todo lo que yo sabía de vikingos se restringía a lo que había visto en dibujos animados y alguna que otra serie de televisión.

Sonreí con timidez y asentí.

—Yo tampoco dejaría que mi marido te viera.

Asdis soltó unas carcajadas y señaló con su arco hacia la explanada que se extendía a nuestros pies.

—Ahí está mi casa. El fuego está encendido, podrás vestirte, calentarte y comer antes de seguir tu camino.

—Gracias, Asdis. Que los dioses sean generosos contigo y tu familia.

¿Que los dioses sean generosos contigo y tu familia? Pero ¿qué estaba diciendo? En mi vida me había referido yo a *los dioses*, ¿qué dioses eran los suyos? Estaba volviéndome loca por momentos.

El sol, apenas ya visible, dejó paso a una niebla más espesa de la que inicialmente había en el bosque, que ahora quedaba a nuestra espalda. En el estado de shock que me encontraba no podía decir con exactitud cuántas horas había estado vagando por el bosque pero mi cuerpo estaba deseando llegar a esa casa, vestirme y calentarme y, si era posible, dormir. Esperaba que no hicieran demasiadas preguntas acerca de mi origen o destino, ya que no tenía ninguna respuesta que darle. Ni yo misma las conocía.

Según nos acercamos a la explanada, empezó a explicarme que aquel era su hogar desde que nació. Su marido había llegado desde un poblado cercano, era un pescador pero ahora hacía tiempo que solo se dedicaban a cuidar de su granja y se mantenían con lo que allí tenían: un par de cerdos, cabras, un pequeño huerto con algunas hortalizas y lo demás lo sacaban de la tierra, el bosque o el río que pasaba detrás de su casa. También tenían un caballo, se lo había llevado su marido a lo que fuese que hubiera ido a hacer. No quise preguntar.

—Allí, detrás de la cuadra, está mi hija Herdis practicando con su escudo y su hacha. ¿Escuchas la fuerza con la que arremete contra los troncos? Será una gran escudera.

—Estoy segura de ello —Madre mía de mi vida, ¿qué edad tendría su hija? Aquellos golpes sonaban tan fuertes que era imposible pensar que los daba una pequeña—. Entra en casa, voy a buscarte algo de ropa. ¿Tienes que ir muy lejos?

—Todavía me queda camino.

—Creo que mi calzado te servirá. Acércate al fuego y caliéntate mientras salgo con tu ropa.

—Gracias.

Tenía los pezones tan duros que me dolían. Menos mal que mi melena los tapaba, no me hubiera gustado que Asdis se quedara mirándolos fijamente. Llevaba un piercing en el pezón izquierdo. Por no hablar del tatuaje del sol en la nuca. Dudo que esta gente creyera que había aparecido aquí por un loco invento del siglo XXI. Seguramente creerían que soy una bruja y me quemarían viva o desmembrarían con una de sus espadas o hachas.

—Aquí tienes, con esto mantendrás el calor. Ahora mismo prepararé un guiso de carne y podrás comer.

Me apresuré en ponerme el vestido blanco de grueso tejido que me ofreció, unas medias para las piernas atadas con cintas a mis congelados muslos y unas botas marrones. Sin darme cuenta, colgué mi hacha del cinturón a mi derecha.

—¿Madre? ¿Quién es esta mujer?

—Herdis, ella es Blank. Viene desde muy lejos.

La niña, de unos trece o catorce años de edad, me miró fijamente, su cabello castaño claro ondulaba al viento mientras sus manos sostenían un hacha y un conejo muerto. Por lo que parecía, lo había cazado ella misma.

Incliné la cabeza para saludarla mientras le sonreía, pero ella pasó de mí completamente.

—¿Dónde está tu hermana?

La pequeña hizo un gesto con la cara que no me pasó desapercibido.

—Salió hace horas a buscarte, al poco de marchar tú se escuchó un gran estruendo y no había tormenta, por lo que no pudo ser un rayo. No sé nada de ella desde entonces.

—Se habrá entretenido cazando algo. No creo que tarde.

La casa no estaba mal, para ser de hace… mucho tiempo. Una construcción de piedra en su parte baja, y madera y cañas en la superior. Tejado bien cubierto, con todas las estancias en la planta baja. La luz del hogar y las velas iluminaban su interior. Tenía una gran mesa y sillas de madera, muy básicas pero macizas. Aún dentro de mi desorientación puedo decir que me fijé en los detalles y era bonito dentro de lo rústico.

—¿Te ayudo a hacer algo, Asdis?

—Puedes ir troceando las cebollas y las zanahorias para añadirlas al guiso. Ahora despellejaré el conejo que ha cazado mi hija. ¿Tienes familia, Blank?

Ya empezamos con las preguntas, que dios me ayude.

—No, estoy sola —Eso no era mentira, no tenía familia y mi novio no contaba.

—¿Muertos?

—Sí, me he criado sola.

—¿Cómo llegaste aquí?, ¿en uno de los barcos de Zuth?

—¿Zuth?

—Sí, el comerciante —Su mirada hurgó en mi interior esperando una respuesta válida.

—Sí, con Zuth.

—Entiendo… A veces han venido otras mujeres de las islas cercanas en busca de marido o simplemente de compañía. ¿Es ese tu caso?

—¿Marido? ¡Oh, no, no! No necesito a ningún hombre en mi vida, con… —¡Calla la boca, loca! No puedes explicarle nada de lo *anterior*.

—Todas necesitamos un hombre. Por muy valiente y preparada que estés para defenderte —dijo mientras miraba mi hacha—, no puedes satisfacerte sola, ni ser madre sola, necesitas a un buen hombre que cumpla con su obligación, y te proteja y proporcione placer. El mío lo hace bastante bien. Mi hermano murió en combate en un pueblo cercano y ahora no tengo más familia que la que he formado con mi marido, espero que sea grande para no volver a estar solos nunca más.

En su mirada había un poco de añoranza.

Vaya, me sorprendió la facilidad que tenía a la hora de referirse al sexo.

—Puede ser que acabe encontrando un buen hombre que cumpla con todas esas virtudes —dije sin mucha convicción.

—Lo cierto es que no quedan muchos por aquí. Menos en la parte alta de la montaña, todos han bajado a los poblados. Se acerca el invierno y ninguno quiere pasarlo aislado. Tienen mercancía de las tierras del sur para vender en las ferias y mercados, estarán buscando esposa para pasar los fríos días calentándose en su compañía.

Me aventuré afirmando sin saber, ojalá tuviera razón.

—Menos mal que ahora no estamos en guerra. Así les será más fácil encontrar una mujer.

—No, no estamos en guerra desde hace mucho y aquí vivimos tranquilos, nuestro señor no castiga a los que llevamos una vida alejada de la ciudad siempre que cumplamos con nuestros tributos anuales. Y nuestro rey ha acabado con las guerras civiles, pero ya sabes que siempre hay algún guerrero que no se da por vencido y quiere seguir con la trayectoria de sus antecesores.

Bueno era saberlo. Gracias a dios que había llegado al final de la era vikinga. Por lo menos, no había guerras cerca. Aunque el hecho de vivir con vikingos no era muy tranquilizador.

—¿Quieres que te trence el pelo, Blank? —preguntó su hija.

—¿Te gustaría hacerlo?

—Péinala, Herdis, tú tienes buena mano para eso.

Dicho y hecho, la pequeña me cogió de la mano y me acompañó al banco delante del fuego. Allí me senté y, quedando de pie detrás de mí, comenzó a trenzar mi pelo desde la sien izquierda hacia detrás.

—Toma un poco de cerveza mientras se acaba de hacer la cena.

Me ofreció un cuerno acabado plano que servía de vaso. Si el olor era fuerte, el sabor no lo queráis ni imaginar. Lo mío me costó no escupirla.

Justo cuando íbamos a empezar a cenar, Asdis saltó de su silla empuñando su hacha.

—¡Malditos cabrones! Deben saber que estamos aquí solas.

—¿Qué pasa? ¿Quién viene?

—Son saqueadores. A nosotras no nos harán nada, saben que no pueden, contamos con la protección de nuestro señor, no buscarán guerra, pero a ti…será mejor que te vayas.

—¿¿¿Qué??? Y ¿dónde voy?

—Vete, Blank, no podré protegerte si te quedas. Con suerte te tomarán como esclava y te violarán en el mejor de los casos.

—¿Pero no me habías dicho que ya no estamos en guerra?

—Y no lo estamos, pero las esclavas bonitas como tú en lugares alejados como este siempre vienen bien. Nadie controla ese mercado. No en las montañas. Y estos hombres no vienen en son de paz.

La adrenalina corrió con fuerza por mis venas y empuñé instintivamente mi arma, mi cuerpo reaccionó y estaba a la defensiva pero mi mente tenía miedo, mucho miedo.

—Sal por la trampilla que hay debajo de la ventana de la parte trasera. Desde ahí sube la colina hasta llegar a la cascada. Deberías volverte a tu isla, aquí no podrás pasar el invierno sola, a no ser que encuentres marido antes de que llegue el invierno o que alguien te haga su sirvienta.

Esta mujer me estaba ayudando. Sé que sospechaba de mi historia y aún así me ayudó, me dio cobijo y ropa pero ahora no iba a arriesgar su vida ni la de su hija por mí. Lo entendía perfectamente.

Los caballos se escuchaban llegar y los gritos de los hombres a su vez. Las miré, madre e hija, y le di las gracias mientras me retiraba hacia la parte que me había indicado.

Había dos grandes camas, montones de paja cubiertas con pieles y justo en medio, la ventana que me había dicho Asdis. Salté por ella con una facilidad nada propia en mí y caí de pie sin hacerme daño.

Al igual que el hecho de comprender el lenguaje desconocido me inquietaba, el hecho de que mi cuerpo reaccionara de forma distinta también me alertaba. Mi cuerpo sabía lo que tenía que hacer, era mi mente la que iba lenta y me hacía fallar en las decisiones. Entonces, ¿qué debía hacer? ¿no pensar? ¿solo actuar?

El sol había caído hacía rato y estaba todo oscuro, iluminado brevemente cuando las nubes destapaban la preciosa luna llena que cubría el cielo negro. En ese preciso momento iluminó el camino trasero que tenía que seguir. No había dado ni dos pasos cuando una mole enorme de hombre se cruzó en mi camino. Ahora sí que no me quedaba ninguna duda de que estaba en la era de los vikingos. Frente a mi metro setenta se alzaba un ejemplar de tío nórdico de casi dos metros, larga barba rojiza y trenzada al igual que parte de su larga melena. Sus ropas de cuero y pieles de guerrero asustaban solo de mirarlo y su cara de pervertido me revolvió el estómago hasta el punto de casi vomitar lo que no había comido.

—Vaya, vaya. ¿Dónde ibas, mujer? ¿Tienes prisa por algo?

Me mantuve quieta y callada. Lentamente, mi mano bajó hacia el cinturón y empuñó el hacha sin que mi mente se lo hubiera ordenado. Separé un poco los pies y esperé su ataque.

—Preciosa, ¿qué vas a hacer con ese hacha? ¿Cortarme el bigote?

Empezó a caminar hacia mí, sonriendo de medio lado y tocándose sus partes, como preparándose para algo. ¡El muy hijo de puta!

Todo pasó muy rápido. Para cuando quise darme cuenta, había esquivado su ataque inicial, dado una voltereta por el suelo y saltado con todas mis fuerzas hasta su cuello, donde clavé certeramente el hacha en su nuez.

La mirada de ese hombre jamás se borrará de mi mente. Al igual que el sentimiento de alivio que sentí al vencerlo. Aquel hombre de casi dos metros y más de cien kilos de peso venía a por mí y lo derribé, mi cuerpo actuó sabiendo lo que tenía que hacer y lo hizo.

Lo dejé caer mientras retiraba el hacha de su cuello y salí corriendo antes de que alguien se diera cuenta de mi presencia. Ni la sangre ni el horror de ser yo la causante de tal herida me hizo estremecer.

Corrí y corrí por el negro y profundo bosque. La tela del vestido se enganchaba en las zarzas que me encontraba por el camino. La tenue luz de la luna evitaba que me chocara con los arboles o rocas que había cuesta arriba. Mis piernas parecían tener la fuerza de un culturista, jamás en mi vida había corrido de tal manera. Pero no huía con miedo, me sentía fuerte, segura… viva.

Al llegar a la parte más alta, el leve canto de los pájaros disminuía el sonido de mis jadeos por el cansancio.

Mientras miraba el terreno para escoger el camino a seguir, escuché el grito de los hombres. No sabía cuántos eran, pero seguro que no tardarían en dar conmigo si iban a caballo.

Escuché atentamente y pude distinguir el sonido del río, así que lo seguí y continué subiendo por el terreno rocoso de la montaña para llegar a la cascada que Asdis me había dicho.

Con el hacha en una mano y el bajo del vestido en la otra, no tenía mucha facilidad para trepar por las piedras, así que paré un momento y recogí el largo del vestido con el cinturón, las medias de lana cubrían mis piernas hasta los muslos. Ahora con una mano libre fui agarrándome a los salientes de las rocas y trepando de la mejor manera posible. Intenté no mirar hacia abajo pero los cascos de los caballos resonaron en las piedras del río y las voces ensordecedoras de los dos hombres que me seguían gritando a mi espalda.

—No podrás escapar, mujer. ¡¡La fuerza de mi espada caerá sobre tu cuello, perra!! ¡Has matado a mi hermano!

¡¡Jooooder!! Encima había matado a un hermano, no podía ser solo un conocido, no, tenía que ser familia. Fue en defensa propia pero claro, ¿quién iba a creerme?

Resbalé de la última piedra y caí un par de metros, dañándome las costillas y un tobillo. En otra situación, en mi vida de siempre, hubiera roto a llorar, me habría cagado en todo lo que se menea y no me habría movido. Aquí no tenía esa posibilidad, por lo que hice de tripas corazón, apreté los dientes y volví a escalar lo escalado mientras escuchaba los gritos de los salvajes que me perseguían de cerca.

El cielo volvió a nublarse, la luna desapareció y con ella su luz, apenas escuchaba el fuerte ruido de una gran cantidad de agua en movimiento, debía de ser la cascada a la cual debía dirigirme. Pero, y una vez allí, ¿qué debía hacer?

Una flecha cayó a veinte centímetros de mi pie derecho y otra pasó por encima de mi cabeza. No tenía tiempo que perder. Desde allí arriba pude ver todo el bosque que había recorrido y el ascenso de las rocas, también el fuego a lo lejos que ardía, debía de ser la casa de Asdis. ¡Malditos salvajes!

Cuando por fin encontré el río, me metí en él con la esperanza de que no pudieran seguir mis huellas, algo que no sabía cómo había deducido mi mente. Deseaba que todo aquello fuera un mal sueño y despertar en cualquier momento a salvo en mi pequeño y seguro piso.

Ellos también habían llegado a la cima, unos veinte metros me separaban de dos pedazos de vikingos salvajes con claras intenciones de matarme.

Corrí, tropezándome constantemente con las piedras del río. Entre el daño en las costillas y del tobillo por la caída anterior, ahora debía sumarle el corte en la mano que me había hecho yo misma con el hacha al caer. No solo tenía los pies mojados, ahora volvía a estar empapada hasta el cuello. Empapada y congelada, el agua bajaba directa del deshielo de las montañas y no debía de estar a más de cinco grados.

Escuchaba sus grandes zancadas corriendo por el agua en mi dirección. El ruido del agua se hizo más fuerte y la corriente también. La cascada no podía estar lejos.

Cuando creía que llegaría a la cascada y estaba mentalizada en saltar sin otra alternativa, una flecha atravesó mi piel y mi carne.

No podría describir el dolor que sentí, pero fue lo más fuerte que había sentido hasta el momento. Por debajo de mi clavícula derecha salió la punta de una flecha, haciéndome sangrar y chillar como una bestia.

Por fin veía el salto de la cascada, tres metros más y me tiraría por ella y que fuera lo que tuviera que ser. Prefería morir de un golpe a ser violada y desmembrada por aquellos dos bárbaros.

Y Asdis decía que necesitaba a un hombre, los hombres de esta época eran salvajes y malos, daban miedo y por ahora los tres que me había encontrado solo querían matarme.

—¡Ya te tenemos, puta! Disfrutaremos contigo antes de darte muerte.

Cerré los ojos por el dolor y por cobardía a mirar antes de saltar. Antes de hacerlo me di la vuelta, abrí los ojos un momento y los vi, a menos de cinco metros de mí, y con voz fuerte y segura dije:

—No será hoy.

Sus caras de asombro me hicieron sonreír levemente, una de esas risas nerviosas se podría decir, como las que hacen que te rías en un entierro o en el momento menos oportuno.

Y salté de espaldas, dejando que mi cuerpo cayera.

La caída libre fue larga. Mi grito de socorro también.

Solo que lo dije en mi castellano materno, no en lo que fuera que era la lengua que hablaban los vikingos. Esa lengua que extrañamente hablaba yo también y con mucha soltura.

Conseguí darme la vuelta en el último momento y entrar en el agua de cabeza, solo pedía que hubiera la suficiente profundidad como para no chocarme con nada y quedarme ahí para siempre.

El dolor del brazo al entrar en contacto con el agua fue insoportable y apenas fui consciente del golpe que me di en la cabeza. Golpe que me hizo soltar todo el aire que había guardado en mis pulmones. Y todo se volvió negro. Negro y silencioso.

Me quejaba en sueños, estaba incómoda y dolorida, muy dolorida.

Estaba tumbada sobre algo duro, creí haberme dormido en el suelo de mi casa, por llegar borracha o algo así, aunque nunca me había emborrachado antes. Estiré el cuerpo y el dolor se hizo más agudo, tanto que me obligó a abrir los ojos de repente.

Estaba en un lugar húmedo, oscuro y frío. Estirada sobre una roca. El dolor del hombro y las costillas apenas me dejaba respirar. Estaba dentro de una cueva, debajo de la cascada, esta hacía de cortina y no dejaba ver el exterior. No era muy grande, unos dos metros de ancha por dos de alta y unos cuatro metros de profundidad. Tenía unas rocas colocadas de tal manera que parecían un pasillo para atravesar el torrente de agua que caía. El sonido era ensordecedor. Me incorporé como pude y, con mucho dolor, comprobé que la flecha ya no estaba en mi hombro. En su lugar había una herida sangrante tapada con trapos sucios. ¡Dios mío! ¡Moriría por la infección! Prefería no pensarlo.

Instintivamente busqué mi hacha pero no la encontré. Palpé el suelo de la cueva a ver si la encontraba sin suerte.

Mi mente recordó los últimos acontecimientos: la extraña llegada a estas tierras, Asdis... ¡¡Oh!! Vi su casa arder. Los dos hombres que me perseguían. El hombre que maté. La caída de la cascada. Y esa incesante e inconsciente búsqueda del arma que había llegado a estas tierras conmigo.

¿Cómo había sobrevivido? ¿Cómo había llegado hasta la cueva? Y, ¿cómo y cuándo había sacado la flecha de mi hombro? Era imposible que lo hubiera hecho por mí misma. Entonces, ¿quién?

Intenté ponerme de pie para acercarme a la cortina de agua y saber si todavía era de noche o ya había amanecido. Mi cuerpo magullado dejó escapar un gruñido de dolor. Avancé sobre la fría y mojada piedra hacia el torrente de agua, arrastrando el culo sobre la piedra y soportando el dolor que me producía moverme. Si alguien me había metido allí, ahora mismo no estaba, así que no podía quedarme para averiguar sus intenciones.

Cuando por fin creía llegar al borde de la gran roca y estaba a punto de traspasar la gran cortina de agua que caía, él atravesó el agua y apareció delante de mí.

Me paralicé. El agua le caía con fuerza sobre la cabeza y los hombros, estaba medio metro por debajo de mis pies, con gran parte de su cuerpo metido en el agua. Apareció como Tritón en los mares y me miró fijamente mientras su cuerpo se elevaba sobre el agua y subía sus brazos grandes y fuertes para colocar, a cada lado de mis rodillas, una de sus manos.

Rápidamente, deslicé mi culo hacia atrás hasta quedar con la espalda pegada a la pared rocosa de la cueva. Mientras, él se impulsaba con sus potentes brazos hacia fuera del agua colocándose a horcajadas sobre mis piernas, que colgaban por el borde de la roca que me había hecho de cama. Acercó su cara tanto a la mía que pude notar su caliente aliento en la boca. Dentro de la oscuridad de la cueva lo único que alcancé a ver fue el azul profundo de sus ojos que se clavaron en el verde pálido de los míos como un hacha afilada.

Después de todo lo que me había pasado, este fue el momento en que más vulnerable me sentí. No ante aquel otro hombre que maté por defenderme, ni ante los otros dos que me siguieron durante kilómetros y me dispararon varias flechas. Aquí, prácticamente a oscuras dentro de esta cueva, sola, sin nada con lo que defenderme y con este salvaje, a simple vista más grande que los otros tres hombres con los que había tenido contacto desde que estaba aquí, me paralicé.

Mi mirada se fijó en sus facciones: frente ancha, pelo largo recogido por la parte frontal, ojos profundos, de color azul penetrante, enmarcados por unas cejas perfectas, barba larga bien recortada, tenía pinta de ser suave. Y sus labios, finos y firmes, apretados, quedaban debajo de una nariz dominante y prominente. El agua goteaba por su cara. No dijo nada, solo me miró. Yo estaba perdiendo mucha sangre y no sabía lo que hacía, siempre me escudaré en eso, así que alcé mi mano izquierda para comprobar si mi teoría de suavidad en su barba se confirmaba.

Antes de que mis dedos tocaran su cara, su poderosa mano me agarró por la muñeca mientras movía lentamente su cabeza de un lado a otro indicándome que no. El contacto de su mano en mi piel hizo que mi cuerpo empezara a calentarse extrañamente.

En ese momento cerré los ojos y no recuerdo nada más.

Ni como salí de la cueva, ni como llegué al lugar donde me encontraba ahora.

Su casa.

3

El calor que sentía me despertó de repente y volví a caer de golpe al toparme con una viga de madera del techo inclinado.

—¿Ya estás despierta? Ten cuidado o te harás daño en la cabeza.

Me resistía a abrir los ojos. Otra vez aquel idioma que entendía pero no sabía cuál era. Ahora lo diferente fue la voz. Esa voz masculina, poderosa, dura y peligrosa. Habló despacio, seguro de lo que decía y con contundencia.

—¿Entiendes mi idioma? ¿Mujer? —Se sentó en la cama a mi lado y apretó levemente mis costillas. El dolor me retorció y mi mano fue directa a su garganta.

—¡Sí! —siseé y miré la mano que tenía en su cuello, apenas abarcaba la mitad de este. Era el cuello más ancho y fuerte que había visto jamás. Me asusté de mí misma y empecé a retirar la mano, cuando él la cogió por la muñeca con fuerza y la miró.

Ese movimiento pareció pillarlo desprevenido, pero sus facciones no dejaron que notara nada más.

—Eres rápida. Pero pequeña. Contéstame cuando te hable. ¿Entendido? —Sus dedos se clavaban en mi pequeña muñeca, mientras yo asentía sin dejar de mirar sus ojos. Podría retorcerme el cuello sin ningún esfuerzo y yo seguiría hipnotizada por sus ojos.

—¿Cómo te encuentras? Aparte de las costillas, ¿te duele algo más?

—El hombro derecho, la herida.

Se acercó a mí y, bajándome parte del vestido para enseñarme la herida, dijo:

—Por esta no tienes que preocuparte, está curando bien. Debes curarte las de aquí —Colocó su gran mano, ahora con más cuidado, sobre la zona de mis costillas.

Asentí de nuevo y cerré los ojos ante el dolor que sentía. Pero ese calor que desprendía su piel me hacía temblar y me calmaba.

—¿Cuándo he llegado aquí? —me atreví a preguntar.

—Hace una semana que te traje. ¿No lo recuerdas?

Varias opciones pasaron por mi mente pero decidí quedarme con la amnesia. Podía decir que no recordaba nada por la caída de la cascada, estaba claro que me había llevado algún golpe en la cabeza.

—No recuerdo nada más que cuando te vi en la cueva de la cascada —Bajé la mirada hasta su barba, recordando que deseaba tocarla.

Él se dio cuenta de ese detalle y quitó su mano de mis costillas para pasársela por su rubia y larga barba.

Era guapísimo, peligroso y salvaje, pero sin duda el hombre más guapo que había visto jamás. También era el más grande y fuerte que había visto. Un vikingo salvaje en toda regla. Tenía ganas de ponerme de pie solo para saber por dónde le llegaba. Sus labios seguían siendo una línea firme y dura. Sus ojos azules se clavaban en los míos en busca de respuestas a preguntas no formuladas. ¿Vería algo distinto en mí? ¿Se daría cuenta del hecho de que yo no formaba parte de este sitio ni de sus costumbres? Aunque mi cuerpo parecía actuar con propia voluntad y favorablemente con lo que se esperaba de él en un sitio como este, yo no estaba muy segura de pasar desapercibida.

¿Qué me pasaba? ¿Estaba destinada a llegar a este lugar? Mi mente pensaba en castellano pero no dudaba cuando debía hablar otro idioma. Nunca antes había hecho defensa personal ni utilizado ningún tipo de arma pero mi cuerpo reaccionaba como si eso fuera lo normal para él, de la misma manera que si hubiera pasado horas entrenando.

—Debes alimentarte, apenas has tragado algo de caldo. Si no comes, no te curas y en la cama no me sirves para nada.

Sus palabras fueron duras pero su mirada más. Se levantó dejándome en aquella estancia, escuché el crujir de la madera al caminar con sus pesadas botas. Iba vestido con pieles y cuero sobre sus hombros y un pantalón. No llevaba armas encima, claro está, yo no representaba ningún peligro para él. ¿Lo era él para mí? Su larga melena le llegaba por la mitad de la espalda, ancha y musculosa. En efecto, era el hombre más alto que había visto jamás.

Removió algo en el piso inferior y volvió a subir con un cuenco de madera y una cuchara del mismo material. La estancia era abierta, como un piso tipo loft, todo de madera, el techo tenía buenas vigas soportando el peso de la construcción. La cama estaba construida con madera, no era como la de la casa de Asdis, un simple jergón con la paja amontonada y las pieles como mantas. Esta era una buena cama, no tan cómoda como un colchón de visco y muelles, pero mejor que la roca húmeda y fría de la cueva.

Se acercó de nuevo a la cama y se sentó en una silla con unos grabados preciosos.

—Es preciosa —¡Ops! se me había escapado en castellano.

—¿De dónde eres?—preguntó sin mirarme.

—¿De aquí? —Puse cara de no estar muy convencida. Debía comenzar ya con mi papel, no tenía memoria—. No recuerdo nada.

—¿Nada? ¿Cómo te llamas?

—Blank.

—Blank ¿qué más?

—No lo recuerdo —Cerré los ojos con fuerza intentando recordar.

—¿De quién huías? —Me acercó una cucharada con caldo a la boca.

—Me atacó un hombre y me defendí. Fue en defensa propia —Comí la comida que me ofrecía, estaba famélica. Temí ponerme a llorar ante sus preguntas tan seguidas y su mirada tan inquisidora.

No sonreía nunca.

—Debo saber si me enfrento a algún problema por tenerte aquí, ¿lo mataste?

—Sí. ¿Dónde está mi hacha?

—¿Es tuya?

—Sí.

—¿Cómo lo sabes? —Ladeó la cabeza esperando una respuesta que le gustase.

—Fue lo primero que busqué al despertar en la cueva y fue con ella con la que le partí el cuello en dos al hombre que me atacó.

Señalando mi hombro, preguntó por el responsable de la herida.

—Eran dos o tres más, huí por el bosque, después por el río hasta la cascada. Me dispararon varias flechas hasta que una de ellas me alcanzó y, cuando llegué al final del río, no lo dudé y salté. Después apareciste tú en la cueva.

—Quizá debería haberte dejado allí —¿Por qué tenía que ser tan borde? Si no me quería allí, que me dejara marchar.

—Puedo comer yo sola —me quejé.

—No puedes mover el brazo izquierdo por las costillas y el derecho por la herida, así que haz lo que te digo y come.

Dicho esto, llevó de nuevo otra cucharada más del delicioso caldo a mi boca. No podía negar que tenía razón.

El simple hecho de respirar ya me causaba dolor. Y estaba famélica como para rechazar aquella comida.

—Gracias. ¿Cómo te llamas?—pregunté de mala gana.

—Ottar.

—Gracias, Ottar.

Me pareció ver una leve sonrisa cuando pronuncié su nombre, se desvaneció tan rápido como vino.

Cuando terminé el caldo, se levantó de la silla, la colocó en su sitio y me miró de nuevo.

—Descansa, si necesitas algo estaré aquí abajo.

Con el estómago caliente, cansada y dolorida como estaba me dormí en cuanto él bajó las escaleras. Escuchaba algún ruido de vez en cuando pero no me impidió caer en los brazos de Morfeo.

Durante la noche me desperté. El caldo, aparte de alimentar, también llenó mi vejiga y desperté con ganas de hacer pis. En la penumbra de la habitación, únicamente iluminada con dos velas, miré hacia los lados a ver si encontraba algo que pudiera utilizar para hacer mis necesidades. Lógicamente, no vi nada. Y daba por hecho que en la casa no había un cuarto de baño con aseo tal y como yo conocía.

Como pude, me destapé de las pieles y me di cuenta de que ya no llevaba las medias de lana que Asdis me había dado. ¿Me las habría quitado Ottar? Eso me hizo pensar que no llevaba ropa interior, para ser exactos, no tenía ropa interior que ponerme. Coloqué el primer pie en el suelo y me levanté con un poco de esfuerzo, sujetando el brazo izquierdo con el derecho, apoyándolo contra mi pecho. Comprobé que el esguince del pie había desaparecido casi por completo, apenas cojeaba.

Llegué hasta las estrechas escaleras, también de madera, con escalones anchos y robustos al igual que el pasamanos. Cuando había bajado cuatro escalones ya podía ver algo de la estancia inferior, un hogar que ardía a plena llama dando calor a toda la casa, una gran mesa con dos bancos largos a cada lado. En ese momento llegó a mis oídos un sonido conocido, aunque hacía mucho que yo no lo emitía.

Bajé otro escalón y vi a una mujer cabalgando a Ottar. Una rubia de tetas pequeñas y piernas largas rebotaba sobre el cuerpo desnudo del vikingo. Él tenía sus manos en el culo de ella, y la levantaba y bajaba a su antojo mientras apretaba los ojos cerrados con fuerza. La luz de la vela le iluminaba la cara y pude ver que lo estaba disfrutando. Sí, sin duda aquella vikinga le daba lo que él quería y viceversa. Seguramente era su mujer. O su amante. El siguiente escalón me traicionó y crujió en cuanto me apoyé. Inmediatamente, Ottar abrió los ojos y me vio.

Nuestras miradas se encontraron y permanecieron fijas la una en la otra, era incapaz de moverme. A él pareció no importarle lo más mínimo. Quitó las manos del culo de la vikinga y se recostó, colocándolas detrás de su nuca mientras me miraba fijamente y sonreía. Cerré los ojos con furia y me volví para subir a mi nueva habitación.

Aquella noche no dormí nada. Él tampoco.

Cuando la luz del alba llegó a mis párpados, los abrí y me encontré con Ottar dormido a mi lado, en la misma cama. Era tan grande que apenas quedaba espacio entre su cuerpo y el mío. Estaba desnudo de cintura para arriba y tapado con las calientes pieles de cintura para abajo.

¿Dónde estaba la rubia de anoche? Si era su mujer, debería estar ella en su cama, no yo.

El pelo dorado, largo y suelto enredado por encima de su cabeza, los labios tentadores, entreabiertos dejaban ver su blanca dentadura. Volví a fijarme en la barba que bordeaba su boca y sin darme cuenta, mi mano fue hacia ella. ¿Qué tendría esa barba que me atraía tanto? Rocé con la punta de los dedos un mechón rubio y cerré los ojos ante su tacto. Tenía razón, era muy suave.

—No me toques —Con su velocidad habitual, su mano atrapó la mía y, antes de que me diera cuenta, ya me tenía prisionera bajo su cuerpo, colocándose a horcajadas sobre mí, acercó su cara a la mía para susurrarme—: Todavía no tengo decidido qué voy a hacer contigo. Igual te vendo como esclava cuando estés curada. Valdrás más si sirves para algo.

Aquello más que dolerme, me enfureció.

—Yo no soy la esclava de nadie —refunfuñé intentando zafarme de él.

—Eso no lo sabes. Tú no lo recuerdas y yo te he salvado la vida. Se acerca el invierno y tal vez necesite algo para mantenerme caliente o hacer un buen intercambio. Podrías ser tú. Estoy seguro de que los traficantes pagarían bien por un ejemplar como tú.

El peso de su cuerpo no llegaba a ser molesto, me sorprendió darme cuenta de que despertaba en mí una sensación extraña que provocaba calor y nerviosismo. Siendo sincera conmigo misma, no me importaba en absoluto.

—Yo no soy la esclava de nadie. Vende a la rubia de anoche y déjame marchar.

Su voz ronca y susurrante era como una caricia de hielo en mi piel, pero abrasaba. Su respiración movía los mechones sueltos de mi pelo y su barba acariciaba la parte alta de mi escote.

—Tú no vas a ir a ningún sitio, así podrás seguir mirando y aprender.

¿¿Será mal nacido?? Aprender ¿qué? ¿A follar mirando cómo lo hace con ella?

—Eres un cabrón —siseé en castellano.

—Deja de hablar ese idioma tuyo que no entiendo. Si vuelves a hablarlo, te cortaré la lengua y me la comeré. Ten claro que ahora me perteneces y haré contigo lo que me plazca. Me debes una vida.

Por fin se retiró, liberándome de su cuerpo y del extraño embrujo que producía la cercanía de su cuerpo en mí. Me levanté, dejándolo acostado donde estaba y bajé lentamente las escaleras para ir al exterior a hacer pis, llevaba toda la noche aguantándome y no podía más. Recordé las bonitas palabras que acababa de dedicarme y aquello me cabreó sobremanera. Vi un cuchillo sobre la mesa y lo cogí. Salí al exterior y, sin alejarme demasiado, ya que apenas había luz del sol, me remangué el vestido y, por fin, hice pis.

Me fijé en el exterior de la casa, había dos construcciones más pequeñas a cada lado de la casa central, a unos diez metros cada una. Un pequeño corral y una cochinera por lo que podía oler.

Entré de nuevo, ya sin pis, pero con el cabreo cada vez más grande. No entendía por qué no me callaba y me quedaba quietecita para no molestar ni enfadar a aquel hombre bestia y salvaje. Subí lo más rápido que pude la escalera, él seguía en la cama con los ojos cerrados como si estuviera dormido y los brazos doblados, con las manos debajo de su cabeza.

Sin ser consciente de cuando decidí hacer tal cosa, me encontré haciéndola. Salté encima de él y llevé la hoja del afilado cuchillo a su cuello, a la yugular. La adrenalina atenuaba el dolor de las heridas.

Por lo menos conseguí que abriera los ojos. Aunque solo fuera eso, ya era algo. Pero él era sumamente consciente de que yo no podría hacerle ningún tipo de daño.

—Con un solo movimiento podría matarte y no te darías ni cuenta —dijo susurrante, con voz ronca, haciéndome temblar interiormente.

—La que tiene el cuchillo en el cuello de alguien soy yo —dije muy segura de mí misma.

Tan pronto lo dije que ya se había inclinado apartando mi mano con el cuchillo de su cuerpo y me tenía prisionera debajo de su perfecta y dura anatomía.

Otra vez.

Ahora, era mi cuello el que tenía el cuchillo apretando contra la piel.

¿Por qué narices tenía que ser tan rápido este hombre? ¿Era un don de esta época?

—Un solo movimiento, mujer.

Su pelo caía sobre mi cara, jadeaba por el dolor de tenerlo sobre las costillas, pero la rabia que sentía por no poder defenderme amortiguaba el dolor.

¿De dónde salía todo ese coraje que sentía?

Moví las piernas en un intento de darle un rodillazo en sus partes, pero fue inútil, apenas se movió del sitio. El calor volvió a hacer acto de presencia expandiéndose por mi cuerpo.

—Tienes valor para aún estando herida como estás intentar matarme. Si ya te encuentras con fuerza para ello quizá haya llegado el momento de que empieces a ganarte el alimento y el alojamiento.

Habló tan despacio, marcando cada palabra mientras no dejaba de apretar la hoja del cuchillo en mi piel que me hipnotizó con su voz. Si tenía que morir allí, me gustaba la idea de morir con aquel hombre sobre mí y de una forma rápida como desangrada.

Bajó el cuchillo pasándolo por mi piel hasta el esternón.

—La próxima vez no lo intentes, hazlo. Clavándolo aquí —Apretó sobre mi pecho hacia mi corazón.

El cordón que mantenía mi escote cerrado se había abierto con el forcejeo y mis pechos quedaban más visibles de lo que me hubiera gustado. Vi como se le dilataban las pupilas mientras mantenía la mirada fija en esa parte de mi cuerpo. Sus ojos azules se volvieron casi negros. Había una lucha interna en su interior.

—Ahora me voy a cazar, no te muevas de aquí dentro. No tienes permiso para salir de la casa, para nada.

—¿Y si tengo que hacer mis necesidades?

—¿Necesidades?

—Mear o algo más…

—Tienes un recipiente para eso abajo, detrás de la despensa.

Dicho esto, levantó el cuchillo ofreciéndomelo de nuevo, lo cogí y se levantó. Estaba completamente desnudo. Se giró tan rápido que no pude ver su parte delantera. La trasera era admirable. No existía espalda más fuerte y con más músculos que la suya, estaba segura de eso. Y esos glúteos… potentes, esa era la palabra para describirlos, no quería imaginármelos en plena acción pero fue lo que vino a mi mente turbia.

Se puso los pantalones de cuero atados con cintas en la cintura, cubrió su pecho ligeramente bronceado, con algunas pecas decorando sus duros y perfectos pectorales, con una casaca. Después, un cinturón del que colgaba una daga de grandes dimensiones y encima de esto, la capa de pieles que lo hacía parecer más fiero.

Se lavó la cara con un jarro lleno de agua y se peinó la melena larga y rubia con sus dedos para después hacerse unas trenzas y dejar media melena suelta.

Cuando quise darme cuenta, estaba acariciando mis propios dedos, los que todavía recordaban la suavidad de ese pelo facial que tanto me fascinaba.

—No tardaré —anunció.

—Si vuelve la rubia, ¿quieres que le diga algo? —pregunté con sorna.

Lo escuché sonreír antes de girarse para mirarme desde el primer escalón de la escalera.

—Dile que vuelva esta noche, todavía no me he saciado de ella.

¿Para qué preguntas, Blanca? ¡Pareces tonta! Este tío será vikingo pero sabe como molestar a una mujer.

—Así lo haré.

Era el primer día que estaba despierta en esta casa. Tenía ganas de verla y saber en qué lugar me encontraba, pero a la misma vez me sentía cansada. La curiosidad que sentía me invitaba a conocer cada rincón, pero la última vez que me pasé de curiosa, acabé aquí. Así que volví a taparme con las pieles y dejé que la penumbra de las velas me relajara.

Me quedé dormida un rato más y no conseguí descansar. Llevaba en este *tiempo* más de una semana, no sabía exactamente cuántos días. Mi captor, Ottar, no parecía ser mal tío, me había salvado la vida y después me trajo hasta su casa para cuidar de mí, sin forzarme, ni violarme, sin violencia. Por lo menos hasta el momento. Solo necesitaba aprender las costumbres de aquí y mantenerme con vida mientras esperaba el milagro que me transportara de nuevo a mi tiempo, al siglo XXI. No sabía si eso sería posible de alguna manera. Por la cara que tenían los profesores de física, creo que no se esperaban ni que yo entrara ni que su invento funcionase.

Durante aquellas horas de la mañana soñé con él, con Ottar. Fue un sueño caliente y agitado, la visión que tuve de él anoche más la de esta mañana desnudo, encima de mi cuerpo, ese cuerpo perfecto creado para ser letal ha revolucionado mis hormonas y apunto he estado de tener un orgasmo, soñando que él estaba dentro de mí.

¿Ahora padecía del síndrome de Estocolmo? ¡Lo que me faltaba!

Me levanté y eché un vistazo a la habitación donde me encontraba. La cama era grande, más grande que la que yo tenía en mi piso, pero teniendo en cuenta el tamaño del dueño, tampoco era desorbitado que tuviera ese tamaño. ¿Por qué se habrá acostado en la cama conmigo? ¿Ha dormido ahí todos los días que he estado inconsciente? Cuando vuelva se lo preguntaré.

A los pies de la cama había un baúl de madera con ornamentos de hierro, intenté abrirlo pero estaba cerrado con llave. Curioso. Había una pequeña ventana tapada con rudas pieles a la derecha de la cama, daba a la parte trasera de la casa. El techo, a dos aguas, caía en picado hacia cada lado, aquí debía nevar bastante. Si ya hacía frío y no estábamos en invierno, no quería ni imaginar cómo sería pasar un invierno aquí sin calefacción ni las comodidades del 2016. Cabe decir que dentro de la casa la temperatura era agradable gracias al hogar, que no dejaba de arder en la planta baja.

Antes de bajar, cogí la jofaina que Ottar había utilizado para asearse, pensando en llenarla con agua limpia y dejarlo listo para cuando volviera a necesitarlo. Miré mis ropas y pensé que necesitaba lavarlas ya que, posiblemente, llevaba con ellas desde que me las puse por primera vez. Pero, ¿qué me pondría mientras se lavaba y secaba? Lógicamente aquí no había ni lavadora ni secadora. ¿Dónde lavaría la ropa Ottar?

Bajé con la vasija y la dejé sobre la preciosa mesa de madera maciza. ¿Cómo conseguía estas preciosidades? Los bancos que la acompañaban, aunque más sencillos, no dejaban de ser preciosos. Los que había visto en casa de Asdis eran mucho más simples. Tenía otra mesa apartada con varios cazos y ollas de hierro, y otros utensilios para cocinar, tales como cuchillos de varios tamaños, cucharas de madera y varios tenedores de dos púas. Con la poca luz natural que había y sin velas encendidas daba bastante miedo pensar que estaba yo sola en semejante casa con semejante hombre. Podría matarme en cualquier momento y nadie lo sabría. Nadie reclamaría mi cuerpo ni me buscaría. Aquí solo me conocían Asdis y su hija, que desgraciadamente ya no estaban vivas o eso creía yo. Y Ottar. Sin tener en cuenta a los otros hombres, hermanos del que yo maté.

Me sorprendía el hecho de no estar traumatizada por tales actos. Era como si mi mente supiera que era esa la necesidad, su vida o la mía, y no me atormentaba por ello.

Ottar no pareció preocuparse cuando le conté que había matado a un hombre y que los otros dos me seguían. O estaba muy seguro de sí mismo o su casa estaba tan apartada de cualquier civilización que ningún extraño llegaba hasta ella.

Llené la jofaina con agua del barreño que tenía en la zona destinada a la cocina. Encendí un par de velas y quise poner algún tronco para avivar el fuego pero no encontré ninguno dentro. No pensé en ningún momento en la orden de no salir, simplemente creí que le gustaría encontrar su casa caliente cuando llegara con la caza y, como soy bien agradecida, intenté ayudar en lo que fuera posible, dado mi estado de *baja temporal* por flechazo en el pecho.

Me reía por no llorar. Sin pensarlo, me dirigí a la puerta de madera maciza por la que había salido aquella mañana a hacer pis y, antes de cruzarla, miré a derecha e izquierda en busca de algún posible peligro. Seguro que había, y muchos, para una mujer como yo en una tierra extraña como aquella. Pero sin pensarlo, salí y me dirigí a las cochineras. Una niebla espesa lo cubría todo, dejando muy poca visibilidad alrededor. Quería dar la vuelta por los alrededores de la casa en busca de un pajar o el lugar que fuera en el que este hombre guardaba la leña. Y lo encontré. Un pequeño cobertizo, lleno de ramas y troncos ya cortados y otros por cortar.

Eran de gran tamaño y dudaba de si mi resistencia al dolor en aquellos momentos iba a permitirme cargar tan siquiera con uno. Vi un hacha clavada en una gran base de tronco, la que servía para cortar los leños más pequeños. No era la mía. Me agaché aguantando la respiración y el dolor, y cogí un leño lo bastante pesado como para mantener el fuego encendido unas horas. Cuando conseguí ponerme de pie con el tronco entre mi pecho y el brazo izquierdo, lo escuché.

Lentamente me di la vuelta sobre mí misma girando sobre mis pies. Era uno de los dos tipos que me siguieron río arriba y después hasta la cascada. El que gritó la muerte de su hermano.

Estaba de pie, justo detrás de mí, en la entrada del cobertizo, asesinándome con la mirada, mientras una extraña sonrisa cruzaba su cara repugnante. Me miraba como si hubiera encontrado un tesoro.

No podía defenderme, el hacha quedaba más adentro en el cobertizo y él no me iba a dar ese tiempo para que pudiera cogerla.

—Vaya, vaya. Qué sorpresa. ¿Es aquí dónde te has escondido estos días? No pensé nunca que Ottar el bárbaro te acogiera en su casa y mucho menos te mantuviera con vida después de follarte. ¿Acaso ahora eres su esclava?

¿Ottar *el bárbaro*? Si entre ellos mismos lo denominaban así, no quería imaginar el motivo para tal apelativo. Allí todos eran bárbaros y él se había portado muy bien conmigo.

Mi gen guerrero salió a la luz, dejé caer el tronco y, olvidándome del miedo, bajé ligeramente la cabeza para mirarlo fijamente, mientras le decía en voz amenazante:

—Yo no soy la esclava de nadie. Y tu hermano merecía la muerte por intentar violarme y matarme.

Aquello le hizo sonreír con maldad y en menos de tres zancadas lo tenía delante cogiéndome por el cuello. Su gran mano casi abarcaba toda la circunferencia.

Intenté, fallidamente, coger el cuchillo que había visto colgando de su cinturón para matarlo con su propia arma. Cogiéndome por el cuello me levantó dos palmos del suelo y me tiró encima de los troncos amontonados. Las costillas crujieron de nuevo y supe en ese instante que lo poco que habían curado estaba de nuevo roto.

Chillé de impotencia y rabia. Apreté los dientes y pensé en un plan para matarlo mientras intentaba relajarme antes de que me penetrara. Sabía claramente que iba a violarme, solo esperaba que me matara rápidamente.

Dándome la vuelta, me colocó a su antojo a cuatro patas, mientras con la mano seguía apretándome el cuello, casi no podía respirar. Con la otra mano levantó el vestido que me cubría y separó mis piernas con la suya. La fuerza de aquel hombre era monstruosa. Apestaba a suciedad y alcohol. Un momento después estaba soltando el cinturón de su pantalón, noté su miembro flojo y caliente en mi pierna antes de que se acercara a mi nalga.

—Seguro que no le importará que te pruebe un poco. Él nunca ha querido a ninguna de las esclavas que le habíamos ofrecido.

Sin pensarlo dos veces, levanté con todas mis fuerzas el talón y lo golpeé en los huevos con tal fuerza que le hice gritar, consiguiendo que me soltara el cuello. Cayó al suelo el tiempo justo para que consiguiera sortearlo y salir del pajar en dirección a la casa. Tropecé y caí delante de los cerdos que miraban indiferentes mi huida.

—¡Puta! ¡Vas a morir ya! No te escaparás.

Me levanté del suelo manchada de mierda y barro hasta arriba, el dolor era insoportable. Las lágrimas empezaron a caer por mis mejillas cuando me atrapó de un tobillo y lo giró para ponerme boca arriba. Seguía semidesnudo, su cuerpo estaba lleno de cicatrices y su barriga cervecera tapaba parte de su asqueroso pene. Su barba sucia estaba manchada de sangre, le goteaba la nariz.

Me resistí todo lo que pude, luché contra él desde el suelo hasta que me cogió del pelo y me arrastró un par de metros.

Ahora sí, sabía que había llegado mi hora, únicamente esperaba que no le quemara la casa a Ottar, él no tenía la culpa de nada. Cogió la tela de mi vestido por el pecho y me levantó con la mano izquierda mientras con la derecha meneaba su espada. Cuando ya creía que se acababa todo, cerré los ojos con fuerza y no pensé. Esperaba que todo fuera rápido, por lo menos dejaría de sufrir.

En ese momento sucedió algo inesperado. Un líquido caliente salpicó mi cara y después algo pesado cayó encima de mi cuerpo.

Su cabeza.

Su cabeza estaba separada de su cuerpo, chorreando sangre a presión, manchando todo lo que había cerca.

Ottar estaba detrás de él con su gran espada en horizontal, sostenida en el aire. Acababa de decapitar a este hombre. Había vuelto a salvarme la vida. Yo no podía pensar, me asqueaba estar manchada de la sangre de este hombre y lo único que intenté hacer fue huir.

Del muerto, de Ottar y de tanto salvajismo.

Me arrastré por el suelo a gatas, llorando por el miedo y el dolor. Ottar caminaba a mi lado y, pasando su gran brazo por debajo de mi vientre, me levantó de un puñado y me colgó de su hombro como si fuera un saco de patatas.

—Solo tenías que cumplir una orden, ¡quedarte dentro! —bramó.

Caminaba con furia hacia la orilla del río.

—Lo siento. ¡De verdad! —chillé—, solo quería mantener tu casa caliente.

Mientras le chillaba, golpeaba su pecho y vientre con los puños apretados y me resistía a su fuerte abrazo.

—¡Mátame ya! —supliqué—. ¡Mátame, maldito vikingo salvaje!

Deslizándome por su duro cuerpo, me metió en el río, el agua congelada se clavó en mi piel como miles de agujas afiladas. No aflojó su abrazo, manteniéndome pegada a su duro cuerpo, mientras escupía las palabras sin chillar. Apenas lo escuché, pero así daba más miedo que si hubiera gritado a pleno pulmón.

—¿Matarte? No, pequeña. Eres mía —enfatizó esta palabra—. Mi ayuda no es gratis y tienes una deuda conmigo. Cuando estés limpia, entra. Apestas.

—¡¡¡Aaaaahh!!!

Me sentía atacada, ultrajada, menospreciada. La rabia hervía en mi interior junto con el dolor físico que sentía.

Entonces me empujó y caí de culo al agua, mojándome entera. Chillé con fuerza mientras daba golpes al agua con rabia.

Vi como Ottar se alejaba hacia la casa, cogió un trozo de tela mugrienta y limpió la sangre de la hoja de su espada.

Me froté sin parar la cara, el cuello, el pecho, el pelo. Miré mi desastroso vestido y me lo quité, ahora las botas también estaban empapadas pero en su piel marrón no se notaba el color rojo sangre que no había manera de quitar de la tela del vestido. Me sumergí entera deseando poder aguantar sin salir de nuevo y ahogarme, pero el instinto de supervivencia prevalece y cuando empecé a quedarme sin aliento, salí de nuevo a la superficie, tomando una gran bocanada de aire fresco. Apenas era consciente del frío del agua, aunque me castañeteaban los dientes, la adrenalina hizo que me mantuviera alerta y ágil.

Subí trepando por la orilla, la herida del hombro derecho volvía a sangrar un poco y el moratón de las costillas se hizo de nuevo presente en un tono más púrpura. ¿Qué iba a hacer ahora conmigo? ¿Me castigaría? ¿Me ataría como a una esclava? Todos los que me habían visto hasta ahora deseaban que lo fuera, los esclavos no gozaban de ningún privilegio en esta sociedad, no valían nada, eran menos que una cabra o un cerdo, no se les consideraba personas. Aunque Asdis me dijera que los esclavos ya no eran comunes, en las montañas tenían sus propias normas y este vikingo salvaje las conocía muy bien. En tal caso esperaba que me matara ya.

Sin embargo, algo en mi interior me dijo que si no lo había hecho ya, no lo haría nunca. Eso esperaba yo.

Me di cuenta en ese momento de que, en mi mente, todos estos pensamientos los había hecho en su extraño idioma, no en mi castellano nativo. ¿Qué le pasaba a mi mente y a mi cuerpo? Aparte de haberme transportado a otro tiempo, ¿también era posible que mis genes, mi mente y mis instintos se adaptaran automáticamente a este terrible lugar? ¿Cómo explicar, sino, el hecho de hablar a la perfección su idioma, por no mencionar el dominio de la defensa personal y de las armas?

Estrujé con fuerza la tela manchada para retirar cuanta más agua mejor. Estaba temblando, el sol apenas era visible por la persistente neblina y las nubes bajas cuando posiblemente no habíamos llegado aún a medio día. Me acerqué lentamente a la puerta abierta, me descalcé apoyando la mano en el quicio de la misma y, antes de desmayarme, su nombre salió de mi boca como una súplica.

—Ottar.

—Maldita mujer. ¡Blank!

—Mmmmm síí...así. No pares, no, no pares, por favor...

—Sigue con las alucinaciones, la fiebre no le ha bajado y le he cambiado los paños fríos cada poco rato.

—Déjame ver su herida. Haré un emplaste con corteza de fresno y salvia, deberás cambiarlo en dos días. Si no mejora con esto, mátala, así sufrirá menos —Arrugué el gesto ante esa idea—. Vaya, veo que te importa su futuro, Ottar. No la mires así, seguro que mejorará.

—Es pequeña pero valiente. A simple vista dirías que no ha conocido conflicto alguno pero deberías haberla visto con el hacha. Incluso se atrevió a saltar sobre mí para rajarme el cuello con un cuchillo. Si viene de otra tierra como dices, otra tierra en la que no ha conocido guerras ni saqueos, ¿cómo puede tener esa facilidad a la hora de luchar? Es como si hubiera estado practicando para ello desde hace mucho.

—¿Ha intentado atacarte con las heridas que tiene?

—El primer día que despertó.

—Lo tendré en cuenta para cuando mejore.

—¿Qué es eso que tiene en el pezón?

—No lo había visto nunca. ¿Apetece chuparlo, verdad?

—Halldora, está inconsciente. Yo no la he tocado, tú tampoco.

—Está bien, Ottar, la dejaré para que la pruebes tú primero, pero otro día deberíamos divertirnos los tres.

—Baja, ahora te daré diversión.

Me quedé a solas con Blank, inconsciente en mi cama, una vez más. ¿Qué cosas pasarían por su mente? ¿Sus sonidos tendrían algo que ver conmigo? Me había llamado vikingo, como si eso fuera un insulto. ¿Qué era ella entonces? No tenía pinta de venir de Sajonia.

Me dolía mucho el estómago, intenté girar en la cama pero mi brazo me lo impedía. Abrí los ojos y la pesadilla no había acabado, seguía en la cabaña de cuento terrorífico del vikingo buenorro. Y ahora estaba atada a la cama.

¡¡Será cabrón!! ¡¡Me ha atado!!

Tiré de la atadura pero lo único que conseguí fue apretar más la soga a mi muñeca.

—¡¡Ottar!!! —chillé desesperada.

Lo escuché subir por las escaleras, parecía que temblaba la casa entera cuando él caminaba por ella.

—A partir de ahora me llamarás amo. Soy tu amo. Y harás lo que te diga. ¿Entendido?

Estás flipando si crees que voy a obedecerte.

—¿Por qué estoy atada? ¿Cuánto llevo aquí en esta cama? Y ¿de quién es esta ropa?

—Estás atada porque no obedeciste mi orden. Llevas tres días inconsciente y la ropa que llevas es mía. ¿Cómo te encuentras?

4

No se agachó a mi lado, se quedó de pie al lado de la cama mostrándose cuan grande era todo él. La cabeza casi tocaba el techo en el centro de la estancia, que era la parte más alta. Su mirada amenazadora me daba cierto miedo, pero no iba a dejar que él lo viera.

—Tengo hambre.

—¿Te sientes con fuerzas para bajar?

—Sí, amo —dije a regañadientes, me había despertado guerrera y, aunque para mí era una coña, a él pareció complacerle que lo llamara así.

Clavó su enorme rodilla sobre la cama, cerca de mi cara, y se agachó para desatar el nudo de la soga. Su cuerpo quedó suspendido por encima del mío, el olor de su piel inundó mis fosas nasales, haciendo que inspirara con fuerza. Olía a naturaleza salvaje, fresco y limpio.

—Serías capaz de cortarte la mano con tal de salir de aquí…

—Sería capaz, sí.

Supongo que era una pregunta retórica y no esperaba contestación, me miró sonriendo levemente.

Estiré el brazo y masajeé con la otra mano la muñeca marcada.

Su camisa era tan grande que casi me llegaba a las rodillas. Aún así, saber que no llevaba nada debajo me hacía sentirme desnuda. Él también llevaba una camisa oscura y sus pantalones marrones con el cinturón bien apretado a su cintura. Sus botas peludas me hacían pensar en las típicas Uggs pero de otra era. Seguro que aquí estaban de moda las que llevaba Ottar.

La verdad es que apenas me dolía nada, a excepción de un poco las costillas por la parte de la espalda, la herida del hombro derecho había sanado completamente desde la última vez que la vi.

Se acercó a mí y pasó su gran brazo por detrás de mi espalda, sosteniéndome por la cintura para ayudarme a bajar. ¡Vaya! ¡Sí que era alto! Ahora estábamos los dos de pie y yo le llegaba a la altura del pecho, su hombro quedaba justo por mi frente. Era realmente el hombre más alto que jamás había visto. Lo miré fijamente y tropecé con el primer escalón, por poco me caigo. Menos mal que él me sostenía.

—Pequeña, ¿quieres que te empuje o te vas a tirar tu sola? —preguntó con voz grave. Lo más curioso es que en ese momento sus dedos contradijeron a su boca, ya que se aferraron más a mí para no dejarme caer.

—No soy pequeña. Mido más que otras mujeres.

—¿Ah sí? De donde tú eres las mujeres son muy pequeñas, pues.

Me apretó más a su cuerpo y pasé mi brazo izquierdo por detrás de su cintura para sujetarme bien. Qué duro estaba su cuerpo, parecía una tabla. Y esa temperatura… hacía que mi cuerpo ardiera. Esto empezaba a ser preocupante.

—La otra noche me pareció escuchar voces, ¿vino alguien?

—Vino Halldora. Para ti más conocida como *la rubia*. Aunque aquí todas lo sois.

—Ah. Te sentías… ¿solo? —pregunté sin mirarlo.

—Pequeña, todo hombre se siente solo sin una mujer.

Vaya, ¿yo no contaba como mujer? Por lo visto no. No debería sentirme molesta sino agradecida de que no hubiera abusado de mí en mi estado, pero la verdad fue que me molestó que no me considerara digna de sus… caricias.

Definitivamente, me estaba volviendo loca, loca de remate.

—Gracias a ella estás mejor.

—¿Cómo?

—Es sanadora. Ella preparó el emplaste que te ha curado la infección y bajado las fiebres.

—Vaya, sí que sabe hacer cosas…

—¿Tú no sabes? —preguntó pícaro.

—¿Preparar emplastes? —Lo miré enarcando una ceja—. No. Que yo recuerde no —corregí veloz.

—¿Tu memoria sigue igual que siempre?

—Que los días que llevo aquí sí.

—Hablas mientras duermes.

¡¡Mierda!! ¿Qué había dicho? Se acercó al fuego y removió algo en la olla. Olía muy bien.

Me acercó un vaso con lo que parecía ser cerveza típica de por aquí.

—No creo que me siente muy bien esto recién levantada.

—¿No te gusta la cerveza? —preguntó sorprendido.

—Preferiría un poco de lo que hay en el fuego.

Me acercó hasta la gran mesa y me ayudó a sentarme en el banco que quedaba delante.

Asintió con la cabeza y preparó un par de cuencos con la comida humeante.

No volvió a preguntarme nada y yo preferí estar callada. Después de comer, salió de la casa dejándome allí dentro, antes de irse me dio un cuchillo y verduras para que las troceara y preparara para la cena.

Sin explicarme cómo hacerlo, lo hice, me salió instintivamente, como casi todo lo que hacía últimamente. Antes no había tocado una col en mi vida, aquí lo piqué todo lo más finito que pude y lo dejé en remojo dentro de uno de los cuencos. Sin duda, la cocina no era lo mío. También preparé la carne y la puse en el guiso. Dos pequeños conejos. Despellejé y troceé con el enorme cuchillo sin dificultad alguna.

Ottar tardaba en venir y quise salir a preguntarle si debía preparar alguna cosa más, pero notaba el frío desde dentro, había empezado a nevar, poco, pero nevaba. Al lado de la puerta, detrás de unas cañas que hacían de pared entre dos estancias, encontré varios trozos de tela para retales y algunas pieles, con dos tiras en la sisa para pasar los brazos por ella y que quedaran colgando de los hombros, a modo de capa.

Cogí una de pelo color gris, preciosa, y me cubrí con ella antes de salir. También enfundé los pies dentro de las botas, aunque sin las medias y con las piernas descubiertas no duraría mucho fuera de la casa y lejos del fuego. El pelo lo llevaba recogido en un moño alto atado con mi mismo cabello, algunos mechones caían sueltos por la cara. Hacía días que no me veía en un espejo, no sé qué pintas tendría… ¿para hacerme un selfie y subirlo a Instagram? Me reí yo sola por mi absurda idea. Era como tener dos mentes dentro de mi cabeza, una moderna de pleno siglo XXI y otra antigua, con unos mil años de diferencia la una de la otra, pero ambas igual de vivas y potentes dentro de mí.

Lo llamé pero no contestó. Insistí.

—¿Ottar? ¿Dónde estás? Voy a salir.

Bordeé la casa, pasando por el pajar y lo vi allí, dentro de una pequeña construcción, rodeado de madera y sentado en un pequeño taburete de tres patas. Estaba trabajando la madera, ¿construía algo? ¿Sería carpintero?

—¿Ottar?

Se giró y me observó durante unos segundos antes de hablar.

—¿Qué haces aquí fuera? —Su tono siempre tan amigable…

—¿Eres carpintero? ¿Trabajas la madera?

—Sí. No has respondido a mi pregunta.

—Ya he preparado parte de la cena, quería saber si necesitas que haga alguna cosa más. No quiero quedarme sin hacer nada.

—Puedes coger una gallina del corral y matarla para el caldo de esta noche, los dos conejos serán poca carne. El pescado salado está dentro.

—Está bien. ¿Seremos dos?

—Para cenar, sí. Después puede que venga alguien más —Su sonrisa de medio lado me indicó que lo decía para molestarme, él se daba cuenta de que no me gustaba haberlo visto con Halldora encima, cabalgándolo.

—Muy bien, amo.

Ya me iba pero me giré y solté:

—¿Señor? Entonces, ¿soy tu esclava? ¿Puedes hacer conmigo lo que te plazca? Matarme, torturarme y ¿nadie podría acusarte de nada?

Se levantó dejando la herramienta con la que había estado cortando vetas de madera y vino directo hacia mí, lentamente. Se paró a pocos centímetros de mi cara y miró mi pelo recogido. Antes de hablar continuó y, cogiendo uno de los mechones sueltos, dijo:

—Sí, puedo. Yo te encontré, nada sabes de tu vida y nadie ha venido a buscarte, más que el hermano de Fryk al que di muerte. Hablas perfectamente mi lengua aunque te he escuchado hablar en otra que no conozco. Ahora me perteneces —Estiró del mechón haciendo que mi cabeza se inclinara. No grité ni me quejé, aguanté la rabia que subía por mi garganta y clavé mis ojos verdes en los suyos. Él daba más miedo—. Eres mía, pequeña. Cuando entres, pon a calentar agua en el caldero más grande.

Asentí y me fui.

Conseguí coger la gallina antes de que empezara a llover y preparé el resto de la comida. Sus palabras retumbaban en mi mente sin descanso. Suya..., no me dejará marchar. Y sospecha algo sobre mí.

¿Creería él también que había llegado a sus tierras en uno de los barcos de Zuth?

Entró en la casa mientras yo estaba en la parte de arriba. Cuando bajé, me lo encontré dentro de un gran barreño de madera, estaba de pie, poderosamente desnudo, de espaldas a mí, su cuerpo refulgía con las llamas del hogar y le daban un color anaranjado, peligroso y feroz. Y algo sensual también. Me maravillaba su piel, la manera en que se marcaban todos los músculos de su cuerpo. Su ancha espalda, los brazos musculosos a su lado, su estrecha y firme cintura. Se había recogido el pelo en un moño y veía toda la piel de su cuerpo, desde el cuello a sus potentes muslos.

Se sentó dentro de la rústica bañera apoyando la espalda en esta. Los brazos apoyados en los bordes mientras movía el cuello de un lado al otro destensándolo. Para esto quería el agua caliente.

—¡Blank! —gritó—. Ven.

Maldita sea, ¿cómo se las apañaba para saber cuando estaba mirándolo? Me sequé las manos en la falda del vestido y me acerqué lentamente, quedándome detrás de él, no osaba ponerme delante y mirarlo a la cara mientras estaba ahí, desnudo. No quería provocar ninguna acción posterior al hecho de verlo... entero.

—¿Sí, Ottar?

—Delante.

¡¡Jooodeeer!! Me moví lentamente hasta quedar a su vista. Incliné la cabeza y levanté las cejas buscando su aprobación a mi nueva posición.

Sus ojos estaban cerrados, sus rubias pestañas descansaban sobre sus pómulos altos. Sus carnosos y firmes labios estaban relajados, normalmente los veía apretados en una fina línea, siempre que estaba cabreado los tenía así, a mí solía mostrármelos de esa forma. Intenté, juro por los dioses que lo intenté, no bajar la mirada de su cara al resto de su cuerpo, pero me fue imposible. Después de la visión de sus labios vino la de su suave barba, le llegaba hasta la mitad de su ancho cuello y de ahí a sus duros y fuertes pectorales, tapados con una fina capa de vello casi blanco y con varias pecas por aquí y por allí. Sus pezones, de un tono canela, estaban duros, al igual que sus marcadas abdominales.

Cuando llegué a ese punto, se me secó la boca y necesité pasar la lengua para hidratar mis labios y tragar saliva. Ahí, firme, potente, amenazadora y palpitante estaba su erección sobresaliendo del agua, entre sus piernas flexionadas. Le llegaba casi al ombligo. Rosada y perfecta, grandiosamente perfecta. La sequedad de mi boca me hizo toser levemente y giré la cabeza hacia el otro lado, apretando los ojos fuertemente para no mirarlo. Pero por más que los cerrara, esa imagen de dios vikingo no desaparecía de mis párpados cerrados. Notaba la piel de mis mejillas arder, al igual que mi interior, que parecía deshacerse.

Mi cuerpo se tensó instantáneamente, algo en mi vientre y más abajo pedía guerra. Aunque una parte de mí me decía que me encantaría sentirlo encima y dentro de mí, la parte racional que quedaba en mi cerebro se resistía a que eso pasara.

—¿Blank?

—¿Sí, amo? —dije con un hilo de voz.

—Mírame —Su tono me asustó.

Giré la cabeza de nuevo recordándome no bajar la vista de sus preciosos ojos azules, ni tan siquiera hasta la línea de su nariz. Si no, estaría perdida. Clavó su mirada de acero en mis verdes ojos y esperó, tanto, que tuve que cerrar los ojos de nuevo, aunque solo fuera por un largo segundo. Por fin habló.

—¿Está lista la comida?

—Sí.

—Puedes seguir con lo que fuera que estabas haciendo.

¿Para eso me hace pasar esta vergüenza? ¿Le gusta el exhibicionismo? Está claro que sí. Al pasar por su lado, estiró su brazo derecho y cogió mi mano tirando de ella hasta ponerla en su pecho. Notar su piel mojada bajo mis dedos y el suave vello que lo cubría era superior a mí. Caí de rodillas mojándome la parte superior del vestido y quedando mi cara a pocos centímetros de la suya.

Observándome lentamente la boca, los ojos y de nuevo a la boca, me dijo, sonriente:

—Después puedes darte un baño, si lo deseas.

Un leve suspiro escapó de mi boca. Pero sabía que no podía mostrarme débil ni asustada delante de él, ni de ningún vikingo, me machacarían.

—Si no te importa, prefiero hacerlo mientras tú estés cazando —Tiré de mi brazo para soltarme de su agarre pero no funcionó.

—Te recuerdo que ya te he visto desnuda antes.

—No tiene por qué volver a ocurrir —repliqué mientras intentaba soltarme de nuevo de sus largos y fuertes dedos.

En ese momento se levantó tan grande era, tirando de mi brazo hacia arriba y poniéndome de pie a su lado, tuve que levantar la cabeza para mantener la mirada en sus acechadores ojos azules. Salió del agua y empecé a caminar de espaldas para separarme de él. Como era de esperar, él caminó hacia mí y acabé topándome con la pared, quedando atrapada entre *su espada* y la pared.

Cogiéndome la otra mano, levantó mis brazos por encima de mi cabeza y apretó mis muñecas con una de sus manos. Con la otra, levantó mi barbilla para hacer que lo mirara. Me resistí e intenté soltarme de él pero era infinitamente más fuerte que yo, era impresionante. Apretó su cuerpo duro y mojado contra el mío, tanto que mis pechos quedaron aplastados en la parte alta de su vientre. Estaba terriblemente asustada. También terrible y dolorosamente mojada.

—Por favor —susurré, cerrando los ojos.

—¿No quieres que te toque…? —Su voz ronca y profunda erizaba cada milímetro de mi piel, su mano empezó a subir y bajar por mis costillas desde mi pecho hasta la cintura una y otra vez—. ¿Así? Dime que no te gusta.

Me resistí y lo empujé con las caderas. Craso error, noté su polla apretar mi zona más sensible y un gemido escapó de mis labios.

—Te mataré mientras duermes, Ottar. No te atrevas a tocarme.

—¿A sí?—volvió a preguntar mientras apretaba sus caderas hacia mí.

—¡¡Sí!! ¡Maldito vikingo salvaje!

Su reacción se hizo esperar pero apareció, colocó su nariz rozando la mía, su barba suave me hacía cosquillas en la cara, mientras sus labios casi rozaban los míos. Si me hubiera movido lo más mínimo, lo habría besado.

—Tú lo has querido, pequeña. Deseas que te toque aunque lo niegues y suplicarás que te posea.

Dicho esto, me besó salvajemente. Apoyó sus labios en los míos y consiguió hacerse paso a través de ellos hasta que su lengua caliente y húmeda llenó mi boca con locos movimientos. Me resistí, tiré de los brazos para soltarme pero era imposible moverme, me tenía atrapada con su poderoso y desnudo cuerpo.

Al final desistí y mi lengua empezó a moverse al compás de la suya, a lamerla, a morderle los labios. Entonces me di cuenta de que estaba perdiendo la cabeza y le mordí más fuerte de lo que realmente quise hacerlo, notando el sabor de su sangre en mi boca. Separándose lentamente y clavando su mirada asesina en mí, me dijo:

—Déjame solo. ¡¡YA!! —ahora sí gritó.

Salí corriendo hacia la cama, no tenía otro sitio donde ir, esperaba que no subiera detrás de mí a matarme. Me tumbé y me tapé hasta arriba con la preciosa piel que cubría mi lado en la cama. Cuando mi respiración se calmó, mi cuerpo seguía intensamente palpitante por el suyo. Me costó no deslizar la mano por mi propio cuerpo y aliviar el dolor intenso que sentía ahí abajo. Por alguna extraña razón, sabía que no llegaría a hacerme daño, por lo menos, no uno que no pudiera soportar.

Más tarde, me llamó para cenar.

—¡Esto está buenísimo, pequeña! Ya era hora de que cocinaras para mí —dijo dando un golpe de satisfacción en la robusta mesa.

—Me alegra que te guste.

Me levanté para retirar los cuencos vacíos de la mesa y, al pasar por su lado, me palmeó el culo sonoramente.

—Las manos quietas, amo. ¿No querrás quedarte sin ellas, verdad?

—¿Y quién me las iba a cortar, tú?

—Devuélveme mi hacha y probamos.

—Ahora descansa, mañana haremos cosas nuevas.

—¿Cosas nuevas? ¿Como qué? — pregunté curiosa.

—Mañana, pequeña, mañana.

—Solo he visto una cama, ¿dónde duermes tú?

Rió con ganas antes de levantarse y pasar por mi lado para ponerse más cerveza en su cuerno.

—En la cama.

—Todas las noches has dormido… ¿conmigo?

Acercó más su cuerpo al mío y asintió. Su ceño fruncido enmarcaba sus azules ojos y el bigote y la barba, sus finos labios. Me quedé mirándolos fijamente.

—Todas.

Levantando su mano, la acercó hasta mi pecho para abrir mi camisa.

—¡Eh! ¡¿Qué haces?!

—¿Qué es ese pendiente que tienes ahí? ¿Quién te lo ha puesto?

¡El piercing! ¿Lo había visto?

—¿Cómo lo has visto? ¿Me has tocado mientras dormía?

—Te recuerdo que después de matar a Sigmund, te desmayaste en la puerta tras decir mi nombre, muy dulcemente, por cierto.

—¿Muy dulcemente? ¡No cambies de tema! —grité exasperada.

—Blank, estabas desnuda, saliste del río sin ropa y te desmayaste, tuve que cargar con tu cuerpo y subirte a la cama. Allí te puse una de mis prendas para que no te enfriaras más…

Lo interrumpí de inmediato.

—Gracias por no abusar de mí. Gracias por tu hospitalidad.

—Merezco algo más que las gracias, ¿no crees, pequeña?

—Deja de llamarme pequeña. ¡No lo soy!

Cada vez que me llamaba así, me cabreaba. Me cabreaba lo mucho que me gustaba.

Se acercó a mí, tan grande como era, tuvo que inclinarse para apoyar su mentón en mi coronilla. Su poderoso pecho quedó pegado a mi cara, su olor me embriagó y los deseos de antes despertaron de nuevo en mí. No sabía cómo actuar ante eso. Ahora, cuando lo tenía tan cerca, deseaba que esa distancia fuera inexistente. Mi cuerpo quería pertenecerle, dejarle hacer conmigo lo que quisiera. Y pensé que era el vikingo con más honor de toda Noruega. Pero estaba buenísimo y cada vez me sentía más atraída por él. ¿Síndrome de Estocolmo de nuevo?

Dejé los cuencos y me subí a la cama. Prefería estar allí antes que él. Esta vez no me detuvo.

—¿Tienes algo con lo que pueda cambiarme? Preferiría no dormir con la ropa que he utilizado durante el día.

—En el baúl hay ropa que te servirá—dijo desde abajo.

—Está cerrado. ¿Dónde está la llave?

—La tengo yo.

Verlo subir las escaleras era todo un espectáculo. Me aparté para dejarle paso y, estirando de una cadena de su cuello que hasta hoy no le había visto, sacó la llave que abría el baúl.

—Tienes varios vestidos, ropa de trabajo, camisolas de lino para dormir, incluso una cota de malla para practicar. Te irá un poco largo pero seguro que te sirve.

Me acerqué a él, que se levantó para dejarme sitio al lado del baúl, saqué una tela preciosa de tonos verdes, era un vestido precioso, parecía algún tipo de seda. Lo coloqué por delante de mí para verme con él puesto. Ottar cambió su forma de mirarme, no sabría decir si a mejor o a peor, pero algo en su mirada se oscureció.

—Es el que más le gustaba a ella —dijo más para sí que para que yo lo escuchara.

—¿De quién es esta ropa? ¿De Halldora? ¿Es tu mujer o algo así?

—¡No!, ya te lo dije, Halldora es sanadora.

—¿Entonces de quién son estos preciosos vestidos?

—Eran de mi mujer. Murió.

—¡Oh! Lo siento.

—Ahora está con los dioses en el Valhalla. Ese no creo que tengas ocasión de ponértelo, pero los otros te servirán.

—¡Mi hacha! ¿La has guardado con sus cosas, por qué?

Volvió a ponerse serio de repente.

—¿Sigues sin recordar quién te dio o dónde encontraste este hacha?

¡Oh! ¡Oh! No me gustaba esa pregunta.

Moví la cabeza con la negativa a su respuesta.

—Está bien, puedes utilizarla.

Al dármela, sus dedos tocaron mi mano más de lo necesario, yo no la aparté. Él tampoco.

—Tus manos, son pequeñas pero fuertes —dijo pensativo acariciando mis manos.

Una corriente eléctrica llegó desde ese punto a mi corazón.

—¿Tienes miedo de que te mate mientras duermes? —Sonreí por si le quedaba alguna duda de que era una broma.

—No tengo miedo. Y tú tampoco.

Recordé que no le había preguntado por mi atacante, el hombre que mató para salvarme.

—¿Conocías a ese hombre? Al que me atacó.

—Sé quien era.

—Él dijo que nunca habías querido a ninguna de las esclavas que te traía… Se sorprendió al verme aquí.

—No te estaba buscando. Si me hubieras hecho caso y te hubieras quedado dentro de casa, no te habría visto. Venía solo, así que seguramente quería pararse a beber algo y continuar con su camino. Estaba bastante lejos de su casa.

Dicho esto, me dejó sola en la habitación y volvió a bajar a hacer lo que fuera que hacía por las noches allí abajo. Quizá esta noche también lo visitara su *sanadora*.

Sería una especie de médico de la época, una bruja buena que conocía las hierbas que podían sanar a los demás ante una herida o algo leve, supongo.

Me quité su camisa larga y la dejé a un lado para lavarla por la mañana. Cogí del baúl un camisón, era para llevarlo debajo del vestido, de tela más fina y suave que la de los vestidos de trabajo. También había algún que otro pantalón, calzado y adornos para el pelo. Pero nada de bragas o sujetadores.

Debajo de todo había una preciosa cajita de madera donde se leían dos nombres, Ottar y Bera. En su interior había dos brazaletes con signos grabados, no sabía qué significaban. Volví a meterlos y guardé la caja donde estaba.

Después de asearme, me metí dentro de las cómodas y calientes pieles, intentando no ocupar más allá de la mitad de la cama para dejarle sitio libre. Vete tú a saber cómo había dormido los días en los que había estado inconsciente.

Caí en un profundo sueño, la cerveza de la cena y el trabajo del día habían conseguido cansarme. Empecé soñando con mi piso, el que tenía en el siglo XXI. Estaba viendo una peli en Blu-ray pero no recuerdo cuál. Después fui a la cocina para hacer unas palomitas en el microondas y a por una lata de Coca-Cola cero. Estaba sola en el piso hasta que escuché las llaves de la puerta de la entrada, estaba segura de que sería Javi. Posiblemente borracho o algo peor, entraría sin decirme nada, se descalzaría mientras intentaba quitarse los pantalones y lo dejaría todo tirado por el suelo antes de tumbarse.

Pero cuando giré la cabeza no vi al asqueroso de Javi, no. Aquel hombre era fuerte, alto, altísimo, rubio de larga melena y barba perfectamente arreglada. Su ancha frente y sus fuertes pómulos hacían más fiera su perturbadora mirada azul. Iba vestido con una camiseta verde militar ajustada a sus potentes músculos y con unos pantalones del mismo color, unas botas negras perfectamente limpias. Con un gesto de la mano se retiró el pelo de la cara y me sonrió mientras se dirigía a mí sin romper el contacto visual. No lo reconocí pero supe que era mío y que yo era suya, esa mirada posesiva lo indicaba, no había duda. Llegó hasta mí y me retiró de las manos el bol de palomitas, lo dejó en la mesa de centro. Con sus fuertes manos agarró el bajo de la camiseta y se la sacó por la cabeza. ¡Ummmm! Estaba realmente duro, esa tableta de ocho pedía a gritos ser lamida. Se arrodilló entre mis piernas, separándolas para colocarse entre ellas.

Me acerqué a él, tocando su suave barba. Ambos sonreíamos al mirarnos. Sus labios llegaron a los míos, separándolos y abriéndolos para introducir su húmeda y ansiosa lengua dentro de mi boca. Mi lengua recorrió su boca con igual pasión mientras mis manos paseaban por su cabeza entrelazando los dedos en su pelo. Cogiéndome por las nalgas, me sentó sobre él. Estaba duro y caliente, sobre todo en el centro de su entrepierna. Mi pantalón de pijama no podía esconder eso. Subió mi camiseta para encontrarme sin ropa interior, veneró mis pechos, con las manos y la boca, mientras yo movía mis caderas apretando en el punto exacto para conseguir lo que quería.

Jadeábamos los dos por la prisa de entrar y ser llenada. De pronto, escuché jadeos que no eran nuestros. Dejé de besarlo para mirar por la habitación y ver de dónde procedían esos jadeos y gemidos. No había nadie más. Él reclamó mi boca duramente, cogiéndome la cara con sus fuertes y duros dedos, y girándome de nuevo para darle acceso a mi piel.

Los gemidos seguían y volví a dejar lo que hacía para ver si ahora podía ver quién estaba gimiendo de esa manera. Entonces la vi. Allí desnuda, en el sofá encima de mi amante, volví a girar la cabeza hacia él pero ya estaba sola, sentada en el suelo mientras él la tocaba y la comía como acababa de hacerme a mí. Mi frustración fue tal que rompí a llorar.

Y me desperté.

Noté enseguida lo acalorada que estaba, sudaba, sola en la gran cama. Retirándome el pelo de la cara escuché ruidos en la parte baja de la casa y supe al momento lo que allí estaba pasando. Gemidos y jadeos que no eran míos fueron los encargados de despertarme. Podría tenerlo en mis sueños pero no me buscaría en su cama para complacernos mutuamente, a él lo complacía otra. Extrañamente, a mí solo me daba cobijo.

¡Joder! ¿Tan poca cosa le parezco, tan fea que ni siquiera se molesta en hacerme picar en su anzuelo? Pero claro, ¿qué sé yo de ligar en este siglo? Nuestros días juntos y la forma de conocernos no ha sido lo habitual, por lo menos no para mí. Puede que aquí en Noruega, con los vikingos, sea lo normal.

Deseé poder escapar, tener valor para pasar la fría noche fuera, por ahí perdida en la montaña desconocida para mí, a merced de la naturaleza. Podría encontrarme con otros vikingos como él, duros y guerreros pero también con honor y amables. O podría encontrarme con otros como al que tuve que matar la primera noche, o su hermano que casi me mata de no ser porque Ottar apareció en el momento preciso, espada en mano, dispuesto a matar para salvar la vida de una mujer que no conocía.

¡Joder! ¡No podía escapar de aquí! El invierno estaba llegando, había nevado la mitad del día y la otra apenas se había visto un rayo de sol, por no hablar de la temperatura. No duraría sola en la montaña una noche entera. Posiblemente, él se diera cuenta de que no estaba y saliera en mi busca, cabreado de tal modo que acabaría por arrancarme la cabeza o algo peor.

Tenía claro que a mí solo me quería para limpiar las mierdas de sus cerdos, recoger los huevos de las gallinas, preparar la comida y lavarle la ropa. Mientras ella se llevaba la parte positiva.

Enterré la cabeza en los cojines y sollocé en silencio mientras intentaba tener los oídos tapados y no escuchar a la escandalosa de Halldora follarse a mi… ¿a mi captor? ¿Mi salvador? ¿Cómo denominarlo? Al vikingo.

Vale, sí, tenía algo de celos de ella, pero no por lo que hacían juntos, sino porque tenía pinta de ser maravilloso y yo no había disfrutado de algo así en mi vida. En mis veintiséis años mis orgasmos se podían contar con una mano y me sobraban dedos. Yo quería poder sentir algo así con alguien que me amara o, por lo menos, que me hiciera disfrutar. Y si mis días iban a acabar en esta tierra oscura, húmeda y peligrosa, me gustaría disfrutar un poco antes de volverme vieja y arrugada.

—Ottar, ¿en qué batalla piensas? —¿La muy bruja se estaba quejando?

—¿Es que no te he dado ya tu pago, mujer? Creo que lo has disfrutado, como siempre.

—Yo sí, guerrero, pero ¿tú? ¿Qué te perturba?

—¿No te lo dicen tus piedras mágicas?—pregunté con sarcasmo.

—¿Quieres que las veamos? ¿Esperas que salga algo diferente a lo que sale siempre, Ottar? ¿O deseas escuchar la confirmación?

La vacié de mí y la dejé sentada en el banco. Cubrí mi cuerpo para que no deseara más, aunque sabía que ella siempre querría más. Y no lo tendría.

—¿Cerveza?

—Siempre, Ottar.

Se vistió y sacó sus runas para leerlas una vez más.

Su abuela era una antigua druida, venida desde muy lejos, se casó con un gran jefe vikingo y Halldora, al igual que su abuela y sus antecesoras, tiene el poder de ver el futuro en las piedras mágicas.

Su madre aconsejó a mi padre mucho antes de que yo naciera, nunca falló una visión. Si decía que mis antepasados saldrían victoriosos en una incursión, estos llegaban con el barco lleno de plata, oro y preciosas telas con las que vestían a las mujeres de su familia, entre otros obsequios. Acertó el número de hijos que tendrían mi padre y mi madre, también cuales de ellos morirían, cuándo y cómo lo harían. Halldora tiene los mismos poderes.

Quedó viuda hace años y no ha dejado que ningún otro hombre ocupe el lugar de su marido. Era una gran guerrera pero prefiere vivir alejada de la multitud. Durante los años que duró la guerra entre los pueblos de nuestra tierra fue una de las mejores escuderas. Ahora es de las pocas mujeres que viven solas aquí arriba en la montaña, alejadas de todo. A ningún hombre que conozca su don se le ocurriría atacarla y mucho menos provocarla.

Cuando yo bajo al poblado, le traigo lo que suele necesitar. Aquí arriba, en la montaña, somos pocos habitantes, yo le ofrezco protección y otros favores mutuos. Mi esposa está en las salas del Valhalla con su marido, los dos fallecieron el mismo día. Eso pareció unirnos a Halldora y a mí, aunque yo nunca he tenido por ella otros sentimientos que los de un hombre solitario que busca complacerse. Estamos unidos en cierta manera por las visiones que ella posee de mi futuro, siempre ha sido así. En realidad es como si fuera mi hermana pero puedo tener sexo con ella. Sé que no puede procrear, no podrá darme hijos, aunque eso ya me lo dijeron las piedras antes de conocerla a ella.

—¿Ottar, las ves con tus propios ojos? Deberías entenderlas tan bien como yo.

—¿Qué dicen?

—La mujer que llegaría a ti desde muy lejos ha llegado. Traerá objetos del pasado y te perturbará su presencia… Con ella llegarás más lejos de lo que nunca has imaginado.

—¿Puede ser ella? ¿Blank?

—Tú mismo has dicho que la has escuchado hablar en otra lengua. A simple vista, podría pasar por una de los nuestros pero… no lo es. Sí, Ottar, es ella. Su nombre significa luz, pureza… ¿Puede que sea por eso por lo que se resiste a tus… encantos? —Se acercó a mí y lamió mi oreja.

—Traía consigo el hacha de Bera, ¿cómo ha podido sacarla de las profundidades del mar? ¿Acaso los dioses se la han dado?

—Ella la tenía, ella la trajo desde muy lejos, de eso no hay duda.

—¿De qué tierra viene? ¿En qué barco ha venido?

—Mmmm, me cuesta ver la distancia… No, no la entiendo. No se mide en leguas, ni con ninguna medida que conozcamos, es… diferente.

—No puede ser ella. Me tiene miedo pero me ataca a la mínima, provocándome. Sé que sería capaz de defenderse, aunque claro está, no podría conmigo.

—Vuestra vida está unida, Ottar. Sigue siendo la misma visión que le ofrecieron a tus padres al nacer tú, tu destino está unido al suyo. Aprenderás a quererla y ella lo hará contigo. No será fácil pero acabará siendo. Aunque eso signifique que ya no quieras follar más conmigo… te echaré de menos —Una falsa sonrisa apareció en su cara.

—¿Quién ha dicho que yo no querré follar más? Ven aquí, mujer, y dame placer.

La tumbé sobre la mesa y volví a hundirme en ella profundamente, sin cuidado y sin vacilar. Me rodeó con sus finas piernas y jadeó hasta que la hice explotar. La única diferencia era que mi cabeza seguía estando en la mujer que ocupaba mi cama. Desde que la encontré ahogándose en el río, me atrapó. Primero por su belleza, después por el hacha de Bera. Su fuerza y oposición hacia mí me hacen desearla más y más cada minuto del día. La provoco todo lo que puedo pero no consigo lo que quiero. Nunca he obligado a ninguna mujer, ni cuando tenía derecho para hacerlo si eran mis sirvientas. He matado, descuartizado a hombres que atacaban casas, saqueadores. Y por más que la desee, no voy a forzarla.

Sé que me desea y, como le he dicho, ella será la que suplique por mi atención. Por ese motivo sigo teniendo relaciones, ahora más que antes, con Halldora. Se me pone tan dura que podría derribar la casa con mi polla. Dormir con Blank, notar el calor que desprende su pequeño cuerpo, haberla visto desnuda, sus pechos llenos y firmes, sus pezones más oscuros que el resto de su piel, ese extraño pendiente que lleva en un pezón. Esas piernas largas y bien proporcionadas, empezando por su fina cintura y sus curvas en las caderas y su culo… Cómo me gustaría perderme ahí, en medio de sus piernas y hundirme en ella hasta el fin de mis días.

Amé a mi esposa, sabía del posible futuro y así fue, ella no lo superó y no regresamos juntos a casa, la perdí tal y como predijo Halldora. Podría haber seguido mi vida en el pueblo, cerca del puerto, casándome de nuevo, cualquiera de las chicas me habría aceptado como esposo, pero no. Me refugié en las montañas, alejado de todo, solo un par de familias en mis tierras pero lejos de mi casa, huyendo de la profecía que decía que volvería a enamorarme y que me uniría a una mujer para toda la eternidad.

Ahora parece que he encontrado a la que debe ser la compañera de mi vida. Aunque me cueste creerlo por el momento. Ella me rechaza y yo no me fío de ella. Esa sensación de posesión y deseo no desaparece de mí. Y las ganas de molestarla tampoco y eso me confirma que me importa más de lo que soy capaz de reconocer.

Desperté por la mañana sola en la cama. Esa noche no subió a dormir conmigo. Mejor, más cama para mí, aunque yo ocupara siempre el mismo espacio en la cama, ¿a quién quería engañar? Esperé que subiera conmigo tres noches seguidas. Los días pasaban y cada vez estaba más familiarizada con las tareas de mantener una casa vikinga. Cocía pan, preparaba las comidas, me encargaba de mantener alimentados y limpios a los animales, menos al caballo, Ottar se encargaba personalmente de él.

Apenas nos dirigíamos la palabra. Veía como él me miraba mientras tallaba la madera o mientras hacía cualquier cosa siempre cerca de donde yo estuviera, pero si nuestras miradas se encontraban, yo desviaba la cabeza para otro lado. No podía sentir nada por este hombre más que agradecimiento por salvarme, mantenerme con vida y no abusar de mí mientras estuve inconsciente.

Pero aunque no lo mirara, su imagen aparecía en mis sueños salvándome, persiguiéndome, desnudo en la bañera o haciéndome el amor salvajemente. No podía negar que me sentía atraída por él, pero tampoco podía dejar que ese sentimiento aumentara o cambiara su naturaleza porque yo estaba esperando volver a mi casa. A veces había pensado en la posibilidad de que no volvieran a por mí, de no regresar nunca a mi tiempo. Y siendo sincera conmigo misma, en lo más profundo de mi ser, eso no me preocupaba.

Lógicamente echaba de menos cosas de mi propio tiempo: las comodidades, ir al cine, ver una película tranquila en el sofá de casa, mi cepillo de dientes, mi desodorante, las medicinas, el agua caliente, la lavadora…¡Ay! la lavadora, qué gran invento. Y el detergente. La mascarilla para el pelo, escuchar música… pero algo en esta montaña me atrapaba y me fascinaba, algo que me ayudaba a sobrellevar la falta de las demás cosas.

Él.

Los días iban pasando y seguíamos con esa calma tensa. El día que volvió de cazar y vio el montón de paja cubierto con dos pieles, un improvisado jergón que me preparé yo misma, acomodado en una de las dependencias de la parte baja de la casa, se enfureció. Me miró fijamente y pasó su mirada del jergón a mis ojos y viceversa.

¿Qué podía esperar? ¿Que siguiera durmiendo en la misma cama con él? Bueno, dormir, despertarme a su lado, porque nunca subía mientras yo estuviera despierta. Volvió a salir de la casa y estuvo todo el día entrenado con el escudo y la espada. Destrozó varios árboles. Supo que no iba a dormir más con él. No entendía por qué se molestaba tanto, yo no era nadie para él, solo su sirvienta, su esclava.

Por las noches sentía el frío. En la parte superior de la casa se estaba más caliente, el calor del fuego del hogar se concentraba arriba. Por no hablar del calor que desprendía su cuerpo desnudo en la cama, a mi lado.

Halldora venía con más frecuencia a la casa. Dos noches vino antes de cenar y no a escondidas como solía hacer normalmente solo para tirárselo y desaparecer después. Aparte de su apariencia de asesina peligrosa, su larga melena casi albina, sus rasgos marcados y los ojos de gata junto con su musculatura que asustaban, me trataba bien. Les había escuchado hablar en varias ocasiones de lo que les pasaba a los esclavos en aquellas tierras: no tenían ningún derecho ni defensa, estaban a la merced de su amo. Desde que los tratos con Inglaterra habían sido fructíferos y la religión cristiana empezó a propagarse, más a la fuerza que de forma voluntaria, las condiciones habían cambiado mucho para los esclavos.

Pero aquí arriba, en la montaña, alejados de cualquier sociedad, las normas las marcaban los pocos habitantes que quedaban. Si otro hombre quería violar a una mujer esclava nada se lo impedía, el amo era el único que podía negarse a que usara algo de su propiedad. Lo mismo si creía que tenía un motivo para matarla, lo hacía y punto.

Yo cenaba y me retiraba a mi jergón. Cuando creían que yo no escuchaba, Halldora le recordó a Ottar la necesidad de solucionar el tema pendiente si no quería que me pasara algo, si algún hombre me descubría podría tener problemas. ¿A qué se refería con eso? ¿Podía legalizarme de alguna manera? La pared que separaba mi lugar de descanso con el resto de la casa eran unas cañas mal colocadas por las cuales veía perfectamente el salón, el lugar principal de la casa donde estaba la mesa y los bancos, el hogar y la zona de cocina.

Cuando decidí dormir aquí abajo pensé que él subiría con ella a mantener sus relaciones en la cama ahora que yo no la ocupaba, pero no. El muy cabrón seguía follándosela en el banco, sobre la mesa o apoyada en ella.

No solo escuchaba con más intensidad sus gemidos, sino que podía ver la cara de él. Y encima parecía estar mirando hacia la pared de cañas que nos separaba, ¿sabía que yo lo veía? Y si no tenía plena seguridad en eso, estaba claro que no podía evitar escucharlos. Me tapaba la cabeza con dos cojines pero no conseguía amortiguar los sonidos. Esas noches los sueños con él eran más fuertes. Más intensos.

Hasta aquella noche en la que me desperté y estaba de pie mirándome.

Halldora acababa de salir por la puerta y por fin se hizo el silencio. No entendía cómo se atrevía a irse sola por el bosque en mitad de la noche, por no hablar del frío que hacía a esas horas. Yo había recorrido la mayoría del bosque cercano a la casa y nunca había visto ninguna otra vivienda, por lo que la casa de Halldora debía de quedar bastante alejada de la de Ottar.

Él se aseó y subió desnudo hacia su cama. Me costó dormirme pero al final lo conseguí. Estaba claro que soñaría con él, no había noche en la que no se colara en mi mente y en mi cuerpo. En sueños, sentía su cuerpo caliente y duro sobre el mío, me tocaba duramente. Sus manos grandes, callosas y eficaces raspaban mi suave piel, estiraba de mi pezón con los dedos pulgar e índice mientras se comía el otro duramente con la lengua y los dientes.

Su mano empezó a bajar por mi vientre y más abajo, hasta llegar a la zona depilada con láser, nunca volvería a tener pelo en esa parte de mi cuerpo. Encontró el camino hacia mi centro, se entretuvo antes de entrar para dilatarme y mojarme bien. Sus dedos hacían magia en mi cuerpo y en mi mente. Entró en mí y ya no hubo descanso, lo ansiaba tanto que no opuse resistencia y lo dejé hacer, dentro fuera, dentro fuera. Jadeaba y gemía su nombre, mientras yo misma tocaba mis pechos hinchados. Entonces el esperado orgasmo llegó, demoledor y poderoso, devastando todo mi cuerpo a su paso.

Y abrí los ojos.

Todo era un sueño, no era él quien me tocaba sino yo misma, mis manos habían seguido el camino que debían seguir sus dedos y había satisfecho yo misma mi propia necesidad. Llevaba más de un mes aquí, en esta casa del placer. Con este dios vikingo salvaje, irremediablemente sexual, disfrutando de la vista de su poderoso cuerpo en acción. Todo el día era una preparación para que por la noche mi sucia mente y mi cuerpo necesitado buscaran sus artimañas para satisfacerse.

Y esa noche, en sueños, lo conseguí.

Lo malo fue que él me escuchó y bajó. Su tono socarrón y de superioridad me cayó como un jarro de agua fría. Si no fuera tan arrogante, le pediría que me hiciera suya sin descanso hasta la próxima luna, pero no iba a caer en sus redes. Él me respetaba y no tenía ningún interés en mí, se bastaba con la bruja.

—¿Te lo has pasado bien, pequeña? —Su sonrisa de medio lado lo hacía todavía más tentador y más cabrón, a partes iguales.

Giré sobre mí misma, dándole la espalda, clavándome algo en la espalda que me molestaba horrores.

—Siento haberte despertado —murmuré.

—Yo también lo siento. Si por lo menos me hubieras despertado antes de empezar…

—Cabrón.

Me escuchó y al segundo lo tenía encima, agarrándome del pelo, obligándome a mirarle a la cara.

—¡¡Suéltame, Ottar!! —grité.

—¿Estás segura que eso es lo que quieres? Hace un momento me llamabas, gustosa y jadeante. Y por tu aspecto, ahora mismo, tus mejillas sonrojadas y tu forma de jadear, diría que deseabas fervientemente que fueran mis dedos los que hubieran entrado en tu cueva y los que hubieran salido empapados en tu jugo. ¿Me equivoco?

Su mirada chulesca y su sonrisa de medio lado era irresistible a la par que irritante.

—¡Siempre te equivocas! ¡¡Déjame, Ottar, suéltame!!

Metió su mano debajo de las mantas y cogió la mía. La cara de asombro y el suspiro que soltó al notar mis dedos mojados de mi propia excitación me humedeció aún más.

Inspeccionó mi cara unos segundos y, antes de liberarme del dulce peso de su cuerpo, se recostó y acercó sus labios a los míos. Mirándome fijamente antes de posarlos sobre mi boca, esperando una aprobación quizá, una aprobación que estuvo a punto de obtener, pero conseguí no moverme. Eso no facilitó mi propósito, ya que sus labios cayeron duramente sobre los míos. Antes de levantarse, se llevó mi mano húmeda a la boca y, sin apartar su mirada, lamió la punta de los dedos corazón y anular.

—Suplicarás —sentenció.

Y así, sin más, me dejó, sola y cabreada, para volver a su cama.

¡¡¡Dios!!! Estaba loca por este hombre: por su poder sexual, por su belleza, su fuerza, su protección, por sus caricias.

Deseaba ser un tronco para que me tocara con la misma veneración que lo hacía con la madera.

5

Hacía una semana que por las mañanas practicábamos juntos con la espada, el escudo, la maza y el hacha. Definitivamente, la espada no era lo mío. La primera vez que me la dio casi se me cae del peso que tenía. La empuñé con toda mi fuerza pero era demasiado pesada para mí. Entonces se acercó y, colocándose detrás de mí, pegado a mi espalda, estrechándome con sus duros y poderosos brazos contra su potente cuerpo, lo sentí. Ese deseo incesante de tenerlo dentro de mí. Me costaba mantener la distancia con él porque en realidad lo que quería era que no nos separara ni la más fina capa de seda, quería que me hiciera suya, lo ansiaba con todas mis fuerzas.

Durante estos días había descubierto que aunque siguiera siendo un salvaje, a veces lo pillaba observándome de soslayo, con la cara relajada, casi sonriendo cuando me peleaba con la cerda para hacerla entrar de nuevo en su cochinera o cuando los gansos me perseguían campo a través.

Deslizó su mano de grandes y largos dedos por mi brazo hasta llegar al a empuñadura de su espada. Sabía cómo provocarme y aprovechaba cada ocasión para hacerme sufrir. Cogió mi mano alrededor de la tallada y preciosa empuñadura e hizo los movimientos que deseaba enseñarme. Sentía su aliento pegado a mi cuello cuando me daba alguna orden o explicación se erizaba todo el vello de mi cuerpo, consiguiendo que me balanceara suavemente contra el suyo en busca de su parte ancha, larga y dura.

Me mareaba el hecho de estar entre sus brazos, sin escapatoria. Solo las capas de pieles y cuero, y su cota de malla se interponían entre nuestros cuerpos. El frío empezaba a ser helador y cortante, y eso que solo estábamos a finales de octubre. La cosecha estaba guardada, había matado ya a los animales que nos servirían de alimento durante el largo y duro invierno. Me enseñó a ahumar la carne, a salar el pescado para su conservación. Una de las veces que se desplazó, dejándome sola casi todo el día, vino con dos toneles de cerveza y otros dos de aguamiel. Por lo visto, algún pariente de Halldora tenía su propia destilería.

—La próxima vez que vaya al pueblo te compraré una espada adecuada para tu pequeño tamaño.

—¿Ya no temes que intente matarte con ella?

Dejó caer la espada, obligándome a abrir los dedos y, volteándome, me hizo quedar frente a él. Si desnudo era impresionante, vestido para matar era muy excitante, aunque nada como ver todo su poderío al desnudo. Levanté la mirada, no le tenía miedo, por lo menos no a que me hiciera daño, sí temía que un sentimiento más profundo se apoderara de mí y sufrir de por vida por un hombre al que no podía tener. Sus carnosos labios hablaban rozando mi nariz.

—Pequeña, ni con la espada más afilada, ni con el hacha, ni con una maza y yo dormido podrías herirme —Apretó su abrazo en la parte baja de mi espalda obligándome a corbarme más hacia él—. Inténtalo cuando quieras. Lo pasaré bien viendo como te cansas y jadeas.

Me maravillaba el movimiento de sus labios. A punto estuve, una vez más, de comerle la boca sin preguntar. Le gustaba provocarme pero ninguna noche venía a buscarme a mi pequeña cama. Hacía días que su amante no aparecía por casa, ¿se habría cansado de él?

—Estaré encantada de demostrarte que puedo ser una digna contrincante. Recuerda que no serías el primero al que mato.

—No se puede comparar mi forma física ni mi experiencia con la que tenía el pobre vikingo al que quitaste la vida. Hasta una niña de diez años habría podido con él.

Le empujé en el pecho con los puños cerrados, me dejó caer y gateé hasta el lugar donde estaba mi hacha y el escudo.

—No me hace falta ninguna espada. ¡Con esto me basto, vikingo! —dije, levantándome en posición de ataque.

Sonrió asombrado por mi provocación y, cogiendo de nuevo su pesada espada, vino lentamente hacia mí.

Serio y aterrador. Me protegí con el escudo y mantuve las piernas en posición para moverme lo más rápido posible, todo lo que él me había enseñado más lo instintivo que mi cuerpo reconocía por algún extraño motivo. Era absurdo el combate, lo tenía perdido nada más pedírselo, su espada larga y pesada rompería el escudo de madera sin darme oportunidad de acercarme a su cuerpo para intentar atacar, pero necesitaba liberar adrenalina. Me dejó acercarme a él, ataqué dos veces con el hacha sin apenas acercarme a mi objetivo, obviamente era un entrenamiento, la idea de matarlo nunca estuvo en mi mente.

Paró ambos golpes con su espada, atrapando mi hacha con ella y obligándome a tirar y maniobrar para recuperarla, fue muy considerado conmigo: la primera vez ya podría haberme golpeado con su arma y no lo hizo. La tercera vez que bloqueó mi ataque, atrapando mi hacha y quitándomela de mi propia mano, lo golpeé con el escudo en el torso, protegido con la cota de malla, nada podía hacerle.

El aire helado entraba en mis pulmones refrescándome y haciéndome sentir viva, aportándome el empuje necesario para seguir con esta falsa pelea. Quise atacar a su cabeza pero al levantar el brazo en un rápido movimiento, empujó contra mí derribándome en el suelo húmedo y barroso, inmovilizándome así con su cuerpo, una vez más.

El placaje era muy efectivo viniendo de la gran muralla que tenía por cuerpo. Peleé con los puños y con las piernas. Conseguí acertar en su parte más débil de un rodillazo, pero únicamente dejó escapar un leve quejido y una maldición. Ahora, sí estaba cabreado, su ceño fruncido, enmarcando sus preciosos y peligrosos ojos, su boca firme y dura y el peso de su cuerpo al completo aguantado por el mío me impedían casi respirar.

Cogió mis brazos por las muñecas y los separó a ambos lados de mi cabeza, tirando de mi pelo suelto y revuelto, el suyo caía con gracia sobre mi cara haciéndome cosquillas. Y por algún extraño motivo empecé a reír sin parar. Hacía mucho que no reía de esa manera. Era incontrolable. Me miraba asombrado y, cómo no, con el ceño fruncido, marcando esa uve entre sus cejas que tanto me gustaría acariciar.

Él apretaba su pelvis contra la mía, yo me resistía con las piernas, hasta que conseguí sacarlas de debajo de su cuerpo y lo rodeé con ellas, posando mis botas sobre su potente y duro culo.

Su mirada era tan peligrosa como él, igual de dura y penetrante. Cuando quise darme cuenta, me había soltado las manos y una de ellas estaba acariciando su barba, esa que tanto me gustaba, su cara sucia por el barro al igual que la mía. Acorté la distancia que separaba nuestras caras incorporándome levemente hacia él. Sin dejar de mirarnos a los ojos, acoplé mi boca a la suya lentamente.

Él mostraba estar sorprendido por mi reacción, saqué la punta de la lengua y lamí sus labios. Los pelos de su bigote erizaban más mi lengua deseosa de chuparlo por todas partes.

Lamí, juguetona, la parte baja de su nariz y le di un mordisco suave. Seguía riéndome pero esa risa pronto fue silenciada por otro sentimiento. Su cuerpo apretaba al mío, giró hacia un lado y me colocó sobre él. Ahora sus manos estaban en mis caderas, apretando hacia abajo para juntar más nuestros cuerpos. Estaba espectacular, ahí estirado en el suelo con su melena rubia suelta y loca por el suelo embarrado, mientras yo me acercaba de nuevo a su boca para comernos el uno al otro.

Pasó una mano por mi cuello y me obligó a bajar la cabeza hasta su cara, esta vez fue él quien comenzó el beso, penetrando en mi boca con su lengua salvaje y exigente. Sabía a gloria, manchado de barro, sudado y mojado, sabía a gloria. Estaba a punto de explotar solo con un beso apasionado. Notaba su erección clavándose a través de la ropa en mi sexo húmedo y necesitado. Empecé a moverme mientras nos comíamos el uno al otro.

Su boca sabía a hierbabuena, fresca y penetrante. Me envolvía con su lengua mientras mi pobre cerebro parecía freírse por tal nivel de energía.

Cuando deseé quitarme toda la ropa, arrancarle la suya y dejarme llevar de una vez, sentí el dolor en mi cuero cabelludo.

Alguien estaba tirando de mi pelo con todas sus fuerzas, separando nuestras bocas y nuestra unión. Abrí los ojos y Ottar estaba asesinando con su mirada a quien fuera que había detrás de mí.

—Quiero disfrutar de esta esclava —reclamó el que tiraba de mí, levantándome del suelo de un tirón. Ottar saltó ágilmente cogiendo su espada a la vez.

Me quedé de rodillas, con la cabeza inclinada buscando la postura en la que menos me doliera el cuero cabelludo. No podía coger mi hacha para clavársela a este desgraciado.

Ottar habló, calmado y pausado. De esa manera aterradora, perforando con la mirada al bastardo que se atrevía a tocarme.

—Esta mujer es mía. Y estás en mis tierras sin mi permiso. No deberías haberlo hecho.

—Veo que desconoces quien soy.

—No tengo por qué conocer tu nombre antes de matarte si atacas a mi propiedad. Y ella es mía —Recalcó mucho esta última parte.

—Es una esclava, no puedes negarme que haga con ella lo que quiera. Te daré tres en su lugar. Pero quiero follar con ella hasta que me plazca y después matarla por haber matado a uno de mis hombres. Te daré otras en su lugar.

—¡¡Me defendí de su ataque!! —bramé clavándole las uñas en el antebrazo.

Ottar clavó en mí su fría mirada azul para hacerme callar.

—Suéltala. No lo repetiré —Su apariencia era tranquila, como si estuviera hablando con un niño y no con un hombre que estaba apuntando a mi cuello con un cuchillo afilado.

—No sé de quién te defendiste pero tampoco me importa. Seguro que mi tío, el rey, quedará muy disgustado con tu trato a su sobrino Alfarin, me tiene en muy alta estima.

La cara de Ottar cambió levemente aunque no lo suficiente como para hacerle cambiar de opinión, o por lo menos eso creía yo.

—¡Oh! Alfarin, disculpa el error. Por favor, sírvete de cuanto gustes. Te prepararé cuernos de cerveza y aguamiel para que disfrutes del coñito jugoso de mi esclava. Como habrás podido comprobar, yo mismo lo estaba preparando, debe de estar muy húmeda, a mí se me ofrece con mucha voluntad.

—¡¡Serás cabrón!! ¡Salvaje, desgraciado! ¡¡Los dioses te castigarán por esto, Ottar!! —bramé furiosa.

¿Cómo se atrevía a ofrecerme y venderme de tal manera por más sobrino del rey que fuera el bárbaro que me sostenía y apuntaba con un cuchillo?

—¡¡Tendría que haberte matado mientras dormías!! —Sonrió y alzó una de sus cejas en mi dirección.

—Si quieres, antes de que te mate el señor, te follaré una vez más, esclava.

Pronunció las palabras con asco, pero había algo en su mirada que era diferente. No dejaba de observar los alrededores de la casa, donde empezaba el denso bosque.

—Sabia decisión.

Apretó la punta del cuchillo sobre mi piel y esta empezó a sangrar levemente por la pequeña incisión.

Chillé con todas mis fuerzas, me resistí mientras el odioso Alfarin me arrastraba, campo a través, hasta llegar al pajar, tirándome sobre un montón de paja limpia. Ottar no venía detrás de nosotros. No lo veía desde hacía unos minutos. Realmente iba a dejar que este mal nacido me violara. Me hizo girar y, después de darme un golpe fuerte en la cara, haciendo que mi ceja empezara a sangrar, rajó las cuerdas que mantenían cerradas mis ropas, dejándome con el pecho descubierto. La rabia y las lágrimas brotaron en mí, mientras él metía su asquerosa cara entre mis pechos. Con los ojos cerrados y apretados, le arañé la cara, mientras gritaba con todas mis fuerzas. Volvió a golpearme, esta vez en el estómago, consiguiendo que me doblara por el dolor.

Se deshizo de su cinturón, de su espada y su cuchillo, no sin antes rajar mis pantalones y dejarme con la entrepierna a la vista.

—Eres una esclava buena y vas a regalarme un buen rato antes de que te mande a saludar a mi amigo. Me has puesto muy duro montando a tu amo. Vamos, no seas tímida, abre las piernas, yo la tengo más gorda que él.

Apretaba los ojos con fuerza para no verlo, me habría arrancado las orejas para no tener que escuchar sus repugnantes palabras. La cabeza me zumbaba, sentía el pulso latir dentro de mi cerebro, creía que en cualquier momento explotaría. Y lo peor de todo, solo pensaba en por qué Ottar estaba permitiendo todo aquello.

Cuando sus asquerosas manos cogieron mis rodillas para separarlas, empezando a inclinarse sobre mí, escuché un sonido agónico y metálico de un cuerpo al ser atravesado por un arma letal.

Ottar estaba detrás de él, le clavó mi hacha en mitad de la cabeza, partiéndola como si fuera una simple sandía.

Me lo quitó de encima y se acercó a mí con cara de estar muy enfadado. Cogiéndome del brazo, me levantó y me arrastró al interior de la casa. Trastabillé varias veces antes de conseguir mantenerme en pie. Sus dedos se clavaban en mis pequeños bíceps y me hacía daño.

—¡No tenías que hablar! ¡¡No tenías que explicarle nada sobre si mataste o no a ningún hombre!!

¿Estaba enfadado conmigo? ¡Esto era el colmo! Temblado y llorando grité:

—¡Tú lo sabías desde el primer día! —Me daba igual estar medio desnuda delante de él. Eso era lo que menos me importaba ahora mismo.

—Sí, pero él no. Si me hubieras dejado hablar a mí, podría haberle dicho que eras mi mujer, que no tenías nada que ver con ninguna muerte y él no habría podido reclamar nada de ti. Así, he tenido que matarlo y esto no acabará aquí. En mi puta casa, ¡joder! Menos mal que he podido comprobar que venía solo antes de que te haya tocado.

—¡¡Yo solo quería defenderme!! Encima me has ofrecido directamente cuando te ha dicho su asqueroso nombre. ¿Tú no me tocas pero sí ibas a dejar que él lo hiciera? ¡¡Preferiría que me hubieras degollado antes!!

Lo empujé con el hombro y lo golpeé con los puños, con toda mi fuerza, llorando y pegando, dejando salir toda la rabia y la impotencia contenida, encarándome a él. Al no conseguir acción alguna por su parte, levanté la mano sin pensarlo y le guanteé la cara. Las lágrimas caían sin cesar por mi cara.

Aguantó el golpe estoicamente, incluso pasó su mano por la zona enrojecida. Después de mirarme fijamente, negó con la cabeza y me agarró con fuerza del pelo haciendo que inclinara hacia atrás la cabeza.

Acercó su cara a la mía, a escasos dos centímetros, mientras las aletas de su nariz se dilataban.

—No vuelvas a levantarme la mano, nunca. O te quedarás sin ella.

Grité a pleno pulmón sin bajar la mirada.

Me cargó sobre su hombro como un saco de patatas y me llevó hasta su cama, tirándome con fuerza en medio de esta. Del cabezal de la cama colgaba una cuerda, con la que me ató ambas manos por encima de la cabeza.

Empezó a quitarse capas de ropa, debería estar asustada por su ferocidad pero la verdad es que deseaba que ocurriera lo que parecía que iba a ocurrir. Antes de que desaparecieran sus pantalones, la voz de Halldora llegó desde fuera de la casa.

—¡Ottar! ¡¡Ottar!! ¡Abre la puerta! ¡Rápido!

—Tú te quedas aquí, no muevas ni un pelo o lo sabré.

Intenté controlar mi respiración pero era imposible que recuperara las pulsaciones normales.

Bajó las escaleras casi de un saltó y dejó entrar a Halldora.

—Ya ha llegado, ¿verdad? Pasó por mi casa y por casa de los Arnthor antes. Preguntaba por la mujer, la esclava que te servía.

—¿Lo vieron con alguien más? Yo he revisado los alrededores y estaba vacío.

—No, ningún otro hombre lo acompañaba. Ottar, solo puedes salvarla de ellos de una manera. Nadie la conoce, nadie sabe que está aquí, únicamente yo. ¡Tenemos que hacerlo ya! ¡No hay tiempo que perder! Ya le he dicho a los Arnthor que estabais casados. Si alguien más sabe que ella fue la que mató a esos desgraciados, vendrán a por ella y siendo tu esclava, no conseguirás salvarla. No debes ponerte tú en peligro, Ottar.

—No he hablado con ella de eso.

—Tendrás que forzarla de una u otra manera. Estoy segura que prefiere que seas tú quien la posea y no cualquier otro hombre que se encuentre.

—Voy a hablar con ella. Está arriba.

—¿Qué le has hecho? —Parecía preocupada.

—Por ahora nada, ha tenido suerte de que has llegado tú. Mi enfado sobrepasa los límites de aguante. La muy necia se ha descubierto ella misma ante el sobrino del rey. Ahora tendré que echar su cuerpo a los cerdos para hacerlo desaparecer.

—Tranquilo, acabo de echárselo yo. Ya era hora de que muriera el desgraciado. ¿Sabes a la cantidad de mujeres que ha forzado, esclavas o no?

—De todas maneras no puede ser que pasara solo por aquí, ¿hacia dónde se dirigía? Nadie sabe que Blank está aquí.

—He escuchado que en Dorms hay una feria, quizá iba allí a buscar algunos esclavos. Su tío hace tiempo que le retiró los favores y era un lobo solitario. Necesitaba ganarse la vida.

Subió por las escaleras con la misma velocidad que había bajado y me desató del cabezal de la cama.

—Levántate y baja.

—¿Qué quiere tu amante que hagas conmigo? ¿No se te ocurre ninguna forma de matarme? ¡Dame un arma y lo haré yo misma!

Estaba furiosa.

—Baja te digo, Blank. ¡Deja de provocarme, mujer!

Me empujó y bajé delante de él hasta quedar delante de la druida que me miraba imperturbable. Esta mujer debía saber que yo escuchaba sus jadeos cada vez que se lo follaba y no tenía el más mínimo síntoma de vergüenza en su cara.

—Blank, estás en peligro y has puesto en peligro a Ottar por protegerte —empezó diciendo muy tranquila.

—¡Yo no le he pedido que haga tal cosa!

—Pero lo ha hecho y eso es lo que cuenta. Si no, habrías muerto la primera noche, cuando llegaste a estas tierras.

¿Cómo sabía ella cuando había llegado yo aquí?

—Sé que no eres de los nuestros por más que intentes camuflarte, a mí no puedes engañarme. Desconozco cómo has aprendido nuestra lengua tan bien, pero tengo claro que no llegaste aquí en ningún barco, ni de Zuth el comerciante, ni de ningún otro.

Se acercó a mí, se inclinó y apartando un mechón de pelo de mi cara, miró la zona afectada por el puñetazo que me había dado el tal Alfarin.

—¿Ottar? —preguntó acusadoramente.

—No he sido yo. Aunque quizá debería haberle devuelto el golpe que ella me ha dado a mí.

Mi cara debía de ser un poema. Entre el golpe y el miedo, ¿cómo defenderme sin tirarme más tierra encima? Lo mejor era seguir callada.

Ella asintió satisfecha. No sé si por la respuesta del vikingo o contenta al saber que no había sido él quien me había propinado aquel golpe.

—Tu hacha, ¿todavía no recuerdas de dónde la sacaste?—preguntó Halldora acercándose de nuevo a mí.

Mierda, otra vez con las preguntas...

—No, siempre ha estado conmigo. Solo recuerdo eso.

—Blank, antes de que tú nacieras, sabíamos de tu existencia. Sabíamos que llegarías a Ottar, que le traerías problemas, que contigo vendría el hacha de Bera, perdida en mar abierto, en las profundidades del océano. También sabemos que serás su compañera y la madre de sus muchos hijos.

Mis ojos cada vez estaban más abiertos y mi piel más congelada. Mi mente paralizada. ¿Esto estaba previsto? ¿Que yo llegara a estas tierras lejanas en tiempo y en distancia de mi lugar de nacimiento? No entendía nada.

Empecé a negar con la cabeza, la cara de Ottar era un libro cerrado, no reflejaba ningún sentimiento.

—Blank, solo hay una manera en la que puedas salvarlo, le debes la vida a él. Debes casarte con él y debemos decir que hace meses que lo hicisteis. Nadie puede saber que has estado aquí sin ser su esposa. Diremos que te trajo de las islas del este y yo os casé. Las leyes aquí no son iguales para todos y tuviste mucha suerte de que aquella noche fuera Ottar quien diera contigo en el río.

—¡No! ¡No! ¡No!

—Sí, mujer, debes hacerlo, está escrito que así sea.

—¿Está escrito? ¿Dónde va a estar escrito? ¡Estáis locos, los dos! ¡Ottar, mátame! ¡Hazlo ya!

—Blank, si no lo haces, siempre estarás en peligro. Siempre habrá algún hombre que se acerque a su tierra y se le antoje follar con una esclava bonita y joven como tú. Debes convertirte en una de nosotros para que tengas todos los derechos, y seas libre para defenderte y actuar. Los hombres a los que Ottar ha matado para que no te hicieran daño tenían derecho a forzarte, quisieras tú o no. Aquí las cosas funcionan así. En cambio, si eres su mujer, su compañera, nadie puede obligarte a que te acuestes con quien no deseas. Y si a alguien se le ocurriera hacerlo, podrías matarlo con tus propias manos si quisieras. Ser una de los nuestros te da esa ventaja. Las esclavas siguen siendo moneda de cambio en algunos lugares. Y tú estarías muy solicitada.

Miró mi cuerpo, sucio, magullado y desnudo de cintura para arriba y con los pantalones raídos. Si no notaba el frío era por la adrenalina que recorría mi cuerpo.

Él empuñó el cuchillo que llevaba en el cinturón y lo acercó a mi cuello. En su cara apareció una sonrisa de suficiencia que me repateó el estómago.

Empecé a mirar de un lado a otro. Esto no podía estar pasando, ¿cómo iba a casarme con él? Yo no era de este tiempo. ¿Y si volvían a buscarme y desaparecía cuando ya fuera demasiado tarde? Cuando ya estuviera tan enamorada de él que me matara la separación perpetua. No podía hacerlo, era imposible.

—Sé que me deseas, pequeña, no te costará tanto aceptar ser mi esposa, nunca te he tratado como una esclava. Únicamente he pretendido enseñarte a llevar una casa. A mí manera.

Me giré hacia él para plantarle cara y reprocharle algo sobre lo que no tenía derecho, pero era lo que más me molestaba y dolía. El ataque de celos repentino nos sorprendió a los tres.

—Si querías algo conmigo, ¿por qué te acostabas con ella? —dije señalándola directamente—. Disfrutabas sabiendo que yo os escuchaba y te mostrabas desnudo ante mí para provocarme. No puedo casarme contigo, de ninguna manera.

—Lo harás. Yo voy al bosque a prepararlo todo, tú ocúpate de ella —le dijo a Halldora. Retiró la punta del cuchillo de mi cuello, justo en el lugar donde Alfarin me había hecho sangrar, y lentamente lamió la sangre que se había secado en la pequeña herida. Dio un suspiro y emitió un leve gruñido desde lo más profundo de su pecho. Acabó besando tiernamente la expuesta parte de piel.

—Estoy impaciente por tenerte, Blank —susurró en mi oído, consiguiendo que temblara y estuviera a punto de implosionar.

Sin más, desapareció de la casa, cerrando la puerta tras de sí.

La bruja druida y yo nos quedamos a solas.

Ella se acercó de nuevo a mí, sonriendo y agachándose para quedar a mi altura. Desde que llegué aquí, nunca había estado tan cerca de ella y, mucho menos, las dos solas.

—Sé que no te gusto, Blank. No debes preocuparte del sexo que tu marido y yo hayamos tenido. Yo no puedo darle hijos que perpetúen su nombre y le den una gran familia. Ese será tu papel ahora.

—Vaya, qué tranquilizador. Así podrá seguir follando contigo sin peligro de tener bastardos. Y no es mi marido.

Giré sobre mis talones para darle la espalda.

—Tranquila, una vez te pruebe, no volverá a tocar a ninguna mujer. Puedes estar segura de ello.

—Otra vez más una suerte para mí, ¿he caído en los brazos del único vikingo adorable y leal a su esposa?—Estaba más sarcástica que de costumbre.

Empezaba a temblar.

—Blank, deja de discutir conmigo, hay muchas cosas que debemos hacer y rápido. Mis ancestros antes que yo sirvieron y ayudaron a la familia de Ottar, sabemos desde su nacimiento que llegarías, las piedras no mienten y yo no fallo —Me clavó su fina y dura mirada y, cogiéndome por el brazo, me llevó hasta el hogar.

—Vamos a prepararte, preciosa novia. Lástima que no vayas a tener más testigos de la boda que yo misma, pero me encargaré de hacer llegar la noticia con la mayor celeridad. Solo te preguntaré una cosa antes de seguir y espero que me digas la verdad —Asentí levemente—. ¿Sabes de dónde vienes?

¿Podía responderle a esto sin miedo? Una parte de mi cerebro me decía que no, pero otra parte de él y mi corazón me recordaban que estaba dispuesto a casarse conmigo en lugar de matarme cuando para ellos hubiera resultado tan fácil deshacerse de mí. Me había salvado la vida tres veces ya, él mismo se había expuesto al peligro con tal de librarme a mí de él. La decisión estaba tomada.

Que fuera lo que los dioses quisieran.

—No tengas miedo—me decía la druida mientras vertía el agua hirviendo del caldero en la rústica bañera—, puedes confiar en mí. Soy tu amiga.

¿Mi amiga? Había sentido lo que era tener dentro a mi futuro marido y ¿decía que era mi amiga? En mi siglo esto no era así..., pero no estaba en mi siglo, estaba en el suyo.

Me armé de valor y decidí contárselo todo. ¿Qué más podía pasar?

—Está bien. Sí, lo recuerdo. Cada día me cuesta más hacerlo, mi mente se va olvidando de pequeñas partes de mi pasado... o debería decir de mi... —futuro, dijo ella—. Sí, de mi futuro. Llegué aquí porque un hombre muy sabio inventó una máquina, una máquina capaz de llevarte a otro tiempo. Entré... donde no debía y el hacha estaba allí. Después de eso, en pocos segundos aparecí aquí, desnuda y sin nada más que el hacha. Me encontré con una mujer y al escuchar sus palabras comprendí directamente su idioma. Vuestro idioma. Era como si solo hiciera falta escucharla a ella para que esa parte de mi cerebro se activara y saliera a la luz toda esa información. Todo pasó muy rápido, no sabía qué hacer, qué decir. Ni yo misma tenía claro al principio qué había pasado exactamente.

Su cara era de admiración, fascinación, parecía entender todo lo que acababa de explicarle.

—Entiendo, ya me lo explicarás cuando tengamos más tiempo, ahora hay que prepararte. Mientras tú estás dándote un baño caliente, Ottar estará bañándose en las frías aguas del río para llegar limpio a ti. Lo mejor de no tener invitados es que no tendréis que esperar para consumar vuestro matrimonio. Los dioses se alegrarán de vuestra unión.

Sonreía y se la veía, ¿feliz? Sí, parecía que su cara refulgía de felicidad. No había quien los entendiera. Un día estaban practicando sexo el uno con el otro y al día siguiente me casaba con el hombre que le daba placer.

—No pienses más en eso. Tengo relaciones con otros hombres que me proporcionan placer.

La miré sorprendida, sin poder creerla. Si en todas las cercanías a la casa no había llegado a ver ninguna otra casa, es que ella vivía relativamente alejada de todo. ¿Con quién tendría relaciones Halldora?

—Pero, ¿con quién? —¿Cuándo dejaré de ser tan curiosa?

—Ay, preciosa Blank, yo también tengo mis secretos.

A partir de ahí, poco hablamos, ella se encargó de todo, vertió unas gotas de un aceite perfumado de rosas en el agua de la bañera, dijo que Ottar se lo había dado para que lo utilizara conmigo, era un regalo de uno de sus viajes a tierras inglesas. Me lavó y peinó, me secó y vistió con un sencillo vestido color marfil de fino hilo, precioso y bien confeccionado, otro de sus recuerdos de los ingleses. Mientras me dejó al lado del hogar, me serví dos cuernos del aguamiel que Ottar había traído hacía pocos días. Estaba deliciosa, me calentaba y calmaba los nervios.

Halldora regresó con una corona de hojas y pequeñas flores que colocó sobre mi cabeza, alrededor de las trenzas que adornaban el resto de mi suelta melena. Durante el último mes había crecido bastante, la parte de atrás casi llegaba a mi cintura. Me entregó un pequeño ramillete de flores silvestres.

—Coge tu hacha. Deberás entregársela a él cuando hagáis el intercambio.

—¿Intercambio? —pregunté curiosa.

—Sí, durante la ceremonia él te entregará su espada, que antes fue de su padre, y del padre de este y así varias generaciones atrás, tú serás la que haga crecer su linaje y la guardiana de las tradiciones de su familia y le entregarás un arma, el hacha, para que él te proteja a ti y a la familia que formaréis.

Asentí con la cabeza.

No sé cuánto rato pasó desde que estábamos en el campo practicando, después cuando nos besamos apasionadamente lo que dio paso al terrible suceso del día. No tenía ni idea de cómo sentirme, estaba en blanco, no me hacía a la idea de lo que realmente estaba pasando hasta que salimos de la casa y fuimos hacia el denso bosque. Hacía horas que no veía a Ottar por ninguna parte, igual se había arrepentido y me dejaba en manos de la bruja para que ella se hiciera cargo de mi muerte.

Las hojas y ramas crujían al pisarlas, la niebla empezaba a caer sobre nosotras conforme nos adentrábamos en el bosque. El olor fresco de la naturaleza se instaló en mi pecho. Al llegar a cierto punto vi varios animales muertos colgados en diferentes ramas, serían el sacrificio para los dioses, pensé. Un poco más adelante, Halldora me colocó dentro de un círculo de pequeñas piedras que bordeaban mis pies, con un diámetro más o menos de un metro.

Entonces llegó él, cuando el sol se ponía, la luz del día desaparecía y brillaba una gran luna llena. Se acercó a mí, imponente y majestuoso, alto y fuerte, limpio y salvaje a la vez. No podía, ni quería, apartar la mirada de él. Esta extraña unión era para salvarme, para mantenerme segura y tal vez amada por un hombre que no sabía nada de mí. No podía casarme sin decirle lo que yo sabía.

¿Sería él capaz de entender lo que ya le había explicado a su druida?

—Ottar, tengo que explicarte algo… Yo… no soy de aquí, no soy de este tiempo… Vengo de muy lejos…

—No temas, pequeña, lo sé. Siempre he sabido que llegarías a mi vida y que vendrías de tierras lejanas.

—No, no me entiendes. ¿En qué año estamos ahora mismo? —Me miró extrañado por la pregunta.

—En el 1230. ¿Por qué? —Su mirada inspeccionaba mi cara, su mano derecha empuñaba su espada en descanso.

—Yo no vengo de tierras lejanas, vengo de… un tiempo… un tiempo lejano… Yo naceré en el año 1990. ¿Entiendes ese número?

—Sí, lo comprendo, pequeña.

—¡¡Deja de llamarme pequeña!! ¡¡No lo soy, joder!!

—Pequeña y cabezona, eso es lo que eres entre otras muchas cosas —Su sonrisa me cautivó de nuevo y su mano me atrajo hasta él, cogiéndome por la cintura con tanto cuidado como nunca antes me había tocado.

—Ottar, igual que llegué puede ser que desaparezca un día y…

—¿Te dolería que eso sucediera? —Su voz era apenas un susurro. Halldora parecía inquieta por algo.

—Depende de ti —dije bajando la mirada hasta su espada.

Depende de lo que te quiera en ese momento, quise decir, pero mis palabras murieron en mi boca.

—Entonces será doloroso. Pero nunca te dejaré marchar, sigues siendo mía y más lo vas a ser. Halldora…

La hechicera empezó a nombrar a todos los dioses habidos y por haber. Nombró a los antecesores de Ottar, a su único hermano vivo, algún primo que vivía lejos de allí. La ceremonia en sí no tuvo nada que ver con las típicas bodas cristianas del siglo XXI. Pronto llegó el momento de besar a la novia. Se giró hacia mí, manteniéndose tan alto como era sin acercarse a mi boca para besarme. Quería que se lo pidiera o que yo lo buscara, ya me lo advirtió una vez. Entonces, coloqué mis manos en su pecho perfecto, ancho y protector y, poniéndome de puntillas, me acerqué a su cara, aún así no llegaba a tocar sus labios con los míos. Sonrió antes de hablarme con voz ronca y perturbadora.

—¿Ves como eres pequeña, mujer?

Mi dulce mano se convirtió en un puño y le golpeé el pecho, fui yo la que se hizo daño. Sonrió y, con ambas manos, me cogió por la cintura con sus largos y fuertes dedos, elevándome para acercarme a su boca.

—No sabes las ganas que tengo de pelear contigo luego, y todos los días y todas las noches, porque yo siempre ganaré y tú acabarás suplicando por mis caricias y disfrutando de ellas.

—No estés tan seguro, vikingo, me has enseñado bien.

Dicho esto, sus labios atraparon los míos poco a poco, yo estaba más que preparada para recibirlo pero no podía demostrárselo tan abiertamente, así que pasando mis manos por sus hombros hasta colocarlas entre su pelo, en su nuca, me dejé llevar, haciéndome de rogar con el roce de su insistente lengua para que abriera los labios.

Fue maravilloso, su lengua caliente y suave rozó la mía y preparó mi cuerpo haciendo que lo deseara ansiosamente.

—Halldora, debes salir ya y hablar a todos de mi mujer, contaremos que estamos casados desde hace dos lunas, nadie podrá sospechar que ella tuvo algo que ver con esas muertes.

—Esperemos que eso funcione, Ottar. Así lo haré. Sí me necesitáis, hacédmelo saber. En caso contrario, os dejaré disfrutar de vuestro recién matrimonio. Seguro que tendréis muchas cosas que hacer.

La muy bruja se estaba riendo de mí. Sé que seríamos buenas amigas, la confianza que le procesaba Ottar se hacía extensible a mi persona. Al fin y al cabo, también le debía mi vida a ella por las curas de mis heridas.

Ottar silbó y su gran caballo negro apareció entre los árboles. Me colocó sobre los lomos del precioso animal y, con soltura y gracia, subió colocándose detrás de mí. Antes de espolear al caballo, pasó posesivo su brazo izquierdo por mi cintura y me apretó contra su cuerpo. A través de la ropa podía notar en mis nalgas cuan duro estaba. Esa situación era de lo más sensual, por lo menos a mí me lo parecía. Seguía estando a su merced, sin poder escapar de sus brazos, de su cuerpo o de su protección. Sus labios rozaron mi oreja y me susurró:

—¿Lista para pelear? Por fin vas a conocer al vikingo.

Todo mi cuerpo se tensó, sobre todo mi entrepierna. Mi útero palpitaba ante la idea de ser dominada en la cama por este poderoso y precioso hombre que se sentía orgulloso de ser mi dueño. Habían sido muchos los días y las noches, los sueños en los que él tocaba mi cuerpo venerándolo y por fin iba a suceder de verdad.

El caballo empezó a descender la colina entre los árboles, roca y niebla. Tardamos poco más de diez minutos en llegar a la casa, mi cuerpo iba rebotando sobre el suyo, mi pelo suelto al viento flotaba alrededor de su cuerpo. Me sentía caliente y segura teniéndolo detrás de mí, pegado a mí. Todo el camino fue un juego previo para lo que vendría después.

Me ayudó a bajar del caballo justo delante de la cuadra de este. Refregándome por su cuerpo llegué al suelo en la oscuridad de la noche y esperé mientras metía al animal en su cuadra.

—¿Cómo se llama tu caballo?

—*Valiente*.

—*Valiente*, ¿eh? Como su amo.

—No, su amo se llama Ottar, ya deberías saberlo —Tiró de la barrera que cerraba el cercado de *Valiente* y vino hacia mí sonriente.

—Te has vuelto un gracioso, yo pensaba que tendría al vikingo duro y despiadado…

—¿Eso es lo que quieres?

6

Un grito escapó de mi boca cuando me cargó sobre sus brazos para atravesar la puerta de la casa. La cerró y, después de atrancarla con la viga de madera, subió directamente a la cama donde habíamos dormido juntos las primeras noches durante mi recuperación. El barril de aguamiel estaba, junto con dos cuernos, al lado del gran lecho. Llenó los dos y me ofreció uno.

—Bebe.

—No hace falta que me lo ordenes todo. Dámelo y lo haré, Ottar. ¿Ya no soy tu esclava, cierto? —pregunté algo molesta.

—No, ya no. En realidad, nunca lo has sido pues nunca te he tratado como a tal —Su sonrisa de medio lado era fascinante.

Se bebió de un largo trago su bebida y se quedó mirándome mientras yo bebía lentamente la mía. El rubor cubrió mis mejillas, ahora sí que había llegado el momento de unirnos. No recordaba cuando fue la última vez que tuve sexo, ni si podía llamar sexo a lo que yo había hecho alguna vez con Javi.

Se acercó a mí y, quitándome el cuerno todavía con líquido en su interior, lo terminó para después tirarlo hacia abajo.

—Beberemos del mismo.

Mi pecho empezó a subir y bajar alocadamente por la respiración entrecortada, me sentía tremendamente caliente y, aunque el hogar estaba ardiendo más que nunca, la leña duraría toda la noche, no era eso lo que provocaba el calor en mi cuerpo. Era su cercanía, la cercanía de Ottar alteraba mis sentidos y mi cuerpo.

Quería que le rogara y aquella noche me sentí dispuesta a hacerlo. Me acerqué a él el paso que nos separaba y, levantado la cara para mantener el contacto visual, acerqué mi mano derecha a su cara. Llevaba la barba algo más corta que cuando nos conocimos, pero al igual que en aquel momento, no puede contener las ganas de tocarla.

Estiré la mano y jugué con su vello facial, fui bajando hacia su grueso cuello. Los músculos recorrían toda su anatomía, su cuerpo de guerrero, de luchador, un dios vikingo del sexo que se hacía adorar cual deidad. Deslicé la mano por sus potentes pectorales de uno a otro, a través de la tela notaba la separación de un músculo al siguiente. Su mirada imperturbable no demostraba alteración alguna al recorrido de mi mano. Eso iba a cambiar.

Noté sus marcadas abdominales, grandes cuadrados que adornaban su vientre plano y duro. Me entretuve en cada uno de ellos. Pasé por alto el cinturón y fui directamente hacia la parte que me interesaba ahora mismo de su anatomía. Estaba esperándome, por lo que sí le había afectado mi lento paseo por su cuerpo. La palpé sobre el pantalón, creció inmediatamente en mi mano.

Jadeé involuntariamente, no quería demostrarle cuánto ansiaba su cuerpo y sus manos sobre el mío, pero fue incontrolable. Estiré el cuello y me puse de puntillas para acercarme a él, que accedió dejándome besarle los labios mientras declaraba mis intenciones.

—Mi señor, deseo, anhelo, suplico que esta noche hagas uso de tu dura, caliente y poderosa espada en mi cuerpo.

Respiró profundamente antes de contestarme.

—Quiero verte desnuda, no quiero que nada se interponga en nuestra unión. Llevo mucho tiempo esperando oírte decir eso. Desde el momento en que me rechazaste he deseado clavarte mi espada cada día, cada noche.

Eso me hizo pensar que la había estado clavando en el cuerpo equivocado y me cabreé. Rompí su abrazo y me giré bruscamente resoplando como una yegua salvaje.

—Pues para desearme tanto, no lo intentaste mucho, le dabas a otra el placer que querías darme a mí y sin ningún remordimiento, sabiendo que yo estaba viéndolo todo.

Me cogió por las caderas y me clavó su firme erección en las nalgas, a través del vestido. ¿Se había desnudado mientras yo hablaba?

—Me rechazaste, Blank, te dije que suplicarías y lo has hecho. Ahora, si tú me das placer, nadie más lo tendrá de mi cuerpo —Sus manos empezaron a subir por mis costillas y llegaron a mis pechos calientes y duros, anhelantes de su roce. Pero me cabreó todavía más.

—¿Si te doy placer? Y si algún día no te lo doy, ¿volverás a dárselo a la bruja o a cualquier otra mujer que se cruce en tu camino? En ese caso, yo buscaré un hombre que me dé lo que tú me niegues —Los celos que llevaba controlando tantos días se apoderaron de mí.

Tiró de mis pezones con sus hábiles dedos y me susurró al oído con esa voz que solo él tenía, dura, calmada y seguro de sí mismo.

—Mía, solamente mía. Ningún hombre te tocará, jamás. Y yo soy tuyo de esta noche en adelante —Ante el placer que me proporcionaba dejé caer mi cabeza sobre su pecho y refregué mi culo por su caliente erección. No lo soportaba más.

Sus dedos hacían magia en mis pechos, empecé a gemir y a retorcerme contra su cuerpo. Él no paró en su ataque de placer, al contrario, estiraba y torturaba mis pezones sin miramiento. Con un tirón de su mano desgarró las costuras del vestido, dejándome desnuda de cintura para arriba. Ahora, su tacto estaba directamente sobre mi piel, sus manos duras y callosas frotaban la fina y sensible piel de mis pechos. Me sentía explotar. Su lengua juguetona empezó a lamerme el cuello y a morderme el lóbulo de la oreja y allí donde el cuello se junta con el hombro. Mi cuerpo cada vez más enloquecido se retorcía dentro de su abrazo para notar su polla entre mis muslos, la deseaba dentro ya.

Entre mordiscos y lamidas y su persistente ataque a mis pezones, exploté entre sus brazos con un grito de placer cuando el orgasmo me arrasó y mis fluidos salían de mi vagina en recompensa por su buen trabajo. Menos mal que él me tenía atrapada entre sus brazos si no, me habría caído al suelo ante la magnitud del orgasmo que acababa de tener. Dejó que me recuperara mientras me regaba el cuello de dulces besos, no como hasta ahora que habían sido besos duros y lamidas salvajes, como un león a su leona.

—Y eso solo con los dedos, imagina lo que voy a hacer contigo ahora —susurró en mi oído.

Retiró la melena suelta de mi espalda echándola hacia un lado sobre mi hombro. Fue entonces cuando vio el tatuaje del sol que llevo en la nuca. Sus grandes dedos abarcaron mi cuello y su lengua recorrió las primeras vértebras de mi cuerpo hasta el nacimiento del pelo en mi nuca.

—Sabía que eras mi luz.

Me llenó de dulces besos toda la espalda, se arrodilló detrás de mí y acabó de quitarme el vestido roto por los pies, después me descalzó. Tenía el vello de todo el cuerpo erizado, era una tortura sexual sentir su lengua recorriendo mi cuerpo, estaba indefensa a su merced y a merced de su lengua peligrosa. Subió por los muslos y, cuando llegó a las nalgas, las apretó con la mano, mientras su lengua no cesaba en su empeño de humedecerme entera. Yo intentaba mantener el equilibrio, por los dioses que lo intentaba. Tenía los ojos cerrados por miedo a caerme si los abría pero sabía que la cama estaba a un metro de mí, una parte de mí quería que me tirara ya sobre ella, otra simplemente deseaba que me penetrara en cualquier postura y posición. Pasó un brazo por detrás de mis rodillas obligándome a abrir las piernas, lo que le daba acceso a mi sexo desde atrás.

Su lengua se entretuvo un rato en mi trasero, pasando por el agujero fruncido y apretado que le quedaba a la vista.

—¡Ooooh! —Los jadeos escapaban de mi boca sin remedio.

Entonces me hizo girar para quedar de cara a él. Seguía de rodillas ante mí, preciosamente preparado, su pene palpitaba furioso contra sus abdominales, su melena suelta eran las riendas con las que me sostenía mientras su lengua paseaba por mi sexo. Hábilmente cogió mi muslo derecho y lo posó sobre su hombro, ahora sí me tenía a su antojo. Sin apartar su mirada de mí, acercó su boca a mi sexo y se relamió antes de chuparlo. Una risita tonta escapó de mi boca, los nervios, me dije a mí misma, y cuando pasó su dura y húmeda lengua por mis pliegues me sentí explotar de nuevo.

—¡¡¡Ooooh, Dios!!! Ottar, si me corro otra vez, me caeré al suelo.

—Quiero probar tu dulce aroma. Si sabe tan bien como huele, después podrás tumbarte y seguiremos en la cama.

¡¡Por favor!! Esto no iba a acabar en toda la noche… Me sentía afortunada.

Lamió y chupó mi clítoris con tal fervor y adoración que mi cuerpo no dejaba de liberar flujo preparándose para su intrusión. Con la pierna bien sujeta por su mano al lado de su cabeza, yo veía desde arriba su nariz rozando mi clítoris hinchado mientras su lengua hacía estragos en la entrada de la vagina. No sé cómo no se quejó en ningún momento, tenía los puños cerrados en su pelo largo y tiraba de ellos cada vez que aumentaba el placer. Un dedo se apuntó al juego y mi sexo empezó a palpitar, la vagina y el útero se pusieron de acuerdo en hacerme perder los papeles, y empecé a jadear y gemir como una posesa.

—¡Hazme tuya, Ottar! ¡¡Oooh, por favor!! ¡Quiero tenerte dentro de mí!

Noté su sonrisa en mi delicada y húmeda piel.

Su dedo se introdujo más adentro sin dejar de moverse, justo en el punto exacto que me provocaba tal locura. Su lengua hacía el trabajo desde el exterior, lamiendo largas pasadas desde mi vagina hasta el clítoris despoblado y dolorido por el continuo roce de su nariz y su barba sobre él.

Lo vi venir, irremediable, implacable y poderoso, el orgasmo se apoderó de nuevo de mi sensible cuerpo y estallé en su cara. ¡Oh, dios! Esto era más de lo que podía soportar, su lengua seguía entrando en mi vagina, podía notar como sonreía, sus manos pasaron a sostenerme por el culo apretándome hacia su cara.

Me follaba con su lengua potente mientras me corría sobre su cara, en su boca. Grité su nombre largamente y con admiración. En mi vida había tenido un orgasmo como aquel. Era maravilloso, divino, salvaje correrse así de esa manera gracias a su mano, su boca y su lengua. Acabó de lamer mis fluidos y me mostró su cara, brillante y mojada por mi placer, placer que él me había proporcionado. Me miró intensamente a los ojos y se lamió los labios.

—Mía. Deliciosamente mía.

Le acaricié la cara, deseando que se levantara para poder besarlo y sentir todo el calor de su cuerpo sobre mí.

Se levantó despacio, lamiendo partes de mi cuerpo que todavía no había lamido, subiendo por mi vientre se entretuvo con el ombligo y después llegó a un pecho, el izquierdo, y estiró con los dientes del piercing del pezón, haciéndome gemir de nuevo. Había tenido ya dos orgasmos pero mi deseo por él no disminuía. Al contrario, parecía aumentar a cada caricia que él me daba. Chupó y estiró un poco más de mis pezones hasta llegar a mi boca. Su mano dura y exigente me apretó a su boca, haciéndome abrir la mía de golpe, eso le dio ventaja para meterme la lengua dentro y darme a probar mis propios jugos.

Entró triunfante por toda mi boca, lamió todos los recovecos y chupó mis labios. Mi lengua se acompasó con la suya y lamió su boca, notaba mi propio gusto salado en él y me enloquecía pensar en lo que sería tener su gusto salado dentro de mi boca. Pensaba descubrirlo pronto.

Caminé dos pasos de espaldas y me giró para colocarme a cuatro patas sobre la cama. Le quedaba perfectamente a medida, acercó su polla palpitante y dura a mi trasero y se refregó en él a su antojo antes de dirigirla hacia mi necesitada vagina. Con una de sus fuertes manos enrollada en mi pelo y la otra en mi cadera, me tenía inmovilizada a su antojo.

—Por fin vas a sentir lo que es la espada de Ottar atravesar tu cuerpo.

Movía el culo en su dirección deseando que me lo demostrara ya. Gemía solo de pensarlo. Estaba fuera de mí.

—Suplica, pequeña.

Gruñí por el cabreo, buscaba mi sumisión y yo no quería dársela. Me molestaba que usara ese momento de debilidad para aprovecharse de su ventaja.

—Suplica, pequeña, sé que deseas tenerla dentro. Yo también lo estoy deseando.

Noté de nuevo su gordo y ancho capullo en la entrada palpitante de mi sexo, metió un par de centímetros y volvió a sacarla.

—¡¡Ottar!! —grité—, te mataré mientras duermes si no me follas de una vez.

—Dilo —gritó estirando de mi pelo enredado en su puño.

—¡Sí! ¡Métemela, Ottar, oh, por favor! ¡Deseo tenerte dentro de mí ya!

Dicho esto, entró de una embestida en mi ser, no dejó tiempo para que mi cuerpo se adecuara a su gran tamaño. Un gran hombre, un gran vikingo con una gran polla.

Era el conjunto ideal. Grande y ancha desde su base a su punta rosada y palpitante, con una gran vena que la atravesaba de arriba abajo. Su vello púbico, rizado y tan rubio como el de su larga melena. Sus huevos rebotaban en mi culo a cada embestida, cada vez que clavaba en mí su dura y gran espada de carne húmeda y caliente.

Siseó y gimió mi nombre, subió un pie a la cama, flexionando su pierna derecha y se acopló todavía más adentro en mi interior.

—¡Ohhhh sí, Ottar! Me haces explotar.

Sentí un leve dolor hasta que me dilaté para aceptarlo, mis músculos internos lo rodeaban a la perfección y cada fricción era bien recibida.

Sus ruidos y gemidos replicaban con los míos, su dureza y salvajismo me elevaban al máximo placer. Me poseía el cuerpo y el alma cada vez que entraba más en mi ser. La gran cama se movía de tal manera con sus embates que me sentía mareada por el doble movimiento, era como flotar mientras nos uníamos de la forma más salvaje y satisfactoria posible. Este era mi hombre, mi vikingo, mi dios.

Me escocía el cuero cabelludo ante sus tirones por inmovilizarme, yo me dejé llevar completamente a gusto con todo lo que me hacía. Sentía su vibrante polla temblar en mí cuando sus envites se volvieron más cortos y rápidos, estaba llegando al orgasmo de nuevo. Lo sentí tan fuerte como las veces anteriores pero fue mucho más especial, mucho más largo. Los calambres salían desde mi útero por mi vagina haciéndome estallar del inmenso placer que me daba. Cuando su orgasmo llegó, se clavó en lo más profundo, estirando de mi pelo hacia él y empalándome hasta el último resquicio de mi interior, sus huevos estaban pegados a mis nalgas, los sentía duros y pesados. Tembló dentro de mí y lo sentí vaciarse con violencia y urgencia. Su semen se juntó con mis fluidos y salían entre nuestra unión resbalando por mi pierna. La respiración de los dos era trabajosa y pesada.

Pasó su gran brazo protector por debajo de mi cintura y me sostuvo mientras, poco a poco, me vaciaba de su gran pene. Seguía empalmado después del polvo que acabábamos de echar. Era insaciable. Me ayudó a recostarme en la cama estirándose conmigo, haciendo la cucharita.

Al poner la cara sobre mi cojín, noté que había algo debajo. Metí la mano y saqué una figura tallada en madera. Era una réplica del martillo del dios Thor.

—¿Lo has hecho tú? —pregunté sorprendida recuperando el aliento.

—Esto garantizará nuestra prole, nuestra creación.

—Esto y tu forma de hacer el amor —dije apretándome a su cuerpo duro y caliente.

—Sí, eso también tendrá algo que ver.

Sus dedos masajearon mi cuero cabelludo, allí donde la presión anterior había enrojecido la zona.

—¿Demasiado vikingo para ti? —preguntó sin dejar de acariciarme.

—Puedo soportar más de ti, vikingo.

Sus manos descendieron lentamente por mi cuerpo, nuestras piernas enredadas, su brazo protector y posesivo rodeaba mi cintura. Lentamente levantó mi pierna y se instaló con facilidad en mi sexo. Su pene seguía en plena forma, preparado para otro ataque de placer. Me acerqué suavemente hacia él, pidiéndole silenciosamente que volviera a llenarme de placer y dureza. Esa vez entró despacio, acariciando cada centímetro de mi piel con la punta de sus dedos, fue suave y cariñoso.

Mi espalda contra su pecho. Lentamente enterró su erección en mi cuerpo y, con cadenciosos movimientos, me hizo el amor de la forma más suave posible. Sus labios rozaban y besaban mi cuello y mi espalda, nos movíamos perfectamente sincronizados, adelante y atrás, nuestros jadeos era lo único que se escuchaba. Yo lo incité a que fuera salvaje de nuevo, él se limitó a frenar los locos movimientos de mis caderas que demandaban más fuerza.

—Despacio, pequeña. No tienes que demostrarme nada. Soy vikingo y eso es compatible con hacerle el amor a mi esposa de manera dura y salvaje pero también de la forma más dulce y delicada. Me gusta sentirte despacio, lentamente, cada parte de tu cuerpo rozándose con el mío. Deja que te posea tiernamente, Blank. Tenemos toda la vida para pelear el uno con el otro.

Sus palabras llegaron, al igual que su pene, a lo más profundo de mi ser. ¿Podría sentir por este hombre algo tan profundo en solo un mes? Y él, ¿podría sentirlo por mí?

Después del cuarto orgasmo caí rendida en los brazos de Morfeo, y en los de Ottar, que me arropaba con su caliente y protector cuerpo, me sentía completamente segura y a salvo rodeada por él.

Desperté al cabo de unas horas, estaba destapada pero mi cuerpo seguía caliente gracias al calor que irradiaba mi recién estrenado marido. Su ferocidad y su letalidad seguían presentes aún cuando dormía plácidamente. Estaba estirado boca arriba con mi cabeza descansando en sus fuertes pectorales y uno de sus brazos me mantenía pegada a su cuerpo. Me encantaba su olor a hombre, a marido, olía a nosotros igual que yo olía a su aroma impregnado en mi piel. Me deleité mirándolo, sus largas y rubias pestañas descansando sobre sus mejillas, sus labios entreabiertos pedían a gritos ser lamidos y mordidos, tenía la pequeña marca que le había hecho tan solo unas horas atrás en nuestro beso furtivo en el campo. Su piel demostraba las horas que pasaba a la intemperie, las batallas libradas y vividas. Tenía una cicatriz en el antebrazo izquierdo, parecía la marca de Batman…, aquí desconocido totalmente. Sonreí por mi pensamiento.

¿Cómo reaccionarían las gentes de esta época si vieran a algún superhéroe? Enseguida pensé que aquí los héroes eran de carne y hueso, él era mi héroe, mi salvador y mi cuidador. Un escalofrío recorrió mi columna al pensar que ya no deseaba ser devuelta a mi tiempo o por lo menos no separada de él. Lo amaba. Todos estos días habían servido para enamorarme loca e incondicionalmente de él. Cuando volví a subir la mirada de sus preciosos labios hacia sus ojos, los tenía abiertos, mirándome fijamente.

Mi instinto reaccionó automáticamente, necesité sentirlo dentro de mí de nuevo, darle placer y recibirlo de él. Habían sido muchas las veces que lo había deseado en silencio, cada vez que se paseaba desnudo delante de mí, mostrándome su perfecta, grande y dura anatomía, incluso cuando lo escuchaba joder con la bruja, me cabreaba por lo cachonda que me ponía y deseaba ser suya. Y ahora yo era suya, a cambio lo tenía a él y pensaba disfrutarlo todo lo posible mientras esta locura durara, mientras nadie me separara de él.

Tenía mi brazo por su cintura y poco a poco empecé a acariciarlo. Nuestras miradas seguían fijas, azul acero contra verde naturaleza. Se acomodó cuando mi mano descendió hasta su imponente polla, había dormido casi todas las horas empalmado, duro contra mi cuerpo y me había dejado descansar. Menos mal porque me sentía algo dolorida por nuestros encuentros amorosos. Ahora, con la tenue luz de dos velas que quedaban encendidas, era todo mágico. Llegué hasta la base ancha de su pene y ahuequé la mano para acogerlo. Apenas lo abarcaba en toda su amplitud. Empecé a mover suavemente la mano arriba y abajo, entreteniéndome con su punta rosada y suave. Era acero cubierto de seda, tan dura y tan apetecible a la vez.

Mi boca se hacía agua por tenerla dentro. Dejó escapar un suspiro cuando apreté con el pulgar la salida de su semen, noté una pequeña gota solitaria y no pude resistirme a probar su sabor. Llevé mi dedo, tentadora, hasta mi boca e introduciéndolo en ella lo chupé con ganas y cerré los ojos con fuerza, rompiendo en ese momento nuestro contacto visual por primera vez. Lo escuché exhalar por la nariz profundamente. Sus dedos fueron los encargados de sacar el mío de mi boca y se lo llevó a la suya para morderle la punta y lamerlo de arriba abajo. Estaba haciéndole una felación, instándome a que hiciera lo mismo con su erección. Lo que quizá él no sabía es que esa idea la tenía yo antes.

Apoyándome en su pecho me acerqué a su boca y mordí el labio inferior con ganas, no se quejó pero lo hice con la fuerza suficiente como para marcarlo de nuevo, aunque esta vez no lo hice sangrar. Después, lamí donde había mordido y devolví mi mano a su eje. Mientras volvía a mover la mano por su maravilloso pene fui acercándome a él para cumplir mi cometido. Antes disfruté del descenso por todo su torso. Sus duras tetillas fueron lamidas y mordidas, disfruté enredando mi lengua en fino vello que cubría levemente su pecho y bajaban hasta su ombligo y más abajo.

Recorrí ese camino con la lengua, lo mordía aquí y allá, no podía evitarlo, un deseo primario se apoderaba de mí y me hacía sacar los incisivos y los colmillos para marcarlo como mío.

Su mano ya descansaba en mi cabeza antes de que llegará hasta su sexo y deslizara mi lengua por toda su longitud, mientras nuestras miradas seguían unidas. Colocándome entre sus piernas, mordisqueé desde su escroto y su ancha base pasando por la vena que la recorría. Ahora mismo bombeaba sangre a raudales, aquel aparato necesitaba su propio corazón para funcionar, y funcionaba, vaya si lo hacía. Me dejó hacer todo lo que quise. Cuando llegué a su aterciopelado capullo no lo introduje directamente en mi boca, sino que lamí despacio sin chupar y absorber, entreteniéndome para prolongar más su ansia de mí.

Hasta que su paciencia se acabó y, con una mano en su polla y la otra cogiéndome por un puñado de mi pelo, movió mi cabeza hasta ella y, metiéndomela en la boca, acabó con mi jueguecito. Apenas abarcaba la mitad, su mano estaba en su base agarrándola y manteniéndola en posición para que mi cuello estuviera en buena postura y así poder penetrar más en mi húmeda boca. Subí y bajé por ella, sorbiendo con fuerza, apretándola con la lengua hacia el paladar. Las ganas me apremiaban y aparté su mano para colocar la mía, alternaba las caricias entre sus huevos juntos y pesados y la gran base.

Sacudía arriba y abajo los movimientos de boca y mano, algún que otro bocado en la punta haciéndole temblar y jadear. Mis gemidos escapaban de mi boca y pecho. La máscara de tranquilidad se había borrado ya de su cara y sus jadeos me volvían loca. Estaba tan excitada que podría correrme allí mismo, sin necesidad de que él me hiciera nada más que amamantarme con su perfecta polla. Enloquecí y seguí y seguí, abarcando más dentro de mi boca hasta notarla en la garganta, casi la tenía entera dentro.

—¡Ooh! ¡Por los dioses, Blank, me harás explotar! Ven aquí y ábrete para mí.

Hice un ruido con la boca en negativa a su propuesta, quería acabar lo que había empezado, estaba disfrutando mucho con esta nueva práctica sexual y no quería ni podía parar de chupársela. Noté gotas de su dulce crema empezar a salir, estaba a punto de caramelo para mí, por mí.

—¡Para, mujer! No quiero desperdiciar nada fuera de ti —gruñó.

Como no le hacía caso, estiró del pelo que tenía agarrado y me la sacó de la boca haciendo un sonido de vacío. Lloriqueé un poco y, mirándolo fijamente, me relamí, tocándolo con la mano, acuciándolo para que me dejara seguir.

—No va a haber nada fuera de mí, vikingo. Lo quiero todo para mí. Dámelo, Ottar —supliqué para que me dejara seguir con mi objetivo.

Aunque no fuera a reconocérselo nunca, me sentía pequeña estando estirada arriba o debajo de su gran cuerpo. Mi metro setenta y sesenta y cinco kilos no tenían nada que hacer con sus casi dos metros de altura y más de cien kilos de peso.

Sus manos acariciaban mi desnudez, mi pelo y mi espalda hasta las nalgas, volvían a subir por los costados y bajaban de nuevo por el centro.

—Me vuelves loco, pequeña. Tu desobediencia me hace arder de locura y pasión, y tu boca y tu lengua me hacen explotar.

—Gracias, vikingo —dije contenta y feliz—. Tú también produces esas sensaciones en mí.

—Y más, por lo que veo. Has obtenido placer sin tocarte, solo con darme placer, mucho placer, has sido capaz de estallar mojándome las piernas con tu aroma. Ha merecido la pena esperar para tenerte.

Besé su pecho por lo que acababa de decirme, ahora no era el momento, pero tendríamos que hablar sobre mi procedencia, sobre sus creencias de que yo llegaría a él, y todas las predicciones que Halldora y sus antepasados antes que ella habían hecho.

Sentí su pene erecto palpitar en mi vientre, esto no se había acabado, mi guerrero tenía ganas de pelea y yo había sido su mejor pupila, no iba a defraudarlo. Su velocidad parecía sobrehumana. En un momento era yo la que estaba estirada sobre su caliente y duro cuerpo y al segundo siguiente ya me tenía aprisionada bajo sus músculos.

Me volvía animal, salvaje con él, cosa que parecía encantarle. Ya me había demostrado que podía ser dulce y tierno, apasionado y voraz, salvaje y primitivo, me gustaba de todas las maneras. Si era con él, era perfecto.

Cogió mi pierna derecha y la dobló por la rodilla para posicionarse antes de penetrar. En ese momento se arqueó sobre mí, mirándome y mirando bajo nuestros vientres, donde su carne se perdía dentro de la mía. Yo miraba hacia el mismo punto, con una gigante O muda en mi boca. Ver como desaparecía semejante erección dentro de mí y notar exactamente dónde se alojaba era maravilloso, enloquecedor. Volvió a clavar sus preciosos ojos azules en los míos y se estiró al completo sobre mí, aguantando su peso en sus pies, y sobre sus codos y antebrazos.

Respiraba sobre mi cuello, sobre mi cara, me hacía el amor tranquila y profundamente, moviéndose con dulzura sobre mi cuerpo, mirándome a los ojos, y acariciándome el cuello y el pelo con la punta de sus dedos, su melena caía como el agua de la cascada alrededor de los dos. Yo le correspondía abrazándolo por sus costillas y arañando suavemente la piel y los músculos perfectamente definidos de su preciosa y ancha espalda. Dios mío, no faltaba ni uno, había más de los que yo recordaba de las clases de anatomía y eran míos, cada montículo duro, redondeado y perfecto de su cuerpo era para mí, mi marido, mi hombre, mi amante, mi vikingo.

Llegamos juntos al estallido de pasión sin romper en ningún momento el contacto de la piel ni el de nuestros ojos, fijas las pupilas de uno en las del otro. Vi como gemía mi nombre, como se dilataban las aletas de su nariz y como una suave capa de sudor perlaba su piel, resbalábamos juntos hasta el placer más infinito. Yo gemí, jadeé y grité su nombre mientras mis uñas se clavaban en su espalda y mis pies apretaban su culo para ayudarlo a meterse del todo en mi cuerpo. Y fue perfecto, amaneció un nuevo día encontrándonos unidos en todo el significado de la palabra.

Esta pequeña mujer de fuerte carácter, gran valentía y coraje me dominaba en la cama. O eso le gustaba creer, la dejaba jugar a su juego pero yo era el que aceptaba o no las reglas, y ella sabía como convencerme para salirse con la suya. Había tenido sexo con algunas mujeres tanto antes como después de la muerte de Bera, pero con ella era especial. La unión que creábamos era lo más intenso que había sentido jamás. El hambre inacabable que por ella sentía me hizo dormir toda la noche duro y apretado después de haberme vaciado varias veces en ella. La había deseado desde el mismo momento en que la rescaté de morir ahogada debajo de la cascada. Me había obligado a esperar, pero ahora ya no esperaría más. Era mía, para siempre. No me importaba de dónde viniera, estaba aquí.

7

Sus besos fueron los encargados de despertarme aquella mañana. Yo dormía boca abajo mientras él recorría mi espalda y mis nalgas con sus labios. Me había agotado nuestra larga noche de bodas. No podía imaginármela mejor.

—Despierta, dormilona. Tengo algo para ti.

—Mmmm, creo que sé lo que es. Eres insaciable, estoy dolorida por tu culpa.

—Eso es lo que quiero, que no olvides que he estado ahí —Mordió una de mis nalgas y después del grito de sorpresa, me giré rápidamente para quedar boca arriba.

—¡Salvaje!

—Soy un vikingo, mujer, ¿qué esperabas de mí? —Su sonrisa ladeada, que pocas veces me mostraba, era irresistible.

Me incorporé para quedar sentada en la cama cerca de donde lo estaba él.

—¿Un beso de buenos días?

Acercándose lentamente posó sus labios en los míos y me lo dio, casto y dulce. Su gran mano acarició mi cuello mientras se acercaba a mi boca. Nos quedamos unos segundos mirándonos mientras nuestras narices se rozaban.

—¿Es así como lo hacen en el lugar del que tú vienes?

Sonreí, tímida, yo no había tenido nada de eso en mi vida, ni siquiera había soñado con tenerlo.

En el lugar del que yo vengo no existen los hombres como él, que te hacen el amor durante toda la noche sin descanso, hombres que te proporcionan orgasmos tan especiales y mágicos que es como si acabaran de descubrir una nueva droga, de la cual me he enganchado sin remedio y hasta el fin de mis días.

Había pasado una sola noche con él y ya era adicta a su piel, su olor y su sabor.

—Tengo un regalo para ti —anunció.

—¿Un regalo? ¿Por qué? Yo no tengo nada para darte —dije preocupada por si era costumbre intercambiar regalos entre los recién casados.

—Tranquila, el marido ofrece regalos a su mujer la mañana siguiente de la boda.

Dejó delante de mí una preciosa caja de madera tallada. Esto no lo había podido hacer en un rato, era tan detallada y perfecta que seguro que había dedicado horas para hacerla. ¿Él ya sabía que nos casaríamos?

Era de madera color oscura con preciosas betas más claras. Nuestros nombres estaban grabados en la tapa superior. Me encantaba la simbología de este idioma. El tamaño de la misma sería el que en el siglo XXI denominamos como «caja de zapatos». Estaba cerrada con una pequeña cerradura. Al intentar abrirla, él puso su puño cerrado delante de mí, supuse que la llave estaría dentro de su mano. Le puse la mía debajo para que la dejara caer en ella pero no me lo iba a poner tan fácil. Le gustaba retarme y molestarme. así que primero con sutileza y después con todas mis fuerzas, intenté abrir sus dedos para coger la llave. Cuanto más cabreada estaba yo, más sonreía él, así que decidí que me gustaba tal cual, sin abrir.

—No me importa lo que haya dentro. Lo más precioso es la caja y que tú la hayas hecho para mí.

Debió de sorprenderle mi respuesta, sus cejas se elevaron levemente pero yo noté la diferencia. Enseguida volvió a dominar su semblante y, quitándome la cajita de las manos y dejándola a un lado, me acorraló debajo de su cuerpo desnudo y preparado.

—¿De verdad te gusta?

—Me encanta, Ottar, es lo más bonito que me han regalado nunca —dije pasando mis manos por sus hombros.

No me importaban los regalos materiales, tampoco es que hubiera tenido muchos a lo largo de mi vida. Lo que realmente tenía valor era que él se hubiera tomado la molestia de hacer esa preciosidad para mí.

—Dentro hay cosas muy bonitas y valiosas. ¿Estás segura de que no las quieres?

—No me gustarán más que la caja. Puedo esperar para tenerlas en otro momento.

Apretó su cuerpo sobre el mío y me besó.

—Yo no puedo esperar más para tenerte.

Dicho lo cual, mi cuerpo lo recibió con el mayor de los agrados y satisfacción. Pasamos el resto de la mañana él dentro de mí, yo encima de él, debajo de él, estirados tranquilamente sobre las pieles de nuestra cama, comiendo y bebiendo.

—Tengo que levantarme para hacer pis. No aguanto más.

Estaba completamente dormido, ni escuchó lo que decía. No me extrañó, llevábamos veinticuatro horas a base de aguamiel, algo de carne, caldos y sexo, mucho sexo. Sexo salvaje, ardiente y delicioso.

Sin contar los ratos que él había salido de la cama para ocuparse de los pocos animales que ahora teníamos, el resto del tiempo lo pasamos juntos, hablando, comiendo, bebiendo y tocándonos mutuamente.

Me habló de su familia, solo le quedaba un hermano que se había quedado a vivir en Escocia. Por lo visto, el amor ganó la batalla del duro guerrero vikingo y formó su familia en una de las islas de Escocia. De eso hacía ya más de tres años. Sus otros dos hermanos habían muerto defendiendo sus tierras de los saqueadores, grandes merecedores de los salones del Valhalla, según me dijo Ottar. Después de que el rey pusiera fin a la guerra civil de los últimos años, en las partes más alejadas de la civilización, los maleantes y saqueadores seguían haciendo mucho daño. Me sorprendía la tranquilidad y la naturalidad con la que trataban la muerte, aunque fuera de un familiar muy cercano.

Sus padres murieron de unas fiebres cuando Ottar y sus hermanos eran jóvenes, él era el primero de sus hermanos, los dos medianos, los que fallecieron, y el pequeño, el que conquistó tierras escocesas. Durante unos años vivieron con una hermana de su madre, su tía Gillie.

El hijo de esta, Frodi, enloqueció cuando Bera escogió para casarse a Ottar en su lugar. La amaba desde que eran unos críos pero a causa de su tiranía ella nunca se fijó en él. Ottar la deslumbró por su valentía, belleza, templanza y gran corazón. Habían luchado juntos en todos los entrenamientos de su niñez y juventud pero cuando Ottar se hizo cargo de uno de los barcos de su rey, barco que él mismo había ensamblado y tallado, Frodi quedó atrás y marchó a otra parte del país. Allí hizo fortuna y suerte consiguiendo tierras y dinero al casarse con una rica heredera.

Halldora siempre estuvo cerca de él, era su misión al igual que lo fue de sus antepasados el estar y velar por los intereses del primogénito, ella era la encargada de hacer tales tareas por mi marido y su familia. Se habían criado como buenos amigos. En tiempos anteriores estuvo enamorada de él, pero al no ser la elegida, siempre según la lectura de sus piedras, y al no poder engendrar hijos para ningún hombre, se casó con un buen hombre retirado en la montaña, que la cuidó dos meses desde su boda, después falleció cuando volvían de un viaje en barco con los comerciantes junto con la primera esposa de Ottar.

De aquella unión no tuvo ningún hijo. Durante meses sufrió por su ausencia ya que la amó realmente. Desde entonces, su relación con Halldora se hizo más fuerte e íntima. Por lo visto, él evitó que Halldora fuera violada por uno de los hombres de su grupo y, a partir de entonces, empezaron a tener otro tipo de relación esporádica. Tenían muy claro que solo se trataba de satisfacer unas necesidades físicas de ambos, ninguno quería más del otro, cosa que me alegró y me tranquilizó enormemente.

Estaban los dos prácticamente solos en la montaña. Tras la muerte de Bera, Ottar decidió aislarse de todos y se fue al lugar más recóndito de sus tierras, reformó la antigua casa familiar y empezó su vida de nuevo aquí. Creía que estando alejado de todos los poblados no lo encontraría ninguna mujer, ni él tendría la tentación de casarse de nuevo, quería demostrar que las visiones de Halldora no eran ciertas, que podía cambiar su futuro. Y tuve que aparecer yo para romper sus esquemas y confirmar sus creencias.

Me fascinaba e irritaba a partes iguales como podían estar tan seguros de las cosas que veía Halldora en las piedras, yo no creía en todas aquellas cosas.

No creía, después aprendí a hacerlo.

Ottar tenía veintisiete años, podría pensar que solo uno más que yo, pero si hacíamos bien la cuenta, eran setecientos ochenta y siete. Por mi parte le expliqué mi historia, escuchó pacientemente todo lo que le conté sin interrumpirme ni una sola vez, no puso en duda nada de lo que le dije. Le sorprendió saber que yo también era huérfana. Mis padres murieron cuando yo tenía quince años. No sabía si debía hablarle de mi tiempo, de los avances que existían, de la medicina, de la ingeniería, de las comodidades que había en la mayoría de las casas y de que los saqueos no estaban permitidos aunque eso no evitara que se hicieran, eso sí, con menos descaro y por gente que tenía los bolsillos llenos de riquezas.

Estábamos de pie delante del hogar, echando las verduras troceadas al caldo hirviendo del caldero cuando me puse a tararear una canción de Alicia Keys y a moverme al ritmo de la música. Colocándose detrás de mí, me preguntó al oído:

—¿Conoces la lengua de los sajones?

—¿Inglés? Sí, un poco —Dejé la balda de madera con el cuchillo afilado sobre la mesa y, pasando mis brazos por sus hombros, lo abracé—. Es una canción de una cantante que… habla del amor, amor del bueno.

En ese momento eché en falta algo que me gustaría disfrutar con él. La música, ¿tendríamos los mismos gustos? Podría decirse que a mí me gustaba casi toda la música, ¿alguna tendríamos en común, no? Eché de menos poder bailar con él al ritmo de una buena balada o de movernos con algún ritmo pegadizo. Me gustaría ver su cara al escuchar un concierto de Metallica o la primera vez que viera bailar a Beyoncé.

—Me gustaría que las escucharas y bailar juntos preciosas canciones.

—¿Cómo se hace? —preguntó acercándose más a mí y llevando sus grandes manos a mi cintura.

—Pues hay de muchos estilos diferentes pero las baladas, las canciones lentas, de amor, se bailan así, algo parecido a como estamos ahora, abrazados, con poca luz, moviendo los pies así —Le hice una pequeña demostración y, para mi grata sorpresa, descubrí que, con un poco de práctica, aquel guerrero salvaje podría llegar a ser un gran bailarín.

Tarareé para él *Like you'll never see me again* de Alicia Keys, muy adecuada para nuestra relación, pensé. Y disfrutamos del momento. Se prestó a darme un poco de lo que yo había perdido. Cerré los ojos y por un momento nos vi en un tranquilo club, con tenues destellos de las luces de la pista brillando sobre nuestras cabezas, mientras nos movíamos al ritmo de una preciosa canción.

—¿Y cómo sale toda esa música? ¿Los cantantes cantan delante de vosotros cuando queréis escucharlos?

—Bueno, eso únicamente pasa si vas a un concierto. Se concentran miles de personas en un estadio, un lugar muy amplio, y allí tocan los instrumentos y cantan en directo, todo pasa justo en ese momento, ¿entiendes?

—Creo que sí.

—Y otras veces, que son la mayoría, tenemos unos aparatos que sirven para reproducir música, en diferentes formatos, lo más usual es un cd, un disco de un material que aquí todavía no existe y del cual, a través de los altavoces, aparato que aumenta el volumen de la música, puedes escuchar la música que contenga ese cd.

—¿Me estás diciendo que existe un aparato no más grande que ese leño de madera y que de él sale música?

Su cara de asombro era para adorarlo por lo gracioso e inédito que era verlo en esa situación, él siempre tan seguro y controlador de todo lo que ocurría; él, señor de su casa y sus tierras. Esto quedaba fuera de su alcance.

Mi cabeza estaba apoyada en su pecho, escuchaba los latidos de su enorme corazón. Seguí tarareando un poco más.

—Parece mentira que con lo que me gritas a veces seas capaz de emitir esa dulce voz —¿¿Cómo??

—Ya has roto el encanto —dije dándole un pequeño golpe con mi puño, lo contrarrestó llevándolo a su boca y besando cada nudillo.

—Lo siento, pequeña. A partir de hoy quiero que me cantes una canción nueva cada día, una que a ti te guste.

Pero cada vez parecía que me costaba más recordar cosas de mi tiempo. Algo que antes mi mente recordaba al instante, ahora tardaba unos segundos de más en procesar.

¿Era posible olvidar toda mi vida? Parecía que de la misma manera que al llegar aquí mi mente estaba preparada para el idioma y para el tipo de vida, ahora olvidaba los detalles de otra vida que, muy posiblemente, no volviera a vivir.

La alegría del momento se desvaneció y me invadió una tristeza que me hacía temblar.

—Pero ¿y si vienen por mí? ¿Y si llega un día que no me encuentras porque igual que llegué, desaparezco? ¿Cómo te lo haré saber? ¿Cómo…?

Interrumpió mis palabras con un beso.

—No te preocupes tanto, ahora estás aquí. Si algo cambia en un futuro próximo, Halldora lo verá y lo sabremos.

—Pero ¿y si no es así, Ottar? La veracidad, la magia de mi siglo se basa en cálculos exactos, no en creencias de piedras ni brujas, ni druidas… Es algo que se puede demostrar.

Separando nuestros cuerpos pero sin soltarme dijo, muy serio:

—¿Y quién dice que la certeza en las lecturas de las piedras no sea exacta, Blank? Igual que yo he escuchado y creído todo lo que tú me has contado, no entiendo por qué no crees lo que yo te he explicado a ti. ¿Cómo me explicarías tú el hecho de que hayas aparecido aquí con el hacha de mi anterior mujer, un hacha que cayó al fondo del océano? ¿Cómo explicas que desde siempre haya crecido con la certeza de que la mujer que daría vida a mis hijos, la que me acompañaría en la vida y vendría de muy lejos haya llegado a mí? ¿No te reconoces?

—No lo sé, Ottar, supongo que es fácil pensar que soy yo, pero…

—No hay ningún pero, mujer. Yo soy capaz de creer lo que no puedo ver, los barcos que surcan los cielos con cientos de personas, las tierras que todavía no salen en ningún mapa… ¿y tú no puedes creer lo que está delante de tus narices?

Tenía razón, él no había dudado de nada de lo que yo le había explicado y a mí me costaba mucho confiar en sus creencias, en lo que para él siempre había sido válido y certero. Quizá era hora de empezar a creer más en lo oculto y lo mágico. Quizá era hora de creer más en él.

Llevábamos diez días casados, Halldora ya habría dado la voz a todos los habitantes de la tierras de Ottar sobre nuestra unión. Dentro de dos días se celebraban las ferias cerca de aquí: los artesanos vendían sus productos, los mercaderes hacían negocio y eran días de fiesta para los habitantes del pueblo. Tendríamos que hacer una noche allí para volver al día siguiente. Por fin iba a enseñarme que había más allá de la montaña.

Ottar iba a hacer negocio con un conde que quería ampliar su flota. Él se encargaría de enseñar al carpintero del señor para que pusiera en práctica sus conocimientos en su isla. Le había insistido mucho en que se embarcara en uno de sus barcos y fuera hasta Irlanda, las treguas entre los clanes era segura desde hacía años y pretendía que Ottar formara a más taladores para seguir con la construcción de sus barcos. Hacía más de un siglo que las invasiones vikingas habían llegado a su fin. Hubo otras reyertas pero el fin de las incursiones había llegado.

Ottar disfrutaba de sus tierras, tierras que desde hacía siglos habían pertenecido a su familia. La gente prefería vivir en los poblados, cerca de la costa, en los puertos de los fiordos y acompañados, aunque no siempre fuera buena la compañía. El tiempo en la montaña era mucho más duro que en la costa, sin ser esta como la costa del sol, pero él estaba más que preparado para pasar duros inviernos solo. Halldora y dos familias más vivían dentro de sus tierras, cada uno se encargaba de mantener su parcela y pagaban a Ottar una pequeña parte, a cambio él les daba un lugar donde vivir en paz.

Habían sido las tierras de sus padres y antes de sus abuelos paternos, así varias generaciones atrás. La única que se acercaba a la casa grande, la de mi marido, era Halldora. Las otras dos familias, a excepción de problemas entre ellos o con terceros, no solían molestarlo, se veían cada medio año, lo que ocurriría a principios de noviembre. Entonces vendrían hasta su casa para charlar de todo lo acontecido durante esos meses, disfrutarían de nuestra hospitalidad y después volverían a sus casas a vigilar el ganado que no hayan sacrificado para pasar el invierno y seguir con sus tranquilas vidas.

Los mercados eran muy disfrutados por las gentes de poblaciones lejanas que no habían salido nunca de su condado. Podían comprar telas, bonitas piedras preciosas, aceites perfumados y jabones entre otras muchas cosas, el comercio había cambiado mucho en los últimos años. Los artesanos trabajaban durante el año para vender en las ferias y mercados sus productos y después compraban otros enseres para sus casas.

Antes de partir hacia el poblado, visitamos a las dos familias para presentarme y preguntarles si necesitaban algo del mercado. Ottar conocía bien a sus vecinos y sabía que nadie lo traicionaría al igual que tampoco lo haría él.

Todos fueron amables conmigo y se alegraron de que, por fin, Ottar estuviera acompañado por una mujer.

En casa de los Munro, la primera familia que visitamos, me pareció que su hija mayor, de diecisiete años, no estaba muy contenta por nuestro matrimonio. Más tarde, su madre me confirmó que ella esperaba convertirse en la esposa de Ottar. No sé por qué no me extrañó. Teniendo en cuenta que por allí arriba no había muchachos jóvenes de los que poder enamorarse, Ottar, aun siendo mayor que ella, era el único hombre disponible.

Quizá debería alquilar parte de sus tierras a alguna familia que tuviera hijos varones con edades similares a la de la joven Helga. Y, por supuesto, sus seis hermanos pequeños, dentro de unos años también necesitarán encontrar esposa.

Partimos de casa Freik y Helga y, en una hora más o menos, llegamos a casa del mejor amigo de mi marido.

Olaf era casi tan alto y fuerte como Ottar pero en pelirrojo, su madre era irlandesa y su padre vikingo noruego. En uno de sus viajes llegaron a tierra irlandesa y después de los tratos mercantiles conoció a su querida Erin. Primero vivió con él en las tiendas, acampados delante de las fortalezas a la espera de que su capitán llegara o no a algún acuerdo con el nuevo pueblo.

No era inusual en esa época que algunas de las jóvenes acabaran con un señor vikingo, algunas no disfrutaban de la suerte de compartir su cama con su señor voluntariamente, los matrimonios de conveniencia estaban a la orden del día cuando se trataba de sellar la paz entre pueblos. Otras, en cambio, se enamoraron de ellos y formaron sus familias, casados algunos ante los ojos del dios cristiano y otras ante los ojos de Freya, Odin y todos los dioses vikingos. Sea como fuere, llegaron a tierras vikingas de nuevo y aquí formaron su familia.

Olaf era el primogénito, tenía algunos años más que Ottar, era padre de dos niños: Knut, de quince años y de pelo tan rubio como su preciosa madre, Astrid, una larga melena rubia trenzada ocultaba gran parte de su espalda, con preciosos ojos color avellana y de apariencia tranquila, aunque según pude comprobar más tarde, era ella la que gobernaba la casa; él se enamoró de su testarudez y su fuerte carácter, dice que después de los partos se calmó pero que, aún a día de hoy, teme que cualquier noche lo mate mientras duerme, sobre todo si se enterara de que cuando viaja al poblado se beneficia a otra mujer.

Ottar me recordó que no todos tenían el cerebro en el pene, que las mujeres no dominaban a sus maridos ni a sus amantes.

Cuando llegamos a su casa, el hijo pequeño, Olav, estaba practicando con su fornido padre la lucha con la espada. Era tierra de guerreros y sus costumbres arraigadas durante siglos no iban a desaparecer de la noche a la mañana. Además, no había nada de malo en estar preparado por si te atacaban. Todo habitante de estas tierras sabía defenderse, unos más, otros menos, pero no les resultaba extraño el uso de una espada, hacha o pica en sus costumbres diarias. Desde pequeños se les enseñaba a luchar, defenderse, cazar y preparar las tierras para sus cosechas, a pescar los que vivían cerca de ríos y mares. Todos en una casa tenían tareas a realizar. Eso lo había aprendido con Ottar en los días que llevábamos juntos, a parte mi instinto que me facilitó muchas tareas las cuales si me hubieran dicho hace meses que sería capaz de hacer, me hubiera muerto de la risa.

Astrid nos hizo pasar a su casa para ofrecernos un cuerno de cerveza y algunas pieles para vender en el poblado.

—Gracias, Astrid, por tu amabilidad. Traeré el mejor precio por tus pieles.

—Gracias, Ottar. Sabes que ahora mismo mi marido no puede abandonar nuestro hogar y no podemos desplazarnos todos para ir a la feria anual. El próximo año será.

—Por supuesto.

Ottar salió de la casa dejándome allí con Astrid.

—¿Estáis contenta con vuestro matrimonio, señora?

—Por favor, Astrid, llámame Blank. Sí, estoy muy contenta con mi marido. Es un buen hombre.

—Y un buen amante, seguro, pronto tendréis hijos que llevarán su nombre y heredarán sus tierras. Ahora son tiempos de paz, es hora de vivir y traer niños al mundo.

No sé por qué me sentí vergonzosa ante esta mujer, no tenían ningún escrúpulo a la hora de hablar de sexo y relaciones entre adultos, ya fueran dentro o fuera del matrimonio.

—Vigílalo bien, Blank, Ottar es un buen partido y aunque ya esté casado, su verga puede dar placer a muchas mujeres fuera de tu lecho.

Vaya con Astrid, supongo que ella lo conocía mejor que yo para saber si era o no un hombre que iba de flor en flor.

—Oh, Astrid, si su verga penetra en algún otro cuerpo que no sea el mío, ya sea placentero o no, dejará de ser su verga para ser un colgajo tirado a los cerdos.

Mientras lo decía, mi mente visualizó ese acto.

Sus carcajadas tuvieron que escucharse desde todo el condado, su marido y Ottar fueron los primeros en acercarse.

—¿Así que dejará de ser mi verga? —Sus palabras susurradas en mi oído mientras me apretaba a su cuerpo envuelta en sus fuertes brazos me despistó de mi serio comentario.

Girando la cabeza hacia atrás le contesté, mientras sus ojos no apartaban la vista de mis labios.

—Correcto. Veo que has escuchado lo más importante.

—Podría follarme a cualquier mujer que se me antojara —Me revolví en sus brazos intentando librarme de ellos, no lo conseguí—, pero me tienes atrapado en tus ojos y en tus labios, en tu cuerpo y en tu mente. Ninguna otra podría satisfacerme como lo haces tú, querida esposa.

Olaf rompió en carcajadas, ya que había escuchado la réplica de mi marido, siempre tan macho en sus actos, tuvo que demostrar quien era el hombre de la casa. No repliqué, no valía la pena ya que, por más tono chulesco que pusiera en sus palabras, sabía que lo decía de verdad.

Después de unas cuantas horas de viaje, llegamos al pueblo. Bordeamos los caminos por el empinado descenso, llegamos al valle donde estaba el pueblo, rodeado por impresionantes fiordos. Sin duda, la vista era espectacular. Era la población más grande que había visto desde que estaba aquí. La verdad es que estaban bien organizados. El puerto estaba abarrotado de barcos que llegaban por las negras aguas con comerciantes y otros con guerreros que venían de países donde las alianzas eran fuertes y prometedoras.

Ottar podría formar parte de esos ejércitos de hombres enormes y armados hasta los dientes.

—¿Tú has luchado alguna vez? —No sé por qué lo pregunté, estaba claro que era así.

—Hace tiempo, hasta poco después de perder a Bera, así fue. Estaba siempre fuera de mis tierras y de mi casa. Pero esa vida no me llenaba y, como no estábamos en guerra, había hombres de sobra para hacer ese trabajo. Decidí que era hora de regresar a mis tierras y de proteger a las familias que viven en ellas y a mis propiedades.

—¿Con tu primera mujer no vivías en nuestra casa?

—No. Con ella vivía aquí, en el pueblo. Pero pasé más tiempo navegando procurando la paz entre los pueblos y luchando cuando eso no era así, que en casa con ella.

Nunca me había atrevido a preguntarle por ella ni por su vida anterior.

Las pequeñas casas de madera quedaban reunidas en una parte de la llanura, realmente había más gente de la que podía imaginar.

Lo primero que hicimos fue vender las pieles que Astrid nos dio para tal efecto. Ottar era un negociador experimentado, se notaba que no era lo primero que vendía en su vida. Me enseñó los pequeños y modestos puestos en los que los artesanos vendían sus productos, pequeñas piezas de museo para muchos coleccionistas. Se podía encontrar prácticamente de todo: especias, aves de corral, aves exóticas, alfarería de todo tipo, preciosas joyas.

Si esto llegara así en este estado a pleno siglo XXI podrían ver con claridad que no solo luchaban y asaltaban, eran, son, una sociedad bien distribuida y organizada. Al igual que en nuestro tiempo las madres cuidan de sus hijos, les enseñan lo que van a necesitar para su vida, no importa que sean cosas diferentes a las que les enseñan en 2016, cada cual aprende a sobrevivir y, como diría el refrán, no es más rico quien más tiene sino quien menos necesita.

Y aquí eran felices con lo que tenían. Y yo era feliz viviendo en la montaña alejada de todo este barullo, sola con mi marido vikingo. Aunque siguiera pensando que una lavadora no nos hubiera venido nada mal.

Comimos en una pequeña fonda, nos sirvieron buena cerveza y carne de venado asada. Aparte de las camareras, había las típicas mujeres a las que no dejaría acercarse a mi marido bajo ninguna circunstancia. Más de una quiso llamar su atención, con sus grandes escotes, mostrando su mercancía cada vez que rellenaban su vaso de cerveza. Siendo estas las más profesionales, ninguna pasó de mirar y desear más que la que nos encontramos al salir de lugar. No habíamos dado dos pasos cuando se acercó a él como una flecha. Se abalanzó sobre su cuello sin darle tiempo a Ottar de reaccionar.

—Ottar, cuánto tiempo, ¿no has tenido un momento para venir a verme? —le preguntó rozándose contra el cuerpo de mi marido.

Yo, que estaba mirando en una parada unos preciosos pendientes, me quedé observando su reacción.

—Gudrun, lo pasamos bien pero ahora solo tengo tiempo para mi esposa. ¿Blank? —me llamó estirando su brazo para que le cogiera la mano.

Llegué a él y, rodeando su cintura con mi brazo, me puse de lo más protectora ante aquella vikinga que me sacaba diez centímetros de alto y me miraba deseando arrancarme la cabeza.

—Vaya. ¿Te has casado con una esclava? —preguntó en tono de hastío.

Me tensé ante sus palabras, ¿quién le había dicho tal cosa? ¿Alguno de los hombres a los que Ottar o yo habíamos matado para salvarme la vida le había hablado de mí a alguien más? ¿O es que resultaba tan sumamente fácil darse cuenta de que yo no pertenecía a este país?

—¿Esclava? En su cama sí lo soy porque así lo decido yo —dije acariciando el amplio pecho de mi marido, que me miraba orgulloso—, seguramente tú escogerías serlo si pudieras. No te voy a dar el gusto.

La empujé con el hombro al pasar por su lado y la dejamos allí, mirando como nos íbamos mientras mi adorable marido me apretaba la cintura.

—¿Quién era esa? ¿Qué sabe de mí? ¿Puede ser qué…

—Blank —me interrumpió—, deja de preocuparte, es una de las mujeres a las que de vez en cuando le calentaba la cama, no puede saber nada de ti.

—Sí, ya he visto que quería calentarse contigo —dije molesta. Desde que nos casamos, Halldora había dejado de ser una molestia en ese aspecto, es más, podía decir que la consideraba mi amiga pero, aquí, en este pueblo apestoso muchas mujeres habían disfrutado del cuerpo de mi marido y eso me hacía rabiar.

—Estaba solo, pequeña, y como bien sabes, necesito ejercicio para relajarme…

Quise apartarme de él mientras caminábamos pero me retuvo a su lado y para mi sorpresa, paró en el puesto que yo estaba mientras él saludaba a su antigua amiga.

—¿Cuáles son los que te gustan?

—Ningunos —dije de mala gana mirando para otro lado.

—¿Te los compro todos? —preguntó socarrón.

—¡No!

Al vendedor no le hizo mucha gracia mi ferviente negativa a tal gasto.

Su ceja interrogativa hizo acto de presencia y levantó con sumo cuidado entre sus dedos los pendientes que yo había estado mirando.

—Eran estos, ¿verdad?

—¿Cómo los has visto desde tan lejos?

—Porque aunque a ti no te lo parezca, no te quito la vista de encima.

Agarrándome con fuerza por la parte baja de mi espalda, me apretó contra su duro cuerpo y me besó apasionadamente.

Para dormir, nos alojamos en casa del conde Ron. Era un hombre muy serio, armado hasta los dientes, desconfiado hasta de sus hombres de confianza. ¿Cómo podía vivir así? ¿Sin poder dormir en su lecho por las noches con la tranquilidad del contacto de su mujer y sin temer que lo mataran? Por lo visto, había sido capturado por daneses anteriormente y sus pesadillas lo habían desequilibrado de tal manera que apenas conciliaba el sueño, necesario para poder llevar una vida sana. Sus ojeras eran tan marcadas que me hizo pensar en un oso panda. Me costó horrores no reírme al tener tal pensamiento.

Me presentó a su mujer, Dana, mientras cenábamos. Era alta y rubia como casi todas las mujeres de estas tierras. Bastante más joven que su marido Ron. Ottar les contó que llevábamos dos meses casados y el conde nos deseó que pronto llegara el resultado de las noches de práctica. Su mujer parecía tener cara de asco ante los comentarios de su marido. No sé por qué, pero pensé que a ella esas noches se las proporcionaba otro hombre, no su decrépito marido.

Me relajé en cuanto empezaron a hablar de otros temas y no quisieron saber nada de mi procedencia.

Hablaron, sobre todo, del tema principal para el que habíamos venido al pueblo. El conocimiento de Ottar en lo que a construcción de naves se refería era bien conocido por el conde. Anteriormente había trabajado en sus astilleros como patrón de ensamblaje y pretendía que Ottar bajara de las montañas para volver a su antiguo puesto. Ottar había declinado amablemente la oferta. El conde no era conocido precisamente por su buen perder cuando algo se cruzaba en su mente.

En aquel lugar él era el máximo representante de la ley del rey y a veces solía aplicar su propia visión de la misma si algo no acababa de agradarle. Menos mal que parecía sentir por mi marido cierto cariño.

A pesar de las reticencias de Ron por dejarnos pasar la noche dentro de su casa, su preciosa y joven mujer insistió en que debíamos pasar la noche bajo su techo, aunque fuera en la sala de sus criados. Me pareció ver un brillo especial en sus ojos mientras hacía su ofrecimiento y miraba a mi marido lascivamente. ¿No se la habría follado a ella también, no? Luego se lo preguntaría.

La estancia era abierta, la compartíamos con tres criados de la casa, dos de ellas chicas y un varón, iluminada por unas cuantas velas en el centro del suelo. El catre era realmente pequeño, apenas habría podido dormir yo sola en él, así que tuvimos que colocarnos de la mejor manera posible para no caernos.

Yo al lado de la pared y delante de mí, protegiendo mi cuerpo, estaba mi marido, mi musculoso y atento marido. Quedaba encajada entre sus brazos y su pecho, sus piernas me inmovilizaban y calentaban.

—¿Tienes frío? Estas pieles no abrigan como las de nuestra cama. Deja que te caliente.

Sus manos buscaron por mis caderas las cintas con las que se aguantaba mi pantalón. Era la primera noche que dormíamos vestidos, aparte de por lo obvio de estar acompañados, por el frío que hacía en esta parte de la casa. No había leña de más para los criados, esta noche tuvieron la suerte de tener dos troncos grandes por estar nosotros en la misma sala.

—¡Ottar! Estate quieto —susurré cuando intentaba girarme hacia él.

—Shhh, pequeña, no me importa que nos escuchen, así sabrán por qué estás conmigo, tengo buenas espadas que ofrecerte.

—¡Ottar! —Su mano abrió con facilidad las cintas que sujetaban la cinturilla de mi pantalón y empezó a descender hasta mi sexo, que empezaba a mojarse ante la situación de exhibicionismo que pretendía hacer mi marido.

Enseguida llegó a su objetivo, acariciaba lentamente mis labios depilados, pasando un dedo juguetón entre ellos y llegando hasta mi vagina rápidamente.

Ahogué un gemido mordiendo su antebrazo, que me rodeaba por debajo del cuello.

—Me torturas cada vez que clavas en mí tu dentadura. ¿Sientes lo que provocas en mi cuerpo, pequeña?

Cogió mi mano y la deslizó por sus pantalones, que ya estaban abiertos, llevándome hasta su gran y dispuesta erección. Con cuidado bajó mis pantalones, sacando una de las piernas de la tela y colocándome en posición para penetrarme desde atrás.

Empecé a acariciar su dura y húmeda erección, teníamos que hacerlo todo muy despacio y en silencio si no queríamos llamar demasiado la atención, seguramente estas pobres gentes ya sabían que en nuestro jergón había movimiento. Deslizando la mano arriba y abajo llegué hasta sus testículos, los cuales apreté mientras le susurraba:

—Intentaré ser silenciosa para que no sepan lo que hacemos.

—Pequeña, saben de sobra lo que hacemos, es muy normal en un matrimonio reciente que desea engendrar y, además—dijo mientras adentraba más en mi ser con dos de sus grandes y callosos dedos y hacía que me retorciera de placer—, deseo que te oigan gemir mi nombre cuando haga que explotes a mi alrededor.

En mi vida hubiera pensado que iba a dar tal espectáculo, teniendo sexo en una habitación donde hubieran más personas, pero esta era otra vida, él era un hombre insaciable y mi cuerpo lo reclamaba y ansiaba de tal manera que bien podría haberlo hecho a plena luz del día y con personas mirando.

Movía sus dedos con maestría, acariciando la zona más sensible de mi interior provocando pequeñas descargas de placer y lujuria dentro de mí. A su vez, yo lo acariciaba a él, en toda su longitud, estaba pegado a mi culo y mi espalda, no teníamos sitio en aquella pequeña cama que nos habían ofrecido. Y no hacía falta más sitio, nuestros cuerpos encajaban el uno en el otro a la perfección. Colocando una de sus piernas entre las mías deslizó su erección entre mis nalgas a la vez que acariciaba el fruncido agujero de mi trasero. Aquello me estimuló muchísimo a la vez que me asustó. ¿No pensaría entrar ahí? Era imposible que cupiera dentro de ese estrecho e inexplorado canal.

Aun vestidos la mitad del cuerpo, camuflados por las dos pieles que nos cubrían, acariciaba mi cuerpo con maestría y yo aguantaba todos los jadeos que querían escapar de mi garganta. Sacó los dos dedos que tenía en mi interior, mientras su boca lamía y besaba mi cuello y mi hombro, me sujetaba como un león para inmovilizarme mientras acercaba a mi sexo su perfecta vara dispuesta a hundirse en mí. Pasó la mano que había estado dentro de mí hacia la parte delantera para no desatender mi necesitado e hinchado clítoris, mientras muy despacio, penetró en mi cavidad dilatando y llenándome por completo.

—¡¡Aah!! —gemí más alto de lo que pretendía.

—No me cansaré nunca de ti, de tu precioso cuerpo. Me envuelves de tal manera que podría morir sin sentir dolor mientras estoy dentro de ti.

Dios mío. ¿Cómo podía ser tan salvaje, tan duro, tan vikingo y decirme esas cosas tan bonitas mientras hacíamos el amor furtivamente?

Se movía despacio y profundamente. Sus dedos hacían magia en mi cuerpo y tardamos poco en encontrar el alivio que ambos buscábamos desesperadamente.

—Vamos, pequeña, dámelo, mójame como a mí me gusta.

Apretaba mis nalgas contra él buscando la perfecta unión, nos movíamos chocando nuestros cuerpos dulcemente aunque sabía que era algo salvaje, instintivo y primitivo lo que hacíamos. Recorrió mi estrecho cuello con una de sus protectoras manos a la vez que su boca lamía mi piel y llegaba hasta mi oreja para morderla suavemente y torturarme de placer. Llegué al orgasmo y su boca cubrió la mía para amortiguar el estallido de pasión y quedarse él con todo el sonido de mi placer. Apretó dos veces más y se vació salvajemente en mí, dejándome su semilla y su crema saliendo entre nuestra unión, resbalando por nuestros cuerpos calientes.

El beso duró lo necesario hasta que se calmó nuestra respiración, aunque nuestros pechos seguían respirando con dificultad.

—Has evitado que me escuchen gritar, ¿no era eso lo que querías, vikingo? —susurré.

—Eso es lo que te he dicho, pero ni muerto dejaré que nadie sepa lo que sientes y cómo reacciona tu cuerpo cuando te corres.

—Vaya, ¿eres celoso?

—Eres mía, pequeña, y no te voy a compartir con nadie. Nunca.

Me acurruqué más en su abrazo, el sueño empezaba a vencerme después de un día largo. Bostecé sin contención.

—Mmmm, mi vikingo protector. Te amo, Ottar.

Las palabras salieron de mi boca sin pensarlo. Al principio lo achaqué al sueño que tenía, pero la verdad era que lo amaba profundamente.

Acarició mi pelo, mi brazo y mi vientre, y me besó dulcemente en la cabeza. Pero no me contestó.

Esa noche no salió de mí, dormimos conectados en todos los sentidos.

Ottar se levantó temprano por la mañana y se fue con el conde y su nuevo sirviente para enseñarle a trabajar la madera tal y como mi marido lo hacía. Se despidió de mí con una palmada en el culo y yo me quedé un rato más en la pequeña cama. No me sentía muy bien, tenía el estómago algo revuelto y me sentía un poco mareada. Al incorporarme para ponerme las botas, la cabeza me dio vueltas como si acabara de bajarme de una atracción de feria, de esas que giran y giran sin parar. Desayuné gachas de avena que me ofrecieron y poco después empecé a sentirme mejor. No era gustosa pero por lo menos me calmaba el estómago.

Mi marido estaría unas horas fuera por lo que decidí salir a pasear por el poblado, conocer más de sus costumbres y buscar algo que pudiera regalarle a Ottar entre los puestos de los comerciantes y artesanos que ocupaban la mayoría de las calles.

El puerto estaba lleno de embarcaciones que iban y venían hacia las costas de otros países, trayendo y llevando productos para comercializar. Las naves dragón todavía eran imponentes allí donde se veían, sus grandes velas, ahora recogidas, de vivos colores, amenazantes colores que indicaban cuando estaban llegando sus visitantes vikingos. Gracias a esos navíos, el pueblo de mi marido había llegado muy lejos y conquistado y arrasado muchas tierras, menos mal que llegué en este siglo y no uno antes.

Ahora había muchos peligros, la vida de una persona corría muchos riesgos, ya no solo por los malhechores, piratas y asesinos varios, sino por una simple enfermedad. Curanderas y hechiceros eran los encargados de sanar con pócimas y ungüentos las leves enfermedades a las que se enfrentaban. Si venían unas fiebres fuertes, solo los dioses decidían si saldrías con vida o no. Aunque Halldora me salvó a mí de las primeras fiebres que sufrí al llegar aquí.

Había grandes herreros con sus preciosas espadas, con empuñaduras talladas y tan características de los vikingos. Mientras miraba las piezas expuestas, uno de los comerciantes quiso hacer un trueque con mi hacha, la llevaba sujeta en el cinturón que aguantaba los pantalones. En esta época era normal ir armado, no solo para defenderte, sino para cazar.

—Es un precioso ejemplar. Te daría dos de mis más valiosas espadas por ella. O incluso una lanza. ¿Qué dices, mujer?

—Gracias pero no hay trato. Llevo recorrido un largo viaje con ella y no quiero separarme de mi hacha.

La verdad es que yo no sabía apreciar si el metal era de mejor o peor calidad, pero lo cierto era que le había cogido cariño, y mucho, a ese arma que había viajado en el tiempo conmigo.

—Espero que no hagas el cambio dos paradas más adelante. Hay un danés que ofrece su hierro, pero no es mejor que el nuestro. Seguro que intentará convencerte de lo contrario.

—Lo tendré en cuenta.

Con una leve inclinación de cabeza a modo de despedida seguí mi paseo hasta llegar a la zona del puerto. Parecía el astillero del lugar.

8

Había muchos hombres por aquí y por allí, ataviados con sus armas y sus pieles, jóvenes y mayores, grandes guerreros que disfrutaban de su tiempo de paz, tiempo para estar en casa con la familia, no todo era luchar, aunque ese fuera su modus vivendi durante unos siglos, y ahora seguía sin haber un habitante que no practicara cada día sus artes de defensa y ataque, bien con un tronco por adversario o un contrincante real, el simple hecho de cazar te daba la lección diaria de entrenamiento.

Entre todos ellos resaltaba uno, mi marido.

Más alto que todos los demás, su precioso pelo rubio hondeaba al viento, mientras su cuerpo era impasible ante el azote del aire. Era una gran montaña resistiendo la leve llovizna que caía casi a diario y el aire que te congelaba la piel. Se movía y hablaba de tal manera que era imposible no mirarlo. Hasta los demás hombres no apartaban la vista de él mientras explicaba algo sobre la forma que debían tener las tablas de madera en la proa del barco.

Algunos de los marineros que bajaron de un gran barco se acercaron a saludarlo, dándole un fuerte apretón de brazos, cogidos ambos por el antebrazo del otro. Posiblemente fueran sus compañeros durante sus años de guerrero.

Me quedé mirándolo, observándolo hacer su trabajo, llevando la voz cantante con los demás hombres que obedecían sus indicaciones y respetaban sus decisiones. Sabía como llenar un espacio con su presencia y se notaba. Estaba acostumbrada a verlo solo, centrado en cada trabajo que hacía en su tierra, en su casa, serio y pensativo, hablando conmigo y disfrutando también, pero nunca lo había visto desenvolverse delante de tantas personas como ahora hacía.

El aire frío me congelaba las manos, el tiempo había cambiado drásticamente en los últimos dos días o tal vez era que echaba de menos nuestra acogedora casita. No tenía ningún lujo pero lo tenía a él y, aunque me costara admitirlo, me bastaba con eso.

Cuando decidí acercarme a él y al resto de sus oyentes, unas manos fuertes me cogieron del brazo derecho y tiraron de mí haciéndome caer al suelo con fuerza.

—¡Mira lo que tenemos aquí! ¡Tú mataste a mi hermano! ¡Y vas a morir!

¡No podía ser! ¿Otro hermano más de aquel indeseable?

Intenté no gritar y mantener la calma, debía pensar qué decir ante aquellas personas que se acercaron al espectáculo. Si allí alguien tenía algún motivo para matar a otro, siempre que no lo ocultara y lo hiciera delante de algún testigo, tenía suficiente para defenderse y no correr la misma suerte que el asaltado. De repente, mi mente reaccionó y pensé que esa ley también serviría para mí. Si él podía matarme por creer tener un motivo válido para hacerlo, yo también podía tener un motivo para acabar con la vida de su hermano. El único *pero* es que me faltaba un testigo.

La punta afilada del metal empezó a apretarse contra la piel que cubría y mantenía el calor de mi cuerpo. Arrastrándome hacia atrás, impulsándome con las manos y los pies, conseguí separarme de él mientras se reía de mí.

—¿Dónde piensas que vas? ¿Crees que vas a poder marcharte de aquí sin salir en una pira?

Eran más de diez las personas que se contaban alrededor del espectáculo, el primero, aquel hombre grande, de gorda barriga, larga y sucia barba, armado con una espada que me apuntaba al esternón. Los demás eran meros observadores de lo que allí pasaba.

Entonces una voz sobrepasó a las demás.

—¿Qué está pasando aquí?

Reconocí la voz aunque no vi a su dueño, era el conde Ron, había pasado la noche en su casa y compartido su cena la noche anterior. Y apenas dos minutos antes estaba al lado de mi marido Ottar, lo busqué con la mirada pero no lo vi.

El gigante barrigudo contestó la pregunta del conde.

—Voy a matar a esta mujer, ella fue la que mató sin ningún motivo a mi hermano Fryk.

El conde dirigió su gélida mirada hacia mí esperando una respuesta.

—Señor, eso no fue así. Él me atacó y yo solamente me defendí. No tuve otra opción.

La punta de la espada ahondó más sobre mis ropas clavándose en mi piel.

—¡Mentirosa fulana! Esta noche arderás…

—¡Blank!

Por fin, Ottar había llegado para salvarme.

Con la hoja de su gran espada apartó el metal que me mantenía tirada en el suelo. Agachándose, me ayudó a ponerme en pie cogiéndome por el codo.

—Conde, mi esposa no tenía por qué aguantar que su hermano abusara de ella. Es una persona libre. No una esclava.

—Supongo que si es tu mujer, serías testigo de lo que dice que pasó, ¿puedes confirmar su historia?

Ahí estaba la pregunta que no deseaba escuchar. Solo podría salvarme si alguien testificaba en mi favor corroborando los hechos tal y como yo los había explicado. Y tal cosa no era posible.

—No. Ella estaba sola en mitad del bosque, provocando a mis hombres —contestó antes de que Ottar hablara.

—No, conde. Ella me lo explicó todo cuando volvió a nuestra casa.

Vaya, ahora tendríamos que construir una historia los dos, una que no interfiriera en la historia real de mi llegada aquí, algo que no me hiciera más sospechosa de asesinato ni que diera opción a más preguntas sobre mi paradero ese día ni de mi procedencia. Realmente lo tenía difícil.

—Entonces, querido amigo, no queda más remedio que hacer un juicio y que el pueblo decida.

Dicho esto, unas grandes manos me agarraron con fuerza de los brazos y tiraron de mí para separarme de mi marido. Él intentó, en vano, salvarme pero la espada del conde se cruzó en su camino y su mirada desafiante lo hizo desistir en su intento.

—No quiero que sufra ningún daño, ni un solo pelo de su cabeza pueden tocarle —gruñó con la cara descompuesta.

Lo dijo con tanta rabia mientras miraba como me llevaban que, por primera vez desde que llegué aquí, sentí que me separaban de él para siempre. Las lágrimas empezaron a caer por mis mejillas sin remedio. No podría salir viva de aquel juicio sin un testigo que confirmara mi historia.

Me encerraron en una especie de calabozo apestoso e insalubre. Había restos de excrementos de algún roedor y las moscas eran tan grandes que temía llegaran a morderme. Fuera de la celda había un hombre de unos cuarenta y tantos años, apestaba a cerveza rancia y se rascaba tanto la barriga que me giró el estómago y las náuseas que sentí por la mañana hicieron acto de presencia de nuevo.

Aparte del desayuno, no había ingerido nada más en toda la mañana, así que no sé qué podría salir de mi boca más que un trozo de pan a medio digerir y bilis. Le pedí un poco de agua al vigilante de mi celda y me la ofreció rápidamente.

Al cabo de un rato de estar sentada en el frío suelo, se me pasó el malestar. Intenté no comerme demasiado la cabeza con mi futuro inminente. Pensé en las pocas probabilidades que tenía de salir viva de allí, no dudaba que mi marido lucharía por defenderme, no lo había puesto en duda en ningún momento, pero después de ver como se había enfrentado él solo a tres hombres armados y al mismo conde que iba a impartir justicia conmigo en unas horas, sabía que haría lo que fuera por sacarme de allí sana y salva. Algo realmente difícil.

Aquello no hacía más que entristecerme, pues aunque no quisiera pensar en la separación de Ottar y en mi más que probable muerte aquella misma noche, no pude evitar sufrir por ello. Entre el malestar y un cansancio nada normal, me arremoliné sobre mi propio cuerpo y me dormí.

—Blank, vamos. Despierta, pequeña.

Las manos de Ottar me acariciaban suavemente trayéndome de vuelta de un sueño revuelto. Abrí los ojos y lo miré fijamente, recordé claramente con todo lujo de detalles el día, ahora lejano, en que lo vi por primera vez en la cueva, mojado y perturbador. Sus ojos y su barba fueron los que me cautivaron en aquel momento.

Estiré una mano y le acaricié la cara con ternura mientras él no dejaba de mirarme y mantenía esa expresión dura que hacía que en su entrecejo apareciera aquella pequeña uve, signo de su preocupación por mí. Me ayudó a incorporarme y, justo cuando me soltó, los mareos aparecieron de nuevo, y vomité estrepitosa y violentamente.

—¡Por los dioses! ¡Blank! ¿Qué te pasa? —preguntó preocupado.

—No lo sé, esta mañana ya me he levantado con el estómago un poco revuelto y supongo que con el día que llevo…

Me miró extrañado y preocupado pero no dijo lo que pensaba.

—Venga, Ottar, es la hora, tienes que llevarla —le apremió mi carcelero.

—¿Qué tengo que decir? ¿Cómo lo hago, Ottar? ¿Podemos explicar la misma historia y defender que sí estábamos juntos cuando todo pasó? —le pregunté con un hilo de voz mientras me limpiaba con la manga la saliva de la boca.

—Blank, ellos no quieren un juicio, simplemente dictará lo que considere más oportuno, no importa qué le digamos. No pasará nada. No temas. He hablado con Halldora y…

—¿Has hablado con Halldora? ¿¿Qué quieres decir con que has hablado con Halldora?? —pregunté irritada.

—Todo va a salir bien. No te va a pasar nada.

—¿Otra vez con las visiones? No quiero desconfiar, pero no puedo pensar que voy a morir dentro de unos minutos y confiar en las majaderías de una mujer… —me interrumpió zarandeándome del brazo.

—No vuelvas a cuestionar ni a dudar de las visiones de Halldora. ¿Cuándo vas a darte cuenta de que ella solo intenta protegerte y es su deber hacerlo?

—Que sea su deber no quiere decir que sea real…

—Blank, no me hagas cabrear... —Su voz era apenas un susurro. Sin lugar a dudas daba más miedo así que cuando gritaba a pleno pulmón.

Sus ojos azules intensos envueltos por sus preciosas y espesas pestañas, su entrecejo fruncido, enmarcando más su mirada y dejando a la vista esa marca que tanto me gusta besar entre sus cejas. Tenía muchas ganas de llorar pero no podía caer destrozada a la primera de cambio. Tenía que seguir siendo fuerte, pasaría lo que tuviera que pasar, nada ni nadie podría remediarlo. Pero mientras tanto quería acariciar, recordar su tacto y su visión, besar y notar a mi esposo vikingo.

Bebí un poco del agua que aún quedaba en la jarra que me habían traído al llegar a la celda y me aclaré la boca. Ottar me sujetaba agarrándome por el brazo, me giré y lo pillé mirándome de una forma que no me había mirado nunca. ¿Era miedo, quizá? ¿Pena? Desde luego, no quería que se compadeciera de mí, pero tampoco podía optar a otros sentimientos por su parte. Que yo hubiera llegado a enamorarme de él no significaba que él tuviera un sentimiento tan fuerte por mí. Una cosa era sentirse atraído y ofrecerme su casa y su compañía y otra era... que me amara.

En ese momento, mientras yo lo miraba fijamente durante más de unos segundos, elevó su mano hacia mi cuello y lo rodeó, dejando sus dedos en el lugar exacto donde mi pulso acelerado latía.

Sus ojos azules se clavaron en los míos, era hipnótico, hechicero, no había manera de escapar a su embrujo. Sin darme apenas cuenta, un suspiro escapó de mi boca, mientras a la misma vez mi cuerpo anhelaba su tacto, su calor, su pasión. Así era nuestra relación, podía transportarme a cualquier sitio solo con mirarme y tocarme, daba igual que estuviéramos rodeados de peligros, él me hacía sentir en casa. Conseguía apaciguar mis nervios y mis inseguridades con su presencia, pero necesitaba tenerlo conmigo. Llevé mis manos hasta su pecho y, tirando de sus pieles, lo atraje hacia mí, mis manos buscaron sus anchos y fuertes hombros y de ahí hasta su duro cuello, lo insté a agacharse para así poder besarlo. Un último beso, pensé. Uno que se quedara conmigo para siempre.

Su mirada seguía fija en la mía, sus labios rosados y apretados no dejaban ver su perfecta lengua a la que ya me había acostumbrado, cerré los ojos cuando nuestras narices se encontraron e, inspirando profundamente, recorrí su cara oliendo y besando cada parte de ella. Mientras, con la mano derecha, le acariciaba la barba suave que tanto me gustaba.

Sus labios buscaron los míos y lo que empezó siendo un beso suave y casto pronto dio paso a un beso voraz y necesitado.

Sus manos se enredaron en mi pelo, tirando de él hacia atrás, consiguiendo así que mi boca quedara dispuesta para él. Mis manos, cogidas a su cuello y a su pelo, tiraban de él para acercar lo máximo nuestros cuerpos. Cuando menos lo esperaba, sus fuertes y grandes manos bajaron hasta mi cintura y me elevó, con un rápido movimiento, mis piernas se enrollaron en su cintura y lo apreté con todas mis fuerzas. Nuestras lenguas no paraban de bailar y rozarse la una con la otra. Tenía ganas de morderlo, de clavarle las uñas.

—Ottar…. —gemí en su boca.

Notaba cuan duro estaba en su entrepierna, la necesidad de nuestros cuerpos empezaba a nublar los pensamientos.

Su boca recorría mi cuello, su lengua y sus dientes torturaban la sensible piel que cubría mi yugular. De repente se detuvo, con los dedos pulgar e índice de su mano cogió mi barbilla y mirándome fijamente, sentenció:

—Eres mía, nadie nos va a separar por más de unas horas y cuando te tenga de nuevo, no esperaré a llegar a nuestra casa para hacerte el amor en la cama. Te follaré sobre el caballo, en el suelo o contra un árbol, y veré como tu cuerpo se estremece cuando te penetre y te haga sentir como te mereces.

Lo miré sin saber qué decir, el miedo a morir me paralizaba.

—No temas, debes estar tranquila, todo va a salir bien.

Seguía colgada de su cuerpo, mis dedos enredados en su melena, su aliento se mezclaba con el mío por la proximidad de nuestras bocas.

—Te quiero —le dije.

Él dejó escapar un suspiro pero no me respondió. Sus labios cubrieron de nuevo los míos y fue bajándome hasta que mis pies tocaron el sucio suelo. La separación de nuestros cuerpos fue dolorosa, como una prueba a pasar antes de la definitiva. Agaché la mirada y vi como sus dedos se juntaban con los míos. Y así salimos de aquella celda, cogidos de la mano, sintiéndome pequeña, mi mano diminuta entre la suya apenas se veía.

Pero eso no importaba, que no se viera, lo importante era lo que sentía y eso latía muy fuerte.

A pesar de las capas de pieles que llevaba, sentía el frío recorrer mi cuerpo sin piedad y sin permiso. Apenas había gente por la calle. Los comerciantes ya no estaban en sus puestos, los pescadores habían dejado sus pequeñas o grandes embarcaciones en el muelle, incluso en las tascas donde tomaban su cerveza o aguamiel se encontraban prácticamente vacías.

Ottar no separaba su mano de la mía, el vikingo encargado de vigilarme caminaba detrás nuestro en silencio, aparte de dos eructos no escuché ningún otro sonido proveniente de él. Al girar por una calle reconocí donde estábamos. Era la casa del conde. Donde habíamos pasado nuestra última noche juntos.

Se escuchaba mucho murmullo de gente y al girar la puerta vi el motivo del ruido. Toda la gente del pueblo estaba allí, esperando mi muerte. Nadie me conocía, nadie me tenía simpatía ni cariño. A todos le importaba una mierda qué fuera de mí. Me paré en seco, negándome a seguir caminado.

—Ottar, prefiero que me mates tú. ¡Te lo ruego, hazlo!

—Blank, no empieces otra vez. Confía en mí, todo va a salir bien.

—¡Joder! Ottar…

Tiró de mí y seguí caminando a rastras detrás de él.

Nos abrimos paso entre el gentío hasta un salón donde se encontraban el conde y su agradable esposa. Desde luego, vivir en esta época era una *jodienda*. Por lo menos para mí, que no estaba acostumbrada a cenar con alguien amigablemente en mi casa y al día siguiente pretender acabar con su vida.

Tres hombres del conde lo custodiaban desde su retaguardia sin quitarle ojo a Ottar, a su cuchillo ni a su espada. Pude ver que también llevaba mi hacha en la parte de atrás de su pantalón.

Delante de toda aquella gente amontonada en el salón del conde estaba el hermano gordo y cabrón del primer vikingo que conocí al pisar estas tierras. Medio sonreía mirándome con cara de oso hambriento. Estaba deseando matarme. Al verle de nuevo la cara, las ganas de vomitar volvieron a hacer acto de presencia y tuve que fingir una sonrisa de soberbia para mantenerle la mirada. La cara de asco que puse a causa de las náuseas la achaqué al hecho de ver de nuevo la cara de aquella asquerosa persona que iba a quitarme la vida.

—Quédate aquí, yo estaré a un paso, justo detrás de ti.

La mano de Ottar descendió por mi espalda hasta llegar a mi cintura. Una vez allí, apretó sus dedos para que los notara.

Lo miré y asentí.

—Está bien, silencio. Todos sabemos para qué estamos aquí esta noche. Según Pertur, esta mujer acabó con la vida de su hermano Fryk. Se sospecha que lo agredió sin ningún motivo mientras ella todavía no era una mujer libre.

—¡Únicamente me defendí ante mi agresor! Pretendía violarme y…

—Cállate, mujer —dijo el conde Ron con su cara sombría de siempre—. Pertur, explica lo que sabes.

El maldito vikingo me miró con sorna y se acercó al conde para explicar, de cara a todos los allí presentes, todas sus mentiras.

—Veníamos del norte, todavía por las montañas cuando decidimos parar para mear y darle de beber a los caballos. Entre los árboles apareció ella —dijo señalándome— medio desnuda, sonriendo y buscando guerra con alguno de nosotros, claramente vimos que era una ramera y pensamos en divertirnos un rato. Fryk fue el primero en sacársela y cuando se acercó a ella para tener sexo, ella le rebanó el cuello con un cuchillo. La vi con mis propios ojos.

—¿Algo que decir, Blank? —preguntó el conde, dirigiéndose a mí.

—Es todo mentira. Yo estaba cerca de la casa de una amiga, había bajado a verla mientras mi marido estaba de caza. Asdis es su nombre, estaban ella y su hija Herdis. Durante mi huida vi arder su casa, seguramente él —dije refiriéndome a Pertur— y sus acompañantes las mataron y después quemaron su casa.

—¡Maldita puta!

Ottar sacó su cuchillo y lo llevó al cuello de Pertur con intenciones claras.

—Ottar, no busques más problemas. Sabes que te aprecio pero si faltas a las reglas dentro de mi propia casa, tendré que matarte.

—Si vuelve a hablar mal de mi mujer, lo mataré. Después, que pase lo que tenga que pasar —Giró su cabeza y escupió con asco a los pies de Pertur.

Yo lo miraba y negaba con la cabeza, no quería que se metiera en problemas.

—¿Blank, eres una esclava?

—¡No! Soy la mujer de Ottar desde hace más de dos lunas.

—Todavía no tenemos clara tu procedencia, está claro que no has nacido en estas tierras. ¿Tienes algún testigo que pueda corroborar lo que nos has explicado?

Maldita sea, nadie podía confirmar mi versión.

Miré de nuevo a Ottar, sabiendo que posiblemente esa fuera la última vez que lo viera antes de que en este infame juzgado dictaran mi sentencia de muerte.

—No… yo…

De repente, se oyeron unas voces desde la entrada del lugar, la gente empezó a apartarse para dejar pasar a alguien.

Ron dio su visto bueno para que me prepararan para mi muerte. Dos de sus hombres aparecieron cogiéndome de los brazos para llevarme a algún lugar. Ottar se puso en posición de ataque, sosteniendo en una mano la espada y en la otra el hacha.

Los allí presentes seguían apartándose mientras unas voces llegaban al interior.

No podía ser.

En aquel momento divisé la cara de una mujer, una mujer alta, rubia y con ojos de gata. Halldora. Y no venía sola.

—Conde Ron. Yo quiero hablar. Fui testigo de lo que Blank a contado.

—¿¿Asdis??

No lo podía creer, Halldora acababa de entrar seguida por Asdis y por su preciosa hija Herdis, que me miraba sonriente. Incluso llegó a guiñarme un ojo.

—Conde, mi nombre es Asdis, vivo en Ösden, a tres días de aquí. Blank vino a mi casa, charlamos y cenamos, y cuando se disponía a volver a la suya, los hermanos del aquí presente acecharon sobre ella. No tuvo más remedio que defenderse. Siendo una mujer casada con uno de los nuestros, su condición anterior de esclava deja de ser motivo para permitir su violación. Ella no tenía por qué atender sus peticiones. Además, todo fue por la fuerza. Antes de quemar mi casa, él mismo nos violó, a mí y a mi hija, dejando allí tirado a su hermano por el que hoy reclama justicia de manera tan severa —señaló con todo el asco posible a Pertur—, por lo que solicito mi derecho a matarlo.

Vaya giro de los acontecimientos. El conde Ron miró a su mujer y sonrió levemente. Con un gesto de su cara, los hombres que me sostenían dejaron de apretarme los brazos y me soltaron.

—¿Tienes algún testigo de esto, mujer?

—Sí, mi hija, aquí presente.

Ottar se situó a mi lado, y pasó su brazo protector y posesivo por mi cintura, estrechándome contra su cuerpo.

Noté su aliento en mi oreja cuando me susurró:

—Ahora ya puedes estar tranquila.

Dejé caer mi cabeza sobre su pecho y oculté las lágrimas de emoción que salían de mis ojos.

—Pertur, ¿puedes demostrar de alguna manera tu verdad?

—Conde, esto no puede ser así. La esclava mató a mi hermano. Yo la vi. Si mis otros dos acompañantes no hubieran desaparecido, podrían corroborar mi explicación.

El conde dio su veredicto y el público lo jaleó.

—Lo mató para defenderse, él no tenía ningún derecho sobre ella. Le doy a su marido el privilegio de matarte si así lo desea —miró fijamente a Ottar—, o puedes declinar la oferta y dejar que la mujer obtenga su venganza ante lo que le hizo.

Ottar me besó en la cabeza y después de pellizcarme una nalga, ofreció la venganza a Asdis.

Llegamos a casa unas horas más tarde. Me despedí de Asdis después de darle las gracias repetidas veces por lo que había hecho por mí aquella noche.

Halldora había ido en su busca. Al explicarle yo lo sucedido, debió de sospechar quién podría ser aquella mujer que me ayudó cuando llegué aquí, aunque yo le dije que seguramente estuviera muerta, ella no lo creyó. Y gracias a los dioses que no me hizo caso.

Asdis, su hija Herdis y Halldora se fueron hacia la casa de esta última. No habían muerto pero sí se habían quedado sin la que había sido su casa desde hacía tiempo y apenas habían podido construir nada lo suficientemente fuerte como para pasar el invierno que ya estaba llegando.

Durante todo el camino a caballo fui pegada a la espalda de mi marido. Sin duda, él estaba de lo más orgulloso de su vieja amiga Halldora, no dudó en ningún momento de su palabra y ella no le falló. Vino y trajo lo que necesitábamos para salvarme. Exactamente lo que él me había dicho y yo dudé de él.

Lo que todavía no lograba entender es cómo hizo Halldora ese viaje de tres días hasta casa de Asdis para conseguir llegar a tiempo aquí. No me extrañaría nada que pudiera teletransportarse. A estas alturas, ya me creía cualquier cosa.

Su fuerte y amplia espalda me protegía del frío y cortante aire helado que soplaba en el fiordo de vuelta a casa. Sabía perfectamente el camino a pesar de que no había ni una sola luz que iluminara aquel oscuro y alejado sendero hasta la cima, donde se encontraba nuestra casa. Aquella noche las estrellas brillaban con una luz especial, quizá también se alegraban de mi regreso con vida.

Esa noche fue la primera vez que vi la preciosa danza de colores de las auroras boreales. Lloré en silencio sobre la espalda de Ottar.

Al entrar en casa, agradecí que Astrid y Olaf se hubieran encargado de encendernos el fuego para calentar nuestro hogar. Iba a ser una noche muy fría. Y lo fue, pero fuera de nuestra casa. Dentro, supimos encontrar la temperatura ideal para nuestros cuerpos.

—Siéntate y come algo —Me ofreció mi marido.

—Sabes rodearte de buena gente —dije mientras daba el primer bocado a un pan que se había hecho hacía poco. Todavía se mantenía un poco caliente.

Ottar bebía cerveza mientras se zampaba un trozo de carne de la forma más salvaje posible. No utilizó ni su cuchillo para trinchar la carne. Aquel salvajismo, lejos de asustarme o molestarme, me agradaba, me gustaba verlo así.

—Quiero poner agua a calentar para darme un baño. Necesito quitarme el olor de ese sitio asqueroso.

Así lo hice. Preparé la olla y, una vez tuve todo listo, me acerqué a mi marido, que estaba en el banco delante del fuego y empecé a desnudarme.

El nudo de las cintas que sostenía mis pantalones se había retorcido y no podía deshacerlo. Me acerqué a él para pedirle ayuda.

—¿Me ayudas? —pregunté con voz sugerente.

Dejó de jugar con su cuchillo para levantar su mirada hacia mí. Separó sus rodillas con el propósito de que me colocara entre ellas y así quedar a su abasto.

Estiré de la cinta para que pudiera verla, la camisola que llevaba puesta la tapaba así que la remangué sujetándola entre la barbilla y el pecho, dejando al descubierto mi vientre. Levantó lentamente el cuchillo y lo deslizó por mi piel desnuda, haciendo que se me erizara ante el contacto frío del metal y su forma de provocarme. Antes de que me diera cuenta, ya había cortado la cinta de mis pantalones en dos y, metiendo sus dedos entre la tela y mi cuerpo, los fue bajando hasta dejarlos en el suelo, a mis pies.

No llevaba nada debajo. Sus manos subieron desde mis tobillos hasta mis muslos, recorriendo cada centímetro de piel. Anhelaba sentir su contacto, su calor, su dureza, necesitaba tenerlo dentro y olvidar todo lo que había pasado el último día. Sus manos siguieron su ascenso por mi cuerpo y tiró de la camisola que yo sostenía para, después, sacármela por la cabeza, dejándome completamente desnuda ante él.

Mis pezones estaban duros y mi piel reclamaba su contacto ya. Le puse las manos en el cuello, su cara quedaba a la altura de mis pechos. Con su media sonrisa, que me volvía loca, colocó sus manos en mi culo y me acercó más a él. Su nariz jugueteó con mis pechos, haciéndome desear su contacto más directo y duro. No necesitaba mimos, necesitaba que me hiciera sentir viva. Quería que me hiciera sentir aquel doloroso placer sexual que tan bien sabía darme.

Yo me movía para ponerle los pechos justo delante de la boca, él simplemente los acariciaba con la punta de la nariz, pero no abría la boca ni sacaba la lengua para jugar con ellos a lo que yo quería.

Tiré de su preciosa melena rubia, con fuerza, consiguiendo así un cachete en la nalga que me hizo saltar y gritar de la sorpresa.

—Cómeme ya, Ottar... —le exigí.

—Según tú, esto no iba a pasar —seguía pasando su nariz y su barba por la sensible piel de mis pechos—. Según tú, aquel beso era el último —susurraba con voz ronca.

—No podía creer, tenía mucho miedo —Ahora su lengua apareció en escena y empezó a lamer la parte baja de mis pechos.

—Pero ahora has visto que tenía razón, ¿verdad? —Lamió levemente un pezón.

—¡Síííí, oh sí! —Tiré de nuevo de su pelo mientras jadeaba.

—Nada nos va a separar y si eso ocurriera, no sería para siempre, yo encontraría la manera de volver a ti. De volver a tu precioso cuerpo —Ahora estiró de mi pezón con los dientes, proporcionándome el placer que ansiaba.

—¡Oh dios! Ottar, no pares... te necesito, necesito tenerte dentro, necesito que seas duro conmigo.

—¿Necesitas a tu vikingo, pequeña? —Sus manos abarcaron mis pechos y sus dedos estiraban a la vez de ambos pezones, mientras pasaba su lengua de uno a otro.

Tenía mis pliegues completamente empapados, las caderas empezaban a balancearse en busca de algo más.

—Necesito sentirme pequeña debajo de tu cuerpo de acero, mientras me haces el amor como tú sabes y consigues que no sea capaz de recordar ni como me llamo.

Dicho esto, se levantó y empezó a desnudarse. Mis manos fueron hasta sus pantalones mientras él se deshacía de la parte de arriba. Su espada y su cuchillo ya estaban sobre la mesa, con dos movimientos se deshizo de sus pesadas botas. Cogí el cuchillo y repetí el movimiento que él había hecho pocos minutos antes con mis pantalones, corté las cintas directamente y metí la mano dentro para encontrármelo duro y dispuesto.

Recorrí su perfecta erección con la mano hasta llegar a su base, bajé un poco más y acaricié sus pesados testículos, apreté más de la cuenta para ejercer presión en esa zona tan estimulante. Suspiró y elevó sus caderas para darme todo el acceso. Sus manos volvieron a mis pechos, me senté a horcajadas sobre él mientras seguía masturbándolo, nuestras miradas abrasaban la piel del otro y las manos hacían todo lo demás. Acercándome a su boca, le cogí el labio inferior con los dientes y tiré de él con suavidad, a la misma vez que él tiraba de mis pezones con menos cuidado. Cuando yo soltaba su labio, él soltaba mis pezones. Y volvíamos a lo mismo, cuando soltaba mis doloridos pezones yo bajaba más la mano proporcionándole un descanso a su caliente y dura polla.

Su boca llegó a la piel de mi cuello, lamía todo lo que encontraba, desde mi garganta al lóbulo de las orejas, iba de un lado al otro. En un momento dejó de acariciarme los pechos y llevó una de sus manos hasta mi sexo.

En esa posición, abierta completamente para él, encontró rápido lo que buscaba. Tenía el clítoris tan hinchado y palpitante que cuando me tocó, casi me corrí directamente en su mano. Yo seguí sacudiendo su firme y potente erección sin parar, notaba la vena que la recorría desde la base a la punta. Verlo así, todo dispuesto para mí, con aquella luz que emitía el fuego del hogar que teníamos detrás, me excitaba sobremanera. Sus ojos azules refulgían como una llama más del fuego. Mis caderas tomaron el ritmo y empezaron a moverse solas, buscando que uno de sus dedos llegara a la entrada de mi mojada vagina y me penetrara de una vez. Él seguía pasando los dedos, empapados de mis fluidos, por mis labios hinchados y necesitados mientras presionaba certeramente mi clítoris haciéndome gemir su nombre una y otra vez

—Ottar….Ottar, sigue, no pares…

En ese momento cogió mi mano, con la que estaba masturbándolo y la guió hacia mi propio cuerpo. Me colocó los dedos como él los había estado moviendo por esa misma zona y, ante mi sorpresa, me pidió que me masturbara para él.

—Sigue tú, quiero ver como te corres con tu mano.

Me revolví encima de su cuerpo buscando algo más, pero no me dejó seguir en mi intento.

—Quieta, me gustaría ver como te tocas, Blank.

Llevó su otra mano hasta su propia erección y empezó a acariciarla como yo lo había estado haciendo, arriba y abajo, su mano era mucho más grande que la mía, quizá no le gustaba tanto que yo lo tocara.

—¿Prefieres tocarte tú mismo? ¿No te doy placer?

Me miró sorprendido.

—Pequeña, créeme, esto está así por ti, no por mí. ¿Por qué me preguntas eso?

—Como tu mano es más grande que la mía… A mí me gusta más que me toques tú —insistí para no pasar por la vergüenza que me daba masturbarme delante de él.

—Después te tocaré de nuevo, ahora quiero verte, ver como tus dedos entran en tu cuerpo caliente y mojado y lo humedeces más, preparándolo para que mi polla entre después.

Se recostó hacia detrás, mientras seguía masturbándose gloriosamente. Me quedé unos segundos mirándolo, aquello me daba placer, ver como se tocaba a sí mismo mientras no me quitaba la vista de encima. Empecé a tocarme, cerré los ojos ante el placer que sentía apretando mi clítoris, mientras mis caderas se movían en círculos.

—Abre los ojos, Blank, mírame—pidió con voz ronca susurrante.

Los abrí a la vez que mi boca se abría también ante todo aquel placer que recibía de mí misma y por verlo a él. Tenía ganas de agacharme y comerme su preciosa erección, me encantaba metérmela en la boca y disfrutar de su sabor, sabiendo que aquello lo volvía loco de placer.

Mi dedo corazón fue el primero en llegar a la entrada de mi vagina, húmeda y anhelante. Penetré mi carne con mi propio dedo, soltando un jadeo exagerado. Todo aquello me había llevado muy cerca del clímax y quería retrasarlo hasta corrernos juntos, cada uno tocando su propio cuerpo.

La vergüenza se fue y empecé a moverme de verdad sobre mi mano, a buscar el punto mágico que me proporcionara un orgasmo rápido. Lo que vendría después sería mucho mejor, su polla dentro de mí, siempre era mucho mejor. Tenía los ojos cerrados, notaba el movimiento de su mano en su pene entre mis piernas abiertas. Su otra mano, juguetona, vino para hacerle compañía a la mano que estaba proporcionándome el placer y uno de sus dedos se incorporó al juego. Primero lo pasó por mis pliegues para mojarlo y después se colocó de manera que pudo entrar dentro de mí, junto con mi dedo corazón y me sentí explotar.

—¡¡¡Oohh Sí!!! ¡Ahora sí!

Me cogí de su cuello para no caerme con tanto movimiento mientras su dedo y el mío me penetraban. Empecé a cabalgarlo sin control. Cuando no me daba mucha cuenta de lo que pasaba por la cercanía del orgasmo, sacó su gran dedo de mi vagina y, deslizando su mano más abajo, llegando a la entrada apretada de mi ano. Sospechaba lo que quería hacer, pero no lo creí capaz. Abrí los ojos para mirarlo, sus labios entreabiertos, jadeando levemente, su mirada penetrante fijada en mí, era más de lo que podía soportar. Mi pecho subía y bajaba de forma trabajosa. Seguía masturbándose tranquilamente mientras me tenía encima de sus piernas, abierta y masturbándome a mí misma, notando como uno de sus dedos intentaba entrar en un sitio nuevo para mí.

Volvió de nuevo hacia mi vagina, me penetró de nuevo para mojarse bien el dedo corazón y lo llevó de vuelta hasta mi culo. Apretaba levemente la entrada, haciendo círculos y de repente, entró.

—¡Ahhh! —grité por el leve dolor de su intromisión. También por el placer que sentí al tenerlo allí dentro.

Me sentía llena por completo, mi dedo en mi vagina y el suyo, en mi culo. Estaba a punto de explotar.

—¿Bien? —preguntó satisfecho con su travesura.

Sus ojos estaban casi negros por la pasión. Asentí, empezando a moverme de nuevo sobre su mano y la mía.

—Vamos allá.

Empezó despacio, adentrándose más en ese lugar inexplorado, era una sensación alucinante. Poco a poco fue elevando el ritmo, según yo aumentaba el de mis caricias. Sus movimientos se volvieron bruscos pero certeros, tanto en mi culo como en su pene, botaba literalmente sobre sus rodillas, sentía mis pechos más pesados y me dolían con tanto movimiento, pero era un dolor de lo más placentero.

—Vamos, pequeña, estoy a punto. Abre los ojos, Blank.

Y lo hice, vi como movía su mano por el capullo de su rosada polla, estaba a punto de correrse y yo también. De pronto, penetró más en mi culo y estallé sobre nuestras manos, mientras él se dejaba ir, mojando mi vientre con su semen cremoso. Seguí moviéndome hasta recuperar el aliento. Poco a poco, saqué mi dedo impregnado y él retiró el suyo con mucho cuidado. No podía, ni quería, pasar más tiempo sin sentir su boca sobre la mía, sin morderlo ni chuparlo. Sus manos fueron hasta la parte baja de mi espalda y, apretándome a su cuerpo, nos comimos la boca, sin censuras, sin miedos ni reservas.

Se levantó, llevándome consigo, pegada a su piel, su propia semilla mojando nuestros cuerpos y me estiró sobre la mesa, delante del fuego que calentaba nuestra casa.

Lo miraba maravillada, sus músculos abdominales, marcados perfectamente, los oblicuos, llegando a su entrepierna, sus fuertes y anchos pectorales, que tanto me gustaban. Se inclinó sobre mí mientras agarraba con una mano su polla, seguía estando dura y dispuesta después de correrse.

Era insaciable.

Y yo también.

Me penetró, lentamente, consiguiendo que notara cada centímetro de su piel en la mía, me dilató dolorosamente lento, llenándome y tensándome a su alrededor. Tenía los talones apoyados en el borde de la mesa, mis manos agarraron mis pechos y empecé a masajearlos y a estirar de mis pezones imitando el movimiento de sus manos que tanto me gustaba.

Él entraba y salía lentamente de mi cuerpo, mirando fijamente como su cuerpo se perdía en mi interior. Elevándome un poco sobre la mesa, miré yo también como desaparecía dentro de mí. Sus manos me tenían sujeta por las caderas, nuestros cuerpos pasaron de chocar cuidadosamente para hacerlo salvajemente.

—¿Esto es lo que quieres, mi amor?

¿Acababa de decirme lo que yo había escuchado?

—¡Sí! Te quiero a ti. Así, duro y fuerte.

—No sé cómo me has embrujado pero estoy encantado con el resultado, no puedo mantenerme fuera de tu cuerpo —gruñó mientras cogía mis piernas y se rodeaba la cintura con ellas.

Mi cuerpo se deslizaba por la mesa ante sus embates duros y certeros. Nuestra respiración volvía a ser trabajosa y sonora. Buscó un ritmo torturador, fuerte, incluso algo doloroso, pero realmente placentero. Y nos arrasó. El orgasmo que compartimos fue espectacular, grité su nombre y él hizo lo propio con el mío, mientras su cuerpo quedaba completamente pegado al mío, su perfecta polla derramándose dentro de mí, sus duros y peludos testículos tocando mis nalgas y sus manos manteniéndome unida a él. La habitación había subido unos grados de temperatura gracias a nuestros juegos. Si estuviéramos en mi siglo, le diría que apagara la calefacción.

—El agua debe haberse enfriado. ¿Aún quieres ese baño?

—Si tú te bañas conmigo, sí.

Salió lentamente de mí y me ayudó a levantarme. Cuando iba a bajar de la mesa, me agarró por las caderas y, cargando con mi cuerpo en brazos, me llevó al barreño. Me depositó dentro con mucho cuidado, el agua no estaba muy caliente pero tampoco estaba fría. Le sujeté una mano y me aparté para dejarlo entrar detrás de mí. Antes de hacerlo, cogió el tarro de aceite perfumado que me regaló por nuestra boda y vertió unas gotas en el agua. Olía de maravilla, a rosas frescas.

Entró y una vez se sentó, con las piernas abiertas, me coloqué entre ellas apoyando mi espalda en su pecho. Cogí el paño que utilizábamos para frotarnos y empecé a moverlo por sus piernas, estirándome para llegar a sus pies. Cuando lo hice, él pasó un dedo por mi columna, desde la nuca hasta la separación de mis nalgas. Subía poco a poco limpiando de nuevo sus piernas, despeinando a contrapelo el vello que tenía en ellas.

Sus muslos eran grandes y fuertes, todo su cuerpo acostumbrado a realizar duros movimientos, todos los días desde niño, se había entrenado para ser un guerrero.

Viviendo en la parte más alta de la montaña, lejos del pueblo, con tan solo algunas casas y vecinos dentro de las tierras de mi marido, no podías permitirte el capricho de estar mano sobre mano, esperando que cualquier día, igual que pasó en casa de Asdis, llegará algún mal nacido a robarte tu ganado, violarte y quemar tu casa. Tenían que estar preparados. Teníamos que estar preparados.

Yo seguía pasando el paño por sus piernas cuando empezó a masajearme el cuello y los hombros, gemí de placer.

—¿Tanto te gusta que te toque por aquí?

—Mmmmm, me encanta.

Su erección volvía a ser notable, apretando en mis nalgas.

—¿Más que cuando te toco por otras partes del cuerpo? —preguntó sugerente.

—Bueno, son placeres distintos, cuando estoy nerviosa o después de un día de trabajo me gusta que me destenses los hombros y el cuello, me gusta sentir tus manos grandes y tus dedos fuertes y hábiles apretando sobre mi piel y mis músculos. Dándome placer así es muy posible que consigas darme placer después de la otra forma.

Sus dedos seguían destensando mis hombros, mientras yo dejaba caer mi cuello a un lado indicándole hacia dónde ir con ellos.

—¿Así? —preguntó, solícito.

—Ajá…

Recosté la cabeza sobre su pecho y sus dedos pasaron a acariciar la parte de mis clavículas bajando cada vez más hacia mis pechos llenos y turgentes.

No sé cómo, pero salió de mi boca sin darme cuenta. Lo achaqué a todo lo acontecido durante el día.

—¿Echas de menos acostarte con ella?

Sus manos dejaron de moverse sobre mi piel.

—¿Ella? ¿Quién? —preguntó, rozando mi oreja con sus labios y su vello facial.

—No te hagas el tonto, ¿o es que hay más de una a la que puedas añorar en ese aspecto?

—Blank, ¿a quién te refieres?

—¡A Halldora! ¿A quién si no?

Sus manos envolvieron mis pechos y sus dedos pulgar e índice apretaban cada pezón.

—¿A qué viene esa pregunta?—volvió a hablarme dulcemente al oído.

No quería dejar que me despistara haciéndome eso que tan bien se le daba hacer, enloquecerme.

—Ottar, contesta, ¿sí o no?

—¿Tú la has visto más por aquí desde que nos casamos?

—Deja de responderme con otra pregunta.

—¿Que harías si te dijera que sí? —Le propiné un codazo en las costillas con todas mis fuerzas. Apenas se inmutó—. ¡Ah! ¡Mala mujer!

Estiró con saña de mis pezones y al momento siguiente ya me había colocado a cuatro patas, llevando mis manos hasta el borde del barreño para que me agarrara a él. Con una mano tiraba de mi melena mojada hacia atrás, con una rodilla separó mis piernas y mientras me hablaba al oído, me penetró.

—Posiblemente ella eche de menos que mi polla se entierre en su cuerpo, pero no. No la echo de menos, hay momentos en los que no sé ni quién soy cuando estoy contigo como para pensar en otra persona que no seas tú.

Vaya, si eso no era una declaración… No eran las palabras que deseaba oír, pero aquella noche me sirvieron.

Despertar abrazada y enredada en su cuerpo caliente era todo un lujo. Teníamos la costumbre de dormir desnudos, siempre nos quedábamos dormidos después de hacer el amor varias veces, por lo que era absurdo salir de la cama para cubrir nuestros cuerpos después de compartir lo más íntimo. El frío no era problema, teníamos leña de sobra para mantener nuestra casa caliente y con las pieles que cubrían nuestros cuerpos no había frío posible.

Giré entre sus brazos para disfrutar de la vista de verlo dormido. Era para mí un espectáculo fascinante, siempre, en cualquier situación me quedaba fascinada mirando cómo hacía lo que fuese que estuviera haciendo. El movimiento de su cabeza cuando el aire le revolvía el pelo suelto, sus brazos y espalda cuando cortaba leña o cuando peleaba con su espada contra el pobre Olaf, siempre salía perdiendo en sus entrenamientos. Pobre hombre, le ponía empeño pero Ottar era mucho Ottar. A veces pensaba que eso le pasaba por serle infiel a su esposa Astrid. Habíamos creado un vínculo con mucha confianza. Tanto con ella como con Asdis y su hija Herdis, que decidieron quedarse a pasar el invierno en casa de Halldora.

Por lo visto, Herdis tenía algún tipo de don para la magia, al igual que Halldora, y esta iba a enseñarle a utilizar las runas y el arte de las plantas como preparar mejunjes para curar una u otra enfermedad y como ver el pasado, presente y futuro en las piedras ancestrales.

9

Habían pasado dos semanas desde mi *salvación*, las primeras nieves cubrían la tierra, el río amanecía muchas mañanas con una pequeña capa de hielo que lo cubría. Allí no tenían costumbre de calentar el agua para lavar la ropa, el día que Astrid vio como lo hacía yo, me preguntó sorprendida:

—¿Por qué lo haces así, Blank?

—Pues porque con el agua tan fría se me resecan mucho las manos y me salen grietas. No quiero que mi marido se asuste cuando lo acaricie —le dije en tono cómplice—. Además, la ropa queda mejor.

Si pudiera explicarle de dónde venía yo, de todo lo que disponíamos en mi tiempo. Pero aquí se apreciaba mucho más todo lo que tenías, por poco que fuera. En el siglo en el que nací la mayoría de gente no da aprecio a las pequeñas cosas. Aquí, son las que tenías y las valorabas como se merecían.

—¿Os lleváis bien? Ottar parece otro hombre desde que estás con él —Vaya, no esperaba aquella confidencia.

—Bueno, sigue siendo un poco gruñón, pero supongo que la bestia está algo domada.

Ambas reímos mientras seguíamos frotando la ropa.

—Olaf al principio me satisfacía cada día, después de tener a los niños pasó a hacerlo cada vez menos. Ahora si no soy yo la que lo busco, él apenas viene a por mí.

—Vaya… no sé qué decirte a eso. Nosotros no hemos pasado por ahí. Todavía.

¿Cómo iba a decirle que su marido iba por ahí acostándose con otra?

—Ni creo que lo paséis nunca. Ottar es diferente. Siempre lo hemos sabido. Por eso todas nos peleábamos por ser suya. Pero él escogió a Bera.

El fantasma de su primera mujer volvía a hacer acto de presencia.

—La quería mucho, ¿verdad? —Me atreví a preguntar sin dejar de mirar la ropa que tenía entre las manos.

—Bueno, la quería, claro. Pero si lo que me estás preguntando es si la quería más a ella que a ti, yo diría que no.

—No quería preguntar eso pero… de todas maneras es difícil saber lo que pasa en un matrimonio, ¿no?

—La verdad es que no. Él y Olaf iban mucho al pueblo. Cuando vivíamos más cerca, no tenían reparos en dejar que cualquier puta les quitara el frío y calentara sus músculos. La diferencia está en que Ottar no lo ha vuelto a hacer desde que está contigo y Olaf…, Olaf sigue como siempre.

La miré sorprendida. No sabía que ella tuviera constancia de las andadas de su marido.

—Aquí la mayoría de los hombres son así, para ellos es solo follar, vaciarse y pasar cinco minutos con la polla caliente —la miré fijamente—, para nosotras, normalmente, va atado al sentimiento, al amor. Aunque también lo hagamos por el gusto de corrernos. Si Olaf me pillara teniendo sexo con otro, no podría decirme nada, yo no le niego mi cuerpo cuando él lo reclama, aunque sea pocas veces, por lo que él no puede negarme que yo obtenga placer con otro hombre, al igual que él lo obtiene de otras mujeres.

—Pero, entonces, ¿no tenéis que respetaros mutuamente?

—Yo le pertenezco, igual que tú perteneces a tu marido, pero del mismo modo que él solo se desahoga con tu cuerpo y tú con el suyo, Olaf no, así que yo tampoco tengo que serle fiel. Ya le he dado hijos, que llevan su nombre y perpetuarán su casa.

Eso me dio que pensar. ¿Y si Ottar solo estaba esperando a que yo le diera hijos? Hijos que ni su anterior mujer ni Halldora le dieron antes para después dejarme de lado y seguir follando por ahí a su antojo. Yo no era como Astrid, no soportaría que él mantuviera ese tipo de relación con nadie más. Poco me importaba que después yo pudiera acostarme con quien me apeteciera. Eso no funcionaba así, no en mi mente, yo lo amaba, de eso no había duda. Pero, ¿y él a mí? ¿Era algo más que una esposa a la que dejar embarazada para darle hijos?

Astrid volvió a su casa cuando su marido y sus hijos, junto con mi vikingo, llegaron de cazar. Todavía quedaban algunos ciervos a los que poder hincarles el diente. Una vez despellejados y cocinados, eso sí.

Ellos se llevaron más de la mitad para su casa y allí lo compartirían con las chicas, Asdis, Herdis y Halldora. Al parecer, el hijo mayor de Olaf y Astrid se sentía atraído por la pequeña Herdis.

—Veo que el día ha ido bien.

—Ya lo creo. Estábamos a punto de volvernos sin nada después de llevar todo el día escondidos, soportando el frío, cuando el pequeño Olav nos avisó de lo que estaba viendo detrás de unos arbustos secos.

Su sonrisa de superioridad me indicaba que fue él el encargado de dar muerte al pobre animal. No sé por qué me lamentaba por él, nos daría de comer durante un par de semanas. Ya había aprendido a preparar la carne para su conservación, normalmente la ahumábamos, aunque a veces también la conservábamos congelada. No sería por falta de nieve pura, ¿qué mejor congelador que ese?

—Yo mismo lo cacé. Olaf está perdiendo facultades. Dentro de nada su hijo será capaz de derribarlo en una lucha.

—Puede que algún día tú también tengas un hijo que te sobrepase en altura y fuerza, hasta en inteligencia —Esperaba ver su reacción ante la idea de ser padre.

Ottar soltó una risotada y le propinó un puñetazo cariñoso en el vientre, mientras ambos se reían.

Se acercó a mí, estaba poniendo agua a hervir para preparar el estofado para la cena, me abrazó desde atrás y llevó sus grandes manos a mi vientre, uniendo sus pulgares sobre mi ombligo y besándome en el cuello. Su barba me hacía cosquillas y me excitaba a partes iguales.

—El día que tenga un hijo mayor espero que sea digno sucesor de su padre y estoy seguro de que, hasta que yo me postre en una cama cuando sea tan viejo que no pueda mantenerme en pie ni hacerle el amor a mi mujer, entonces, ese día, mi hijo sabrá lo suficiente para ser más inteligente que yo y seguir con su labor en nuestras tierras y en nuestro pueblo.

Olaf pasó de replicar y salió de la casa para reunirse con su familia que había marchado antes que él.

Me moví para llevar el caldero al fuego pero Ottar estiró su brazo para cogerlo y ponerlo en su sitio.

—Puedo hacerlo yo —le dije, girándome para ponerme de caras a él.

—Sé que tienes fuerza suficiente, pero si yo estoy aquí, puedo ayudarte, ¿no?

Cogiéndome por la cintura me acercó a él, apoyó su barbilla sobre mi cabeza y me preguntó muy serio.

—¿Tienes algo que decirme?

—¿Algo sobre qué? —pregunté sin entender su pregunta.

—Algo sobre tú vientre. Hace días que no sangras.

Vaya, ¿cómo se había dado cuenta él de eso?

—¿Cuentas los días? —Me separé de él para mirarle a los ojos al preguntarle.

—No, pero no ha pasado ni una noche sin que estemos juntos y no has sangrado desde hace casi dos lunas —levantó una ceja interrogativa.

—¿Te gustaría que así fuera?

—Nada me gustaría más que formar una familia contigo.

Era el momento perfecto para preguntarle por lo que me preocupaba sobre aquello.

—Entonces, después de preñarme, ¿volverías a follar con tus antiguas amantes? Y no me refiero a Halldora, confío en ella.

—¡Vaya! Eso sí que es una novedad. Por fin os habéis hecho amigas.

—No cambies de tema, vikingo, y respóndeme.

—No, Blank, ¿por qué motivo iba a ir a follarme a nadie más? Estás muy pesadita con eso.

—Olaf lo hace.

—Olaf no se casó enamorado de Astrid.

—¿Y tú sí?

—No —eso me pasaba por preguntar—, yo tampoco me casé enamorado de Astrid.

Su sonrisa de chico malo apareció de nuevo.

—Te lo preguntaré de otra forma, ¿te casaste enamorado?

—¿Tú te casaste enamorada?

—¡¡Ottar!! Otra vez respondiendo con preguntas.

—No, Blank, no me casé enamorado, y supongo que tú tampoco. ¿Me equivoco?

No, no me casé enamorada pero ahora sí lo estaba.

—Aquel día no.

Acabamos de preparar la cena y salimos para ver la danza de colores sobre nuestra casa. El precioso espectáculo que la naturaleza nos ofrecía de manera gratuita. Nunca me cansaré de mirar las preciosas luces de las auroras boreales. Al cabo de un rato, decidimos volver a nuestra casa. Después de un aseo rápido, nos fuimos a la cama.

No podía escapar de su abrazo, me tenía retenida entre sus fuertes brazos y su pecho. Dejé caer la cabeza hacia delante e inspiré profundamente el olor que desprendía su cuerpo, la fuerza de la naturaleza, la crudeza del invierno, el frescor de las montañas, él olía a todas esas cosas. Sus manos acariciaban mi espalda, peinando mi pelo con los dedos.

—¿Tú sabes lo que siento por ti o no?

¿Lo sabía? Me gustaba creer que sí, pero nunca me lo había dicho con esas palabras.

—Bueno, yo sé lo que tú me dices. Que soy tuya, pero Astrid también es de Olaf y él no la respeta, eso para mí no es querer.

—¿Quieres que te diga algunas palabras exactamente?

—Ottar, si tengo que pedírtelo, no. Eso se siente o no se siente. Puede ser que tú creas que sientes algo por mí y que eso tan solo sea la pasión por tener sexo con alguien nuevo en tu vida, te atraigo pero nada más. O por las leyendas de Halldora, crees que seré yo la madre de tus hijos pero no dice en ningún momento que estés enamorado de mí.

—Blank deja…

De repente, alguien aporreó la puerta de casa sobresaltándonos.

Ottar salió de la cama a la velocidad de la luz y bajó las escaleras de un salto.

—¡¡Olaf!! ¿Qué te pasa?? —preguntó dejando pasar a nuestro amigo dentro de casa.

—Nos han atacado dos hombres, justo cuando llegábamos a casa.

Me tapé con la camisa de Ottar y bajé.

—¿Hacia dónde han ido?

—Han bajado la colina, temía que pararan aquí pero por lo que veo han cogido otro camino.

—Es posible que vayan hacia las tierras de Munro, deberíamos ir a avisar —dijo Ottar, mirándome para que supiera que tenía que irse.

—¿Astrid y los niños están bien?—pregunté preocupada al ver la herida que tenía en la frente—. ¿Te has mirado esa herida?

Se tocó la frente viendo como su mano se teñía del rojo de su sangre.

—Ellos están bien, solo se han llevado un caballo y parte de pescado ahumado.

—Pasa y déjame limpiarte la herida y aplicarte un ungüento que Halldora me enseñó a preparar. Evitará que se infecte.

Olaf miró a mi marido y este lo hizo pasar para que se sentara en el banco de la mesa, frente al fuego.

Fui a la parte de la despensa, donde guardaba algunos botes de remedios, los aceites para el baño y poca cosa más.

Busqué un paño limpio y lo metí en el agua hirviendo que tenía al lado del caldero con la cena. Después de unos segundos lo saqué y, tras esperar a que perdiera un poco de temperatura, me acerqué a Olaf.

Sentado apenas se notaba la diferencia de altura entre él y mi marido, siendo Ottar unos diez centímetros más alto que Olaf. Él abrió sus piernas y me coloqué en el centro para poder ver bien la herida, no era muy profunda pero sí estaba un poco desgarrada.

Le cogí la cara con una mano, notando cuán espesa y ruda era su barba, nada que ver con la de mi vikingo, suave y cuidada.

Ottar estaba de pie, detrás de Olaf, mirando atentamente como me ocupaba de su amigo. Me pareció verlo más serio de lo normal. La verdad es que Olaf era un hombre atractivo, entendía perfectamente que resultara apetecible para otras mujeres, lo que no entendía es que no respetara a su mujer. Quizá esa parte de mí perteneciente a mi propio siglo nunca me dejara entender cosas que, en esta época, sí eran comprendidas y aceptadas.

—Tendrás que pedirle a Halldora que te lo cosa, ahora te lo vendaré para que no se infecte pero si no se cierra la herida, quedará una marca bastante fea.

—Lástima que tú no puedas coserme, tienes unas manos muy hábiles —dijo en un tono que me extrañó.

—Venga, dejaos de tonterías y vámonos ya.

Ottar se dio la vuelta y se acercó a la puerta de casa abriéndola, esperando que Olaf se levantara, me aparté para dejarlo pasar y, cuando se levantó, me guiñó un ojo y me agradeció mis cuidados.

No creo que fuera capaz de flirtear conmigo, pero la verdad es que lo pareció.

Cuando Olaf salió de casa y montó a su caballo, Ottar vino hacia mí con cara de pocos amigos y en dos zancadas estuvo a mi alcance. Nuestra conversación había quedado interrumpida, tendríamos que retomarla más tarde.

—Cierra bien la puerta, y coge tu hacha y la daga. Si escuchas cualquier ruido, ya sabes cómo actuar.

—Tengo miedo de que te pase algo —dije acercándome a él y posando mi mano sobre su corazón, quería sentir su calor.

—No debes preocuparte.

Se giró para irse dejándome con la mano colgando, sin darme un beso ni decirme nada más. Lo llamé antes de que saliera por la puerta.

—¿Ottar?

Girándose de mala gana, contestó:

—¿Qué, Blank? Tengo que irme, ya hablaremos.

Y así, sin más, se fue, dejándome con la palabra en la boca, sin saber por qué estaba molesto. Me dejó asustada, no solo por si aquellos ladrones pasaban por nuestra casa, también por si le pasaba algo yendo a avisar a los Munro.

Sabía que era un buen luchador, mejor que Olaf, sin duda, pero eso no evitaba que yo sufriera por su integridad.

Después tomar un poco de aguamiel, recogí los cacharros, el sueño se me había pasado por completo, necesitaba hacer algo para mantenerme entretenida y no pensar más de la cuenta. Preparé dos camisas y una de mis faldas para coserlas. Podría hacerlo por la mañana pero de todas maneras la luz de día no era mucho más abundante que ahora de noche con las velas.

Acabé de coser y guardé nuestra ropa en el baúl a los pies de nuestra cama, dejé el hacha justo al lado de mi almohada. Después de cepillarme el pelo, me desnudé completamente y me metí en la gran cama.

Sin Ottar allí estaba fría y sola. Estiré el brazo hacia su lado de la cama deseando que estuviera a mi lado.

Justo en el momento en que que desearías caer rendido y dormirte al instante, tu mente, tu consciencia tienen que hacer acto de presencia y empezar a recordarte todo aquello en lo que no sueles pensar durante las horas del día.

La verdad era que no manchaba desde antes del altercado, normalmente era como un reloj. Achaqué el retraso a los nervios de lo acontecido hacía casi un mes. Era normal que después del susto que me llevé mi cuerpo se desajustara, ¿no? Si las cuentas no fallaban, eran casi dos meses sin regla. ¿Cómo no me había dado cuenta antes?

Me costó un poco dormirme, era una noche con bastante aire y el sonido azotaba la casa sin cesar, creando un ambiente de película de miedo. Pensé en mantenerme despierta, ya que si yo había atrancado la puerta desde el interior, ¿cómo iba a entrar Ottar en casa? No habíamos hablado de ninguna consigna para saber que era él quien tocaba la puerta ni nada por el estilo de: llamo tres veces toc, toc, toc.

Y así, sin más, después de pensar en lo que haría al día siguiente, de intentar recordar mi propio idioma que llevaba ya dos meses sin practicar, sin darme cuenta, caí en un sueño profundo.

—¡*Ahhh!*

—¡*Empuja, Blanca! ¡Venga, bonita, otra vez! Tú puedes.*

—*No puedo más, no me quedan fuerzas.*

Ottar está de pie, a mi lado, cogiéndome de la mano. Lo veo diferente, lleva un gorro verde y va vestido del mismo color. En la manga de su camiseta veo una bandera. ¿Qué bandera es? ¿Noruega?

Su cara delata miedo y sufrimiento, pero a parte de eso está diferente... Su barba es más corta, está más moreno y tiene una expresión de preocupación, pero sus ojos brillan de amor.

—*Ahí viene otra, empuja Blanca. ¡Venga, preciosa!*

—*Tú puedes, amor. ¡Estoy aquí contigo. Te quiero, Blank, te amo, pequeña!*

¡Uaaauuu! Me ha dicho las palabras que deseaba oír, me quiere y me lo ha dicho.

¡Oh Dios! ¡Cómo duele esto! La anestesia no ha hecho mucho efecto, he dilatado muy rápido y apenas han tenido tiempo de prepararme. Va a nacer nuestro hijo, por fin.

Ottar acerca su cara a la mía y me besa en la frente con ternura. ¡Oh no! Estoy muy sudada, no quiero que me vea así.

—*Ottar, no...*

—*No pienso moverme de aquí, Blank, vamos a conocer a nuestro hijo juntos.*

—*¡Ya está! Aquí está vuestro hijo, señor Berg, ¿quiere cogerlo?*

—*Primero debe hacerlo su mamá —Me mira con adoración, ¿son lágrimas eso que veo en sus ojos?*

¡Oh, Dios mío! Mi niño, mi hijo, por fin.

—*No se puede negar quien es el padre —comentó la obstetra.*

—*¿Se parece a mí?*

—*¿En serio lo preguntas, vikingo? Es igual que tú. Deja que le crezca el pelo y verás.*

Vuelve a besarme tiernamente. «No me voy a romper, Ottar». Me dan ganas de gritarle, pero no sé por qué callo.

Ahora estamos en nuestra casa, lo sé pero no la reconozco. Es ¿diferente? Antes estábamos en el hospital y ahora ya estamos en casa.

Tenemos una habitación grande y espaciosa, nuestra cama es muy cómoda, más de lo que recordaba. La cuna de nuestro hijo Thor está junto a mi lado de la cama.

Su habitación está decorada en tonos azul pastel, blanco y beige, con pequeñas anclas de la marina. Tiene una cuna grande, de madera tallada, parece una obra de arte.

—*¡¡Feliz cumpleaños, mi vida!!*

—*Mamá, mamá...*

—*Está tan enamorado de su madre como yo.*

Ottar le da un regalo a nuestro hijo, hoy es su primer cumpleaños. Su pelo liso y rubio le llega casi a los hombros, parece que sigue los pasos de su padre.

Soy una mujer con suerte, este dios vikingo es mi marido y espero que esta noche el pequeño Thor duerma de un tirón y podamos disfrutar un rato de nuestra intimidad.

Ahora ya duerme en su habitación, pero parece no gustarle eso de que mami y papi no estén a su lado cuando él se despierta.

Por fin es de noche, todos se han ido y mi precioso hijo está dormido en su cama. Me doy una ducha rápida y me pongo unas gotas de perfume antes de meterme en la cama con mi marido. ¡Oh! ¡Mi marido! Llevo todo el día rozándome con él, provocándolo, deseando que llegue el momento de meterme en la cama, desnuda, y pegarme a su cuerpo caliente y duro.

Está tumbado, con las gafas puestas y un libro en las manos. Cuando me ve aparecer desnuda completamente, fija su mirada en mí y deja el libro sobre su mesilla de noche. Está recostado sobre el cabezal de la cama, las sábanas tapan lo justo, su ombligo queda al descubierto y de ahí hacia arriba todo lo demás también. Veo como se contraen los músculos de su brazo y sus abdominales cuando se gira para dejar el libro y las gafas.

Gateo por la cama hasta colocarme en sus piernas, tiro de la sábana para descubrir con agrado cuánto se alegra de verme.

—Mmmmm, y todo esto para mí solita.

—Sí, pequeña, toda para ti.

Me arrodillo entre sus piernas y recorro con una mano su pecho, su duro y trabajado vientre, mientras me inclino y acerco mi boca a su piel, recorro con la lengua el camino que acaban de hacer mis dedos, parándome en cada tetilla, en su ombligo, notando como palpita entre mis pechos su dura y caliente polla. La encierro entre mis pechos y los aprieto para masturbarlo así. Preparo mi boca para recibirlo dentro, saco la lengua y voy lamiendo su húmedo capullo, él también lleva todo el día esperando este momento.

—¡¡Ohhh sí!! Sigue así...

—Blank, pequeña...

Jadeo y me retuerzo en la cama, ahora estoy sola. ¿Dónde está Ottar?

—¿Ottar?

10

—Blank, ¿qué te pasa?

—Oh sí, Ottar…

—Blank, despierta, pequeña…

Al abrir los ojos, me encontré con Ottar a mi lado en la cama, mirándome extrañado. La leve luz de la vela de la repisa estaba a punto de apagarse.

—Hola —digo en un susurro.

—Estabas llamándome.

Su cara demuestra preocupación, aunque todavía puedo ver algo de enfado en sus ojos.

—¿Cómo has entrado? Me he quedado dormida…

—Tranquila, hay una entrada secreta por detrás.

—Vaya, tan secreta que ni tu mujer la conoce, y eso que vivo aquí…

Vuelve a estirarse sobre su espalda, con los brazos detrás de su cabeza mostrándome su perfecto pecho.

—¿Por qué te has enfadado antes?

No hay respuesta. A veces es peor que un niño pequeño.

—¿Ottar, no vas a hablarme?

—Quiero descansar, acabo de meterme en la cama.

Cuando estiré la mano para ponerla sobre su pecho, lo impidió cogiéndomela con la suya. La tenía helada.

Me acerqué a su cuerpo para darle mi calor y, como siempre, estaba desnudo. Yo podía devolverle el calor a sus manos.

Él seguía en esa actitud de no hacerme mucho caso, pero a mí me daba igual. Si no quería hablarme que no hablara, después de ese sueño que apenas recordaba quería otra cosa de él más que hablar.

Entrelacé los dedos en su mano y estiré de ella hasta llevarla a mi entrepierna. Se sorprendió por mis movimientos pero la mejor sorpresa la tuvo pocos segundos después. Conseguí que se moviera y quedara de lado, mirándome, mientras su mano quedaba encajada en mi sexo húmedo.

Elevé la pelvis ofreciéndome y él aceptó el gesto, movió sus fríos dedos y rozó mi clítoris hinchado. Después lo llevó hasta la entrada de mi vagina y se impregnó de lo mojada que estaba. Para mi sorpresa, retiró la mano y la sacó de debajo de las pieles. Se quedó mirando su dedo brillante por mi excitación y me miró interrogativo, alzando una ceja acusadora.

—Estaba soñando contigo —Mi voz sonó ronca por el sueño y por el deseo que tenía de él.

Llevó su dedo mojado hasta sus labios, lo olió y después, introduciéndolo en su boca, lo chupó para quedarse con mi sabor.

—Ven a por más —le ofrecí.

Se inclinó, aguantando la cabeza con su mano, el brazo doblado sobre el cojín y volvió a meter la otra mano debajo de las pieles para llevarla de nuevo a mi sexo.

—¿Y qué soñabas? —preguntó introduciendo un dedo en mi interior.

Jadeé involuntariamente y relamí mis labios secos. Mis pezones estaban arrugados y duros de necesidad.

—Contigo, estaba a punto de meterte en mi boca, cuando me he despertado. Solo recuerdo eso…

Su cara seguía siendo un libro cerrado, me tocaba pero no estaba del todo conmigo.

—¿Ottar, qué pasa?

Sin sacar el dedo que tenía en mi interior, se colocó sobre mí, aprisionándome con sus fuertes y largas piernas y acercó su cara amenazadora a la mía.

—No me ha gustado verte entre las piernas de Olaf —Penetró, ahora con dos dedos, hasta el fondo de mi sexo.

—Ahhhh —exclamé de placer arqueándome hacia él.

—¡Sí, ah! Me da igual que se desangre si con eso evito verte medio desnuda entre las piernas de cualquier hombre.

Su mano seguía entrando y saliendo de mi vagina, me costaba pensar en algo coherente que decirle.

—¿Estás celoso? ¿De Olaf? —No me lo podía creer.

Su mano, implacable, seguía mientras su lengua se dedicaba ahora a lamer uno de mis pechos.

—Yo no soy como él y tú no vas a ser como Astrid, se acabó la discusión.

—¿Así que nada de follarte a otras?

—Ni nada de follarte a otros —gruñó mientras mordía mi pezón, estirando del piercing a la vez.

—¡Ohhh, Ottar! Quiero tenerte dentro.

—¿De dónde? — preguntó provocándome.

Estiré el cuello y le lamí los labios, nuestras lenguas lamían y chocaban la una con la otra, desatando la pasión una vez más. Cada vez era nueva, cada vez que estábamos juntos en la cama era algo maravilloso. No importaba nada más, solo él y yo. Yo y él.

Se puso de rodillas en la cama, sin sacar sus dedos de mi vagina, seguían torturándome dentro y fuera, dentro y fuera. Sabía perfectamente dónde tenía que tocar para volverme loca. Preferí no pensar en cómo había obtenido aquella experiencia, la recompensa era para mí, siempre para mí.

Su rosada y dura polla quedaba a la altura de mi cabeza, empecé jugando con sus pesados y duros testículos, pasando la lengua por ellos, con una mano sostenía su erección hacia arriba y mi lengua hacía lo demás. Al ver que no lo introducía en mi boca, dejó de mover los dedos que tanto placer me estaban dando y me quejé, él repitió mi sonido de queja y entendí qué era lo que reclamaba. Así que me dejé de tonterías y lo fui introduciendo poco a poco en mi boca.

¿Cómo algo tan caliente y suave podía estar a la vez tan duro y firme? Bajé la piel hacia su base y acogí el capullo en mi boca, succionando y chupando como sabía que le gustaba. Su gemido ronco lo demostraba.

Aquello me volvía loca de pasión, era primitivo, solo deseo y pasión, sin ningún prejuicio mental que nos distrajera de nuestro papel de amantes entregados. Me encantaba sentirme llena por él, dos dedos en mi vagina, otro masajeando mi clítoris y su polla en mi boca.

Sus embestidas eran suaves, en esa posición no podía colocarme bien para invitarlo a penetrar más. No había visto muchos penes pero el suyo era, sin duda, el más grande. El más bien formado y el más sabroso. Disfrutaba solo con darle placer a él, eso ya me resultaba placentero sin el hecho de que él me tocara, pero nunca dejaba nada a medias y después de satisfacerlo, él me provocaba varios orgasmos de recompensa.

Su mano cogió la parte de su erección que no tenía en mi boca y se ocupó de tocarse él mismo, mientras yo me comía, golosa, la punta que ya empezaba a derretirse en mi boca.

—Me voy a correr —gruño introduciéndose algo más en mi boca.

Quise moverme para acogerlo entero pero me lo impidió, salió de mi boca y de mi coño. En un rápido movimiento me agarró por la cintura, clavando sus dedos en mi carne sensible y, tumbándose sobre su espalda, nos hizo girar hasta quedar yo a horcajadas sobre su palpitante erección.

Me elevé un poco sobre mis rodillas y la cogí con una mano para seguir con ella en mi boca pero no era eso lo que él quería

—Quiero correrme dentro de ti.

Me ofreció una mano para que mantuviera el equilibrio, me elevé de nuevo y poco a poco fue entrando deliciosamente en mí. Empecé a cabalgarlo con todas las ganas, ambos estábamos a punto de llegar al clímax, puse mis manos en sus perfectas abdominales, para marcar un ritmo continuo, en ese momento él se elevó, quedando sentados los dos, sus piernas por detrás de mí y yo hice lo mismo, estirando las mías para que quedaran detrás de él.

Sus manos cogieron mis nalgas y me elevaba y bajaba a su antojo, marcando su propio ritmo. Llegaba hasta el fondo de mi ser, me notaba completamente llena. Nuestras respiraciones se mezclaban, su pelo revuelto le daba, si cabe, un toque más de salvaje y eso me encendía todavía más.

Pasé mis manos por sus hombros y mientras le acariciaba, empezamos a devorarnos la boca el uno al otro.

—¡¡¡Ohhhh dios!!! ¡¡Te amo, Ottar!! —gemía rebotando sobre su polla y sus piernas.

—Eres deliciosa, mi dulce esposa.

—Lléname de tu leche, yo estoy a punto de correrme… ¡Oooooh!

Su ritmo se volvió más salvaje y era imposible mantener nuestras bocas juntas por el peligro de rompernos algún diente ante semejantes embates.

—Eres mía, solo mía, Blank —gruñó mientras se vaciaba en mí.

—Para siempre —jadeé yo al llegar al orgasmo.

Poco a poco, fuimos recuperando la respiración y calmando nuestros primitivos y salvajes movimientos. Quedamos cara a cara de nuevo, mirándonos a los ojos, apenas había luz en la estancia pero no era necesaria, su mirada lo iluminaba todo. Su boca empezó a besarme la cara, los ojos, los labios.

—Me encanta el tacto de tu barba. Me pone cachonda.

—¿Ah, sí? Fue lo primero que quisiste tocarme en aquella cueva.

Sonreí.

—Bueno, sin duda porque no me dio tiempo a ver nada más…

Empujó de nuevo dentro de mí, seguía tan duro como hacía unos segundos antes de correrse.

—Descarada —dijo, antes de llenarme la boca con su lengua persistente.

Me elevaba la lívido sin darme cuenta. Después del relax de alcanzar el orgasmo, volvía a estar dispuesta para otro ataque de la espada deliciosa de mi marido, mi vikingo.

Antes de que me diera cuenta, mi espalda estaba en contacto con el colchón y Ottar moviéndose deliberadamente lento dentro de mí, haciéndome el amor. Antes habíamos follado desesperadamente, ahora hacíamos el amor, tranquilos, tocando cada centímetro de nuestro cuerpo, rozándonos despacio, mirándonos fijamente. Sus preciosos labios entreabiertos, su piel sudada, el vello que cubría su pecho de acero, esas pequeñas pecas que lo decoraban. Sus brazos de luchador, sujetando su cuerpo elevado sobre el mío, y la unión de nuestras pelvis, chocando tranquilamente, dentro y fuera, dentro y fuera, notaba cada milímetro de su erección deslizarse en mi interior y era la sensación más maravillosa del universo.

Después de nuestra sesión de madrugada caímos los dos rendidos, su cuerpo me protegió y me calentó durante toda la noche. No había otro lugar en el mundo más cómodo para dormir que envuelta en sus brazos, apoyada en su pecho y rodeada por sus piernas.

Desperté sola en la cama. Ottar debía de haber bajado a poner más leña en el fuego, se notaba el calor de este en la casa. Cuando bajé no lo encontré dentro de casa, así que me abrigué bien con mi capa y salí a buscarlo. El día amanecía especialmente frío. La ya fija capa de nieve cubría todo a nuestro alrededor. Pensaba que estaría dándole de comer al caballo, pero no estaba en el establo. Cuando me acerqué al río lo vi, estaba allí arrodillado frotando algo en el agua congelada.

—¿Qué haces? Se te van a caer los dedos, el agua está prácticamente congelada.

Cuando vi el estado de las pieles y la camisa que tenía en las manos, me asusté.

—¿De quién es esa sangre?

—Mía no, tranquila.

—¿Qué pasó anoche? —pregunté asustada, plantándome delante de él cuando se levantó con las prendas en la mano, chorreando agua.

—Tuve que matar a dos hombres.

—¿A los ladrones?, ¿los encontraste en casa de los Munro?

—No, me los encontré a punto de entrar en nuestra —Puso más énfasis al decir esta palabra— casa.

—¿Y Olaf? ¿No estaba contigo?

—No, él se fue para su casa. Avisamos a Munro, no nos encontramos con nadie por el camino pero aún así seguimos hasta sus tierras para ponerle sobre aviso.

—¿Quiénes eran?

—Eso da lo mismo, están muertos.

—¿Dónde están los cuerpos? —pregunté porque no me había encontrado con nada extraño alrededor de la casa.

—Eso no importa, vamos dentro, vas a coger frío.

Lo miré de arriba abajo, tenía las mangas empapadas.

—Podrías quemar esa ropa y de paso calentarte, yo puedo coserte más camisas o podemos ir a comprarlas la próxima vez que vayamos al pueblo.

Me miró sorprendido por mi reacción.

—Por algún motivo no quieres decirme quiénes eran esos hombres. Vale, no te preguntaré más, confío en ti. Pero no quiero que mi marido muera congelado, ¿sabes? Así que entra en casa y cámbiate de ropa.

Se acercó a mí, los pelos de su bigote estaban algo congelados, se clavaron en mi piel cuando me besó.

Le cogí la cara con ambas manos y chupé sus pequeñas estalactitas.

—Ahora vuelve a ser suave, como a mí me gusta.

Una semana después, a media mañana, llegaron Halldora y Herdis con unos cestos llenos de tarros.

—¿Qué tal va todo? —preguntó Halldora mirándome de arriba abajo.

—Pues bien, muy bien —contesté contenta de tener compañía.

—¿Y tu marido?

—Está cortando unos troncos de un pino que ha caído con la tormenta de esta noche. Nunca viene mal algo más de leña.

—Bueno, seguro que la casa está caldeada cuando estáis los dos dentro —Me guiñó un ojo y sonrió la muy bruja—. Herdis, bonita, mete a los caballos en el establo. Empieza a nevar otra vez.

—¿Qué me traes? —pregunté intrigada.

—Pues ahora no creo que te sirva de mucho, pero ya lo tienes aquí para... otros menesteres.

—¿Y qué es eso que no puedo utilizar? —Le serví un cuerno de cerveza y preparé otro para la niña. A mí no me apetecía.

—No creo que tengas dolores mensuales.

Aquello me dejó alucinada.

—Pues los suelo tener, ¿por qué no los iba a tener ahora?

—Porque no vas a sangrar hasta dentro de unos meses.

Abrí los ojos como platos y la miré sin dar crédito a lo que quería decirme.

Acercándose a mí, puso su mano derecha sobre mi vientre cubierto y me miró fijamente a los ojos.

—¿Todavía no te has dado cuenta, Blank? Llevas al hijo de Ottar en tu vientre. ¡Felicidades, amiga! Los dioses estarán contentos con su llegada.

Instintivamente, bajé mis manos y las posé sobre la suya, que seguía en mi vientre plano, aunque parecía que eso iba a cambiar. Ottar no había podido decírselo, ¿cómo lo sabía?

—No puedes saberlo. No todavía.

Enarcó una ceja y afirmó con la cabeza.

—Sabes perfectamente que lo sé.

A veces, Halldora daba realmente miedo. Esta mujer era más bruja que curandera.

Herdis entró y se tomó su cerveza mirándonos como si fuéramos dos locas, ahí acariciándonos las manos, tocando mi vientre.

—Solo es un retraso, cuando pasó el incidente en el pueblo tuve ganas de vomitar pero…

—Pero aquello no te hizo pensar en que la semilla de tu marido había arraigado en ti, esto sí. ¿Cuándo se lo vas a decir a tu marido?

¿Cuándo se lo iba a decir? Era una buena pregunta. Tenía que decírselo, sí, ¿pero cuándo sería el mejor momento? ¿Significaba esto que me anclaba aquí para siempre? ¿No iba a regresar nunca más a mi tiempo? ¿Era posible quedarme embarazada en esas condiciones?

¡Qué tonta! Pues claro que lo era. Hacíamos el amor cada día, varias veces y, a excepción de cuando eyaculaba en mi boca, siempre lo hacía dentro de mí. Yo era una mujer fértil, no poníamos remedios para evitar un embarazo, pero claro, ¿qué remedio íbamos a utilizar en el siglo XIII?? Si existía alguno, yo lo desconocía.

Me senté delante del fuego y empecé a remover el caldero, sin mirar nada fijamente, solo pensando, absorta, en otro lugar. No reaccioné hasta que escuché su voz.

—Halldora. ¿Cómo tú por aquí?

Ottar acababa de entrar en casa, cargado con un fardo de leña.

Ella lo saludó como si no acabara de revelarme algo tan importante como que iba a ser padre.

—He venido con la niña a traerle unos remedios a tu esposa. Cada día que pasa está más radiante, ¿qué le das? —Su pregunta estaba cargada de doble sentido. Él pilló solo el sexual.

—Lo mismo que me da ella a mí, supongo. ¿Olaf está de caza?

—No lo sé, la niña y su madre están en mi casa y hace unos días que no los veo. Al joven Knut sí, suele pasar cada día por mi casa para ver a Herdis.

—Vaya, ¿ya empiezan con el tonteo? —pregunté asombrada, apenas tenían trece o catorce años como mucho.

—Mi madre me tuvo a mí cuando ella tenía dieciséis años y mi padre dieciocho, no veo de qué te extrañas.

La pequeña *brujita* las cazaba al vuelo.

—¿Os quedaréis a cenar? —pregunté cambiando de tema.

—Hoy no, va a nevar bastante y quiero llegar a casa antes de que anochezca.

—Bueno, os preparo un cuenco con el asado para que tengáis algo que comer después del trayecto.

—Voy a por más leña. Si esta noche va a caer la primera gran nevada será mejor que estemos preparados. Así no tendré que salir de madrugada a por más.

Pasó por mi lado, dejó la leña en su sitio y, antes de salir, se paró a besarme.

—No quiero dejar sola en la cama a mi preciosa mujer.

Me dio un beso apasionado, haciendo incluso que me doblara hacia atrás, de forma teatrera. A Halldora no le pasó desapercibido.

—Cómo me alegra veros tan felices. Esto confirma lo que siempre te he dicho, Ottar. Sin duda, Blank era la elegida.

Acercándome a ella la cogí del brazo y tiré de ella para llevarla a la despensa y que me explicara de una vez qué podía curar con los brebajes que me traía.

—Como te he dicho antes, este es antiinflamatorio, puedes tomarlo en caso de que tengas alguna molestia en alguna parte del cuerpo, ¿sí? Este emplaste —señaló cogiendo otro tarrito— es para cortar las hemorragias, si te cortas en la mano, en el pie…

—Sí, Halldora, entiendo cual es su uso. ¿Qué más?

—Nada más, los que ya te he explicado, ¿sabes cómo hacerlos tú misma?

—Creo que sí, me has traído todo lo necesario, ¿verdad?

—Sí, Herdis se ha ocupado personalmente de hacer tu cesta con todos los ingredientes.

—Hablando de Herdis, no pude preguntarle a Asdis por su marido y su hija mayor… Cuando la conocí me habló de ellos y… al no verlos con ellas…

—Asdis está perdiendo facultades mentales. Su marido murió hace tres años, encontró a un esclavo violando a su hija, él mató al esclavo y el dueño del esclavo lo mató a él.

—Pero, ¿eso puede pasar? Si era un esclavo y para vuestras leyes no tiene ningún valor su persona…

—Su dueño era Pertur.

—Hijo de puta. Por eso aquella noche fue a casa de Asdis, ¿para acabar con ella y con su hija?

—El esclavo era su amante —La miré sorprendida, no por la homosexualidad del hombre, sino porque ya hablaran de ella, en mis tiempos (parezco una vieja) todavía hay personas que se molestan, cuando es algo normal, una opción sexual como cualquier otra—. Aunque le gustaban los chochitos de las niñas no le importaba que su dueño le rellenara el culo cada noche.

—Por los dioses, Halldora, qué explícita eres —dije, apartándome de ella y tapándome las orejas.

—¿De qué habláis? —preguntó Ottar entrando a la despensa, traía una cesta con los huevos de las gallinas.

—Le estaba explicando a tu mujer los gustos sexuales de Pertur.

Ottar me miró evaluando mi reacción. Nunca le había preguntado a él por el marido del que me habló Asdis aquel día.

—Y la hija, ¿qué fue de su hija?

—La tienes delante —contestó Herdis, apareciendo detrás de Ottar. Se veía tan pequeña a su lado.

—¿Solo te tiene a ti?

—Sí, mi madre tiene pensamientos poco corrientes. Por eso, y porque nos quedamos sin casa, hemos decidido quedarnos a vivir con Halldora aquí arriba, allí estábamos desprotegidas sin un hombre que cuidara de nosotras y defendiera nuestra casa. Ya viste lo que pasó.

—Pero ella parece que esté perfectamente…

—Y lo está la gran parte del tiempo, pero a veces… deja de estarlo.

—La niña tiene un don y yo puedo enseñarla a utilizarlo. Estarán mejor aquí conmigo. Bueno, debemos marcharnos ya. Si no, nos pillará la tormenta de camino.

—Ottar, dales el cuenco con la carne, está sobre la mesa —Pedí a mi marido, mientras yo guardaba los huevos que él acababa de traer.

Cuando ya se fueron, encendí las velas de la parte de arriba y puse un poco de esencia de uno de los aceites que Ottar había traído en su último viaje a Inglaterra para que fuera ambientando la zona de nuestra cama. Que una viviera en pleno siglo trece no significaba que no le gustara tener buen olor en su casa. Se hacía lo que se podía al respecto, prefiero no pensar en cómo teníamos que lavar la ropa… Benditas lavadoras y detergentes.

Ottar acabó de lavarse y me dediqué a peinarlo y recortarle un poco la barba y el pelo. Al principio fue reacio pero después le encantó el resultado.

—Solo las puntas, lo tienes muy estropeado —Me quedé detrás de él, su espalda estaba desnuda, sentado delante del fuego era imposible que se enfriara, mientras a mí me proporcionaba una fantástica vista de la anatomía de mi marido.

Con las rudimentarias tijeras fui cortando capa a capa la preciosa melena de mi marido, rubia y espesa. Qué envidia de pelo, el mío tenía un color más apagado. También me convendría un corte, ya rozaba mi cintura, sino más. Le hice darse la vuelta y sentarse de cara a mí para cortarle la parte delantera. Cuando ya tenía el pelo bien estirado para cortar, soplaba y hacía que este se levantara, consiguiendo así que tuviera que volver a peinarlo.

—Estate quieto o no acabaré nunca —le regañé haciéndome la dura.

—Si ya casi estás.

Pasó sus manos posesivas por mi cintura y me acercó a él, apoyó su cabeza en mi pecho y suspiró.

Aquel gesto tan tierno me derritió, pero no iba a tenerme hasta que no le repasara la barba. Pasé mis brazos por sus hombros y lo abracé con fuerza. Lo que dio pie a que su lengua buscara un hueco abierto en la apertura de mi vestido.

—Déjame acabar con la barba y ya podrás hacer lo que quieras.

—Sabes que no necesito tu permiso. Siempre estás dispuesta para mí.

Me resultaba tremendamente excitante cortarle el pelo a Ottar. Era tan salvaje y bestia para algunas cosas, en cambio para otras parecía un corderito, como si nunca hubiera roto un plato. Como si nunca hubiera matado a nadie, me recordó mi mente. Posiblemente si lo hubiera conocido en el siglo XXI no me habría enamorado de un asesino, aquí mi mente lo ve como algo necesario, es tu vida o la suya y no puedes dudar. Tienes que hacer lo que sea necesario, ya me había demostrado en dos veces que mi vida le importaba más que la de su contrincante, acabando con estos con un certero golpe de espada.

Mientras le peinaba la barba para cogerle la medida antes de pasar con las tijeras, me entretenía mirando sus labios. Así de cerca, con tranquilidad, no como cuando estamos haciendo el amor, que los veo y me excito pero no me fijo en profundidad, vistos desde la calma, son de un tono rosado, bien definidos y marcados. Su nariz, recta y proporcionada, sus pómulos altos, su mandíbula que tanto me gustaba tocar, fuerte y poblada por una barba tan masculina como sensual. Pensamientos impuros venían a mi mente sobre algo que me gustaba demasiado, algo que hacía que su barba rozara ciertas partes de mi anatomía y me excitara muchísimo más.

—¿Por qué jadeas?

—¿Cómo dices? —No sabía a qué se refería.

—Te gusta tenerme así, quieto, indefenso, mientras juegas con un arma sobre mi piel.

Paré de cortar y, mirándolo a los ojos fijamente, le dije:

—Tú no estás indefenso: estos brazos —Dejé las tijeras sobre la mesa y acaricié ambas extremidades superiores— ya son un arma por sí mismos; esta boca —Pasé mi dedo índice por sus labios entreabiertos— llena de dientes capaces de arrancar de cuajo un trozo de carne de cualquier cuerpo; estas piernas, potentes y tan largas, capaces de correr y atrapar a alguien entre ellas, consiguiendo dejarlo sin respiración. Tú eres un arma.

Sus dedos tiraron de los cordones de mi vestido, justo en el escote que antes intentaba lamer, consiguiendo así dejar al descubierto mis pechos. Con una mano apartó la tela y cogió un pecho mientras se relamía.

Los tenía más sensibles, incluso algo más hinchados.

—¿Tienes los pechos más grandes? —preguntó sopesando uno y otro en sus manos.

¿Este era un buen momento para decirle lo que ya sabía? No iba a esperar a mañana, ni a otro día, porque no sabía lo que podía pasar y, aunque fuera peligroso vivir en esta vida, iba a vivirla, con él y con nuestro hijo.

—¿Te gustan más grandes? — pregunté antes de darle la noticia.

—Me gustan las tuyas — dijo llevándose un pezón a la boca.

Jadeé y me arqueé hacia él.

Mis manos estaban en su melena, los brazos apoyados en sus hombros, tiré de su pelo hacia atrás para decirle lo que le tenía que decir.

—Pues… van a crecer. Más.

Bajé las manos por sus hombros y sus brazos hasta llegar a sus manos grandes y curtidas, entrelacé nuestros dedos y las llevé hacia mi vientre.

—Y esta también crecerá…

Una lágrima escapaba de mis ojos, no había vivido nada tan emocionante y gratificante en mi vida. Sus ojos fueron un poema. Pasó del asombro a la sorpresa, al orgullo y felicidad.

Era algo nuestro, de los dos. Me hacía inmensamente feliz.

—¿Llevas a mi hijo en tu seno?

Asentí, intentando no llorar.

—¡Por los dioses! Pequeña, me haces el hombre más feliz de la tierra. ¿Desde cuándo lo sabes?

—Bueno, sospechaba algo porque ya tendría que haber manchado pero… no estaba segura, todavía es pronto. Pero hoy, al venir Halldora, ella me lo ha dicho…

—¿Te encuentras bien? — su pregunta era de preocupación.

—Sí —una sonrisa cubrió mi cara—. ¿Estás contento? ¿De verdad? Ahora no dejaré de gustarte…

—¿Dejar de gustarme? Ya te dije que no soy como Olaf, ni tú eres como su mujer. Deja de comparar nuestra historia y vívela.

Besó mi vientre con delicadeza, sus manos fueron subiendo por mi cuerpo, primero hasta un pecho, después hasta el otro, su boca volvió a capturar un pezón y así, me cargó en brazos, dejando que cayera la toalla que tenía en su cintura y subió las escaleras hasta depositarme con cuidado en el centro de la cama.

—Deja que me asee primero— jadeé.

—No te vas a mover de la cama. Me gusta tu sabor, sentirlo en mi boca y en mi cuerpo después de tenerte.

—A veces eres muy cochino. Pero me encanta.

—Y a mí me encanta que te encante.

—Además, todavía no he acabado con tu barba.

—No me importa, prefiero comerte y degustarte a que me cortes la barba.

Estaba tumbándose a mi lado, remangando mi vestido con una mano para llegar al centro de mis piernas.

—Siempre tan dispuesta —gruñó al penetrarme con su dedo corazón sin dejarme tiempo para reaccionar ni acabar de quitarme la ropa.

Inclinado sobre mí, completamente desnudo, perfectamente erecto y totalmente certero, me regaló un orgasmo solo con sus dedos y su boca, torturó mis pezones, más sensibles que antes, hasta que le empapé la mano y mis piernas temblaron por la rapidez con la que había conseguido correrme.

Esperaba que el embarazo no fuera un problema para seguir manteniendo nuestros deliciosos encuentros sexuales. Disfrutábamos plenamente de ellos y, por lo poco que yo recordaba sobre sexo y embarazo, creía recordar que durante el mismo, si no había complicaciones, las mujeres tenían más apetito sexual y este era mucho más placentero.

Después de sacar sus dedos de mi sensible e hinchado sexo, se llevó los dedos a la boca para hacer algo que todavía me sorprendía y encendía, metérselos en la boca para chupar mi sabor de ellos.

—Es mi turno —dije incorporándome sobre mis rodillas.

Lo metí en boca y me dispuse a devolverle el favor que él acababa de hacerme.

—Joder, Blank —gruñó cuando se me fue la boca y le mordí más de la cuenta en la punta resbaladiza.

—Mmmmm, lo… siento… —dije entre subida y bajada, proporcionándole bocaditos más delicados que el anterior.

Cuanta más presión ejercía yo, más apretaba él de mi pelo y más hondo entraba en mí. Era una posición totalmente sumisa, me excitaba estar a su merced por completo. Él podría volverse loco de placer y arremeter contra mi boca sin piedad, pero aunque sus embestidas eran salvajes, no me hizo daño en ningún momento.

—Estoy a punto de correrme… —me avisó.

Me dediqué a chupar con fervor su punta cremosa y a masturbar la potente barra hasta que apreté de sus nalgas hacia delante para que me lo diera todo de una vez consiguiendo que se corriera, gritando mi nombre y apretando mi cabeza hacia su entrepierna, llegando mis labios a la base de su dulce y sabrosa erección.

Sus dedos se relajaron y fueron masajeando mi cuero cabelludo, un modo de disculparse por su bestialidad. Bestialidad que a mí me encantaba. Fui lamiendo gota a gota lo que quedaba por su sexo y le regué de besos el vientre. Él me ofreció una mano para ayudarme a ponerme de pie, después sus manos y sus poderosos brazos se ocuparon de levantarme por las nalgas para enroscarme en su cintura y así, sin necesidad de nada más, me empaló hasta lo más hondo de mi ser, consiguiendo que gritara de placer mientras mi cuerpo se adecuaba a la intromisión de su gran cuerpo en mi interior.

Colgué los brazos de sus hombros para mantener el equilibrio, pues las arremetidas que me daba me hacían volar. Él seguía teniendo todo el control, subiéndome y bajándome por su eje a su antojo. Nos lamíamos los labios, nuestras lenguas iban a su rollo, buscando dentro del otro cualquier resquicio de alguna parte aún no explorada. Siempre era como la primera vez, las ganas de estar con él no se acababan, era adicta a su cuerpo, a lo que él me daba.

—¡Ooooh! Dios… Sigue… ¡Más fuerte!

—¿Soy tu dios? —preguntó con voz ronca.

—Síííí, lo eres…. ¡Oooh! Así, así…

—¿No te haré daño?

—¡No! Si paras, te mataré mientras… —jadeé.

—Eso… me lo has… dicho antes… —dijo mientras apretaba más y más sus embates.

No le hizo falta mucho más para darme otro orgasmo explosivo y derramarse dentro de mí.

El invierno no era tan malo como yo esperaba. Habían pasado más de cuatro meses desde mi llegada a estas tierras noruegas, a este tiempo. Aquí había encontrado mi sito, mis amigos, mi marido y con él, la familia que ampliábamos.

Mi tripa ya era visible, estaba de casi tres meses. No tenía ninguna molestia típica del embarazo, aparte de cansancio a última hora del día. Cosa que no impedía nuestra ración de sexo diario. Eso tampoco había cambiado, mis ganas de estar con mi marido, de sentirlo dentro y disfrutar del sexo juntos seguían como siempre.

Hacía un mes que no teníamos visita de ninguno de nuestros amigos y vecinos. Según Ottar, estaba siendo un invierno muy duro, las nevadas eran diarias y persistentes, impidiendo prácticamente cualquier actividad fuera de casa. Por las mañanas, mi marido se dedicaba a apartar la nieve de la puerta de casa y de entrar alguna cantidad de nieve en las grandes ollas para ponerla a hervir y así tener agua dentro de casa.

Apenas me dejaba hacer nada que conllevara un esfuerzo físico considerable, llegó a chantajearme con sexo. Me decía que si me pillaba haciendo algún esfuerzo, esa noche me quedaría sin sexo y, claro, no podía apartar mis manos de su cuerpo, tuve que acceder al chantaje.

Aquella noche la luna llena brillaba en el cielo, iluminando el manto blanco de la nieve que todo cubría. Si las tormentas y las nubes no hubieran sido tan frecuentes podría haber visto cada noche las preciosas luces de las auroras boreales. Era algo tan mágico, tan especial. Como estar con él. Era pura magia.

Después de dos orgasmos, Ottar veneró mi vientre, hablándole a nuestro hijo a través de mi ombligo.

—Tengo ganas de verte, hijo. Tú me ayudarás a lidiar con la obsesa de tu madre. Me deja exhausto, sin fuerzas y ella sigue queriendo más y más…

—¡¡Eh!! Basta de explicarle nuestras intimidades a nuestro hijo —dije, dándole un suave golpe a su cabeza.

—¿Intimidades? Si te crees que me voy a esconder para hacerte mía cuando él ya esté aquí, es que no me conoces.

—¿Eso es lo normal aquí? ¿Tu veías a tus padres mantener sexo?

—Por supuesto. Cuando éramos pequeños no nos enterábamos, pero después nos hacíamos los dormidos. En todas las casas pasaba de la misma manera. Por lo menos, mi padre nunca pegó a mi madre. Él la amaba profundamente, muchos otros hombres del rango de mi padre se casaban por acuerdos familiares y el amor no tenía nada que ver con el matrimonio.

—Explícame más sobre la historia de tu familia —le pedí.

—¿Qué quieres saber?

—Pues todo lo que recuerdes, las historias que te hayan contado antes a ti. Yo apenas sabía nada de vuestra cultura hasta que llegué aquí, contigo, y gracias a los dioses que no llegué hace doscientos años atrás.

Me apretó contra su cuerpo acariciándome la espalda.

—Sí, menos mal. No habrías durado mucho viva.

—¡Oye! Sé defenderme muy bien —me quejé molesta.

—Pequeña, sabes defenderte, sí. En tiempos de mis antepasados no te hubieran dejado libre. Habrías sido la sirvienta o esclava sexual de cualquier hombre que te hubiera comprado. Eso si no te hubieran violado y matado antes.

Me estremecí solo con pensar en la ferocidad de sus palabras y la realidad que, claramente, había sido la de su pueblo hace muchos años atrás.

—¿Tus antepasados eran de los salvajes? ¿Esos vikingos asesinos sin escrúpulos que saqueaban los pueblos de la costa inglesa? ¿Tu bisabuelo, quizá?

—Curioso que utilices esa palabra. Salvaje. Es lo que me llamaste a mí. Pero sí, el padre del padre de mi padre fue de los últimos en arrasar tierras y traer monedas de oro saqueadas a las pobres gentes que se encontraban por su camino.

—¿Y el resto de tu familia?

—El resto de mi familia, por parte de madre, eran granjeros. Se dedicaban a cultivar las tierras que poseían. Poco a poco fueron dejando los poblados cercanos a los puertos y vinieron a vivir a estas tierras. Hasta el nacimiento de mi padre. La druida que lo acompañaba le aconsejó vivir más cerca del agua de los fiordos.

—¿Ninguno de los hombres de tu familia se casó nunca con la druida que lo aconsejaba?

Pensé que no sería extraño ya que pasaban mucho tiempo juntos y el roce hace el cariño.

—¿Casarse? ¿Para qué? Podían yacer con ellas, si ellas lo aceptaban, y seguir con sus esposas. Un tío abuelo mío llegó a tener dos esposas.

—¿No estarás pensando en hacer lo mismo, verdad? Sabes que eso no te sería posible conmigo. Espero que no sea parte de alguna de las visiones que haya tenido Halldora contigo…

—Una vez más, es una suerte para ti que no llegaras trescientos años antes. ¿Los hombres en tu tiempo no tienen varias esposas?

—Los que quieren seguir estando casados con una, no —le sonrío—. Pero sí es cierto que en algunas religiones se permite que el marido tenga más de una esposa, siempre y cuando pueda mantener económicamente a las mujeres y a los hijos que estas le den.

—Entonces tampoco es nada tan descabellado, si hasta en tu propio tiempo se permite… quizá más adelante…

Le propiné una patada con el talón en la espinilla, consiguiendo que rompiera en carcajadas.

—Eres peor que un dolor, mujer.

Me recosté sobre un lado facilitando el abrazo desde la espalda de mi marido. Estar rodeada por él era simplemente la mejor sensación del mundo. Sentir el calor de su cuerpo, su leve respiración sobre mi piel, el latido fuerte de su corazón y el tacto de su cuerpo sobre el mío me llenaba de una felicidad inexplicable. Nunca, jamás, había sentido ni soñado con algo tan bonito y real como lo que compartía con mi vikingo.

Y pensar que tuve que venir del siglo XXI al siglo XIII para encontrarlo.

11

Desperté sobresaltada con un mal presentimiento. Ottar notó mi nerviosismo y se incorporó en la cama, a mi lado, mirando a nuestro alrededor a pesar de estar todo a oscuras.

—No te muevas —susurró.

—¿Qué pasa, Ottar?

—No estoy seguro, pero no te muevas, creo que hay alguien fuera de casa.

Yo no escuchaba ningún ruido, hacía muchas noches que dormíamos acompañados de tormentas y esta era realmente silenciosa.

Ottar salió de la cama y, cogiendo mi hacha, se acercó a las escaleras para bajar al piso de abajo. Yo cogí su cuchillo y esperé sentada en la cama.

La madera de la escalera crujió cuando Ottar bajó el último escalón. Empezaba a ponerme nerviosa aquella situación.

—Ottar…

Nada, no contestó. De repente, escuché un ruido abajo y la maldición de mi marido fue lo que me hizo saltar de la cama, desnuda y con un cuchillo en la mano para defenderme, y bajar a la planta de abajo.

—¡Blank! ¡¡Cuidado!! —gritó Ottar desde la planta principal.

El grito de un hombre y varios golpes secos precedieron a lo peor que podía pasar.

Unas manos fuertes me agarraron por detrás, tapándome la boca y apretándome a un cuerpo extraño.

Intenté clavarle el cuchillo pero solo conseguí arañarle el muslo, después me quitó el cuchillo y lo tiró al suelo.

Obligándome a bajar, habló en un idioma que yo conocía muy bien.

—Jon, la tengo, trae la manta.

En el momento en que llegamos a la parte baja de la casa vi a un hombre, vestido de militar, con una linterna en la frente y armado con una metralleta. Era casi tan alto como Ottar, él tenía la hoja afilada del hacha en la garganta del soldado.

Hablaban en una lengua que yo conocía bien, mi idioma materno. Español.

—Suéltala o le reviento el cuello a tu amigo —dijo Ottar en nuestro idioma.

Un escalofrío recorrió mis entrañas. Habían conseguido localizarme.

Iban a separarme de Ottar.

¡Dios mío, no!

—Ottar, no te entienden. Han venido a por mí… el día que temía ha llegado…

—¡Nooo! —gritó apretando más su arma en el cuello del soldado—. ¡¡¡No lo permitiré, jamás!!!

El hombre que me sostenía dejó caer algo al suelo y, obligándome a moverme, nos colocó a los dos encima.

Miré hacia abajo y reconocí el invento que me había traído hasta esta tierra, a este tiempo. Invento que me trajo hasta Ottar y ahora iba a ser el causante de separarme de él.

—Ottar, lo van a hacer, van a devolverme a mi tiempo… —Sentía el corazón martilleando velozmente dentro de mi pecho.

Sin decir nada, rebanó el cuello del soldado, provocando una hemorragia mortal.

En ese mismo momento, el otro soldado apretó un botón y la maldita sensación que había sentido hacía unos pocos meses volvió a llenar mi cuerpo de sufrimiento.

La luz nos envolvió, la cara de mi vikingo se descompuso en fracción de segundos cuando comprendió lo que estaba pasando delante de sus narices. Mi grito debió escucharse desde todo el fiordo, intenté con todas mis fuerzas deshacerme del abrazo del soldado que me retenía, pero fue inútil. Las lágrimas se agolparon en mis ojos mientras algo arrastraba mi cuerpo hacia otro lugar.

Ottar empezó a caminar, en tres pasos llegaría hasta mí, pero no llegó a tiempo, justo cuando su mano traspasaba el halo de luz, dejé de sentirlo, desapareció de mi vista al igual que yo de la suya y lo último que escuché de su boca fue: «Te encontraré».

12

—¿Sigue inconsciente?

—Esta mañana le hemos quitado la sedación. No veas como lucha-
ba… ¿tiene algún tipo de adiestramiento?

—No, que yo sepa, es civil, no militar. Yo me quedaré con ella. Puedes
retirarte.

—Mi capitán.

No me gusta nada lo que le han hecho a esta pobre chica. Así dormida
parece casi inofensiva, pero es mejor no despistarse si estás cerca cuando
está despierta y va armada, todavía me tiran los seis puntos que tengo en
el muslo derecho gracias a ella.

Todavía no puedo entender como una cuestión así ha tenido que pasar
a manos del gobierno y por qué han involucrado al ejército en esto. Si ese
físico ha conseguido el invento de los últimos siglos pues ole por él. Lo
que no acabo de entender es el motivo por el que el ejército apoya a ese
inventor. Qué habrá detrás de todo esto.

Pero no se han tenido en cuenta todos los factores antes de ir a por ella.
Está claro que no quería volver. Estaba perfectamente allí.

Es preciosa, no hay más que mirarla. Y ese vikingo salvaje luchó por
ella como un marine. No hay duda de que querían estar juntos.

—Mi capitán, lo necesitan arriba —La voz irritante de la cabo García
inundó la sala.

—Ahora subo. Gracias.

No me gusta verla atada, le desataré una mano.

Tengo la cabeza embotada, un zumbido persistente me taladra el celebro. ¡Joder! ¿Por qué me duele tanto la cabeza? Le pediré a Ottar que vaya a buscar a Halldora y le de algún brebaje de los suyos.

Ottar.

Estiro la mano sobre la cama pero... esta cama es muy pequeña... no estoy en mi cama... Ottar. Quiero moverme y algo me lo impide, mi mano derecha está atada a una barra de metal.

—¿Ottar?

Me cuesta abrir los ojos, hay una tenue luz pero no parece ser de las cálidas velas de nuestro hogar. Consigo abrir los ojos, y la desesperación y el dolor inmenso caen sobre mí.

—¡Ottar! ¡¡Ottar!! ¡¡Nooooooo!!

De repente, recuerdo que ya no estoy junto a mi marido, nos han separado. El dolor que siento me atraviesa el cuerpo. Grito rota de dolor. Me parte en dos la desesperación de saber que ya no estoy con él. Y lo que es aún peor, no podré volver con él.

Algo emite sonidos chirriantes a mi lado, una máquina pita y pita sin parar.

—Hola, Blanca, soy la doctora Núñez, ¿cómo te encuentras?

—¡¡¡Fuera!!! ¿Dónde está mi marido?

—Blanca, no te entiendo, ¿puedes hablar nuestro idioma, por favor? ¿Recuerdas nuestro idioma?

—¡¡¡Fueraaaaa!!! —grito una vez más con todas mis fuerzas. Solo quiero saber dónde está mi marido. Lo necesito aquí conmigo, quiero verlo.

La mujer dirige su mano hacia mí con un objeto punzante que no consigo recordar para qué sirve.

—No la sedes. Lleva dormida muchos días.

Ahora entra un hombre en la habitación, un militar como los que vinieron a por mí, él tiene que ser el culpable de todo lo que está pasando.

—Capitán, no habla español. Necesitaremos un intérprete.

—Está hablando en noruego antiguo —Por eso me han puesto a mí al cargo de la operación, los muy cabrones—, yo puedo entenderla.

—Buenos días, Blanca.

¿Quién cojones es este tío? ¿Y por qué habla mi idioma? Mi mente está hecha un lío y mezclo ambas vidas, ambos idiomas. Pero solo un pensamiento perdura en mi mente. Él. Mi amor.

—Blanca, ¿puedes entenderme?

La rabia y la furia van apoderándose de mi cuerpo, instándome a matar a este hombre.

—¿Tú eres el culpable de que yo esté aquí? ¿Tú enviaste a los otros dos hombres a buscarme? —Voy incorporándome sobre la cama para desafiarlo.

—Yo estuve allí, yo te traje de vuelta, Blanca. ¿No querías volver?

—¡Maldito hijo de puta! ¡¡Te mataré!! ¿Dónde está mi marido? —chillo una vez más pero mi grito se quiebra por el dolor que siento en la garganta, me duele y la tengo seca.

—Doctora Núñez, puede dejarnos, yo me encargo.

—Cálmate, Blanca, no quiero hacerte daño —Estira su mano acercándola a la barra donde estoy atada.

—Suéltame —La tos me traiciona y no sueno tan enfadada como pretendo.

—¿Quieres beber?

Asiento con la cabeza incapaz de pronunciar una sola palabra. Parece amable. Pero no, él ha sido el cabrón que me ha traído de vuelta a esta mierda de tiempo.

Me da un vaso con agua y me la bebo casi de un trago. Y empiezo a sollozar desesperada.

—Ahora pediré que te quiten la vía, ya no necesitarás el suero. ¿Te encuentras bien?

Dios mío, ¿qué voy a hacer? Tengo que escaparme, tengo que volver con Ottar. Debo encontrar una manera. Y entonces, en un descuido, me escaparé de aquí como sea. Pero aunque me escape, ¿dónde voy a ir? ¿Cómo voy a volver hasta Ottar? ¡¡¡Joder!!! Las lágrimas se agolpan en mis ojos sin cesar. Sigo llorando descontrolada, consciente, por primera vez, de que no podré volver con mi marido, con mi Ottar. ¿Y nuestro hijo? No conocerá a su padre… Bajo la mano libre hasta mi vientre abultado y lo acaricio mientras lloro sin poder parar.

—Lo siento, Blanca. Déjame que te suelte la mano. ¿Te duele la tripa?

Se acerca a mí sin ningún temor y libera mi mano de la esposa. Instintivamente, llevo mi otra mano hacia mi vientre y me quedo sola con mis pensamientos y con mi bebé, por lo menos lo tengo a él, dentro de mí, creciendo para conocer el mundo que su padre no verá jamás. Me coloco en posición fetal y, mientras sigo llorando, acaricio mi vientre con la imagen de Ottar en mis párpados cerrados.

—Déjame sola, por favor —digo en un casi olvidado castellano.

—Si necesitas algo, llámame, soy el capitán Andersen.

No tengo claro cuántos días han pasado desde que me capturaron y trajeron de vuelta. Lo que sí sé es que quieren que les dé información sobre todo lo que he sentido, vivido y hecho en la compañía de Ottar y todas las gentes que he conocido durante mi estancia en el pasado.

—Tienes que acompañarme. El sargento quiere hablar contigo.

—Otra vez… —digo para mí, sin ninguna intención de contestar al hombre que tengo delante.

Después de despertar, me han sometido a un interrogatorio diario al que yo únicamente contesto que no recuerdo nada. Ese hombre, el General, es un pedazo de cabrón. Él ha dirigido todo esto, arrebatándome mi vida.

—No tengo nada nuevo que decirle.

—Eso da lo mismo, tú tienes que hacer lo que se te dice.

Se acerca a mí con intención de cogerme del brazo.

Si me toca, le partiré las manos. Maldito cabrón. Aquí los únicos amables conmigo son la doctora y el capitán. Gracias a ellos ya no me tienen atada ni esposada.

Pasamos los dos controles y seguimos caminando por los pasillos interminables del interior del barco hasta llegar a la sala de las interrogaciones.

—Puede pasar. Tome asiento, por favor.

Me mira igual que si estuviera viendo a un extraterrestre.

—¿Cómo te encuentras hoy?

—Igual que ayer.

—Está bien, volveremos a hacer una serie nueva de preguntas, la soldado va a colocarte los sensores en los dedos —Sí, la soldado ya está pinzando mis dedos con esos detectores de pulsaciones y la imagen de mis latidos está siendo observada en un visor—. Es completamente indoloro.

—Empezamos. ¿Qué experimentó cuando viajó por el tiempo la primera vez?

Otra vez la puta pregunta. Tranquila, Blank, no les des lo que quieren, intento recordarme. Mi mente guerrera no puede tranquilizarse cuando me siento atacada de tal manera.

—No recuerdo nada de eso.

—Haga un esfuerzo, seguro que consigue recordar algo. Por pequeño que sea, nos interesa.

—No recuerdo nada.

Lo miro con la mirada fija en sus pequeñas facciones. Ottar lo estrangularía con una mano si fuera capaz de aparecer aquí y ahora para librarme de ellos y llevarme de nuevo con él.

Se levanta, bordea su fría mesa de metal y viene hacia mí. Dentro de esta habitación huele a desinfectante, el olor me da arcadas. Arrastra una silla y se sienta delante de mí. Demasiado cerca para mi gusto.

—Vamos a dejarnos de tonterías. Me da exactamente igual lo que el capitán Andersen diga o piense de este caso. Yo necesito información y tú —Su sucio dedo índice me señala — me la vas a dar. Y me la vas a dar hoy. Vamos a probar otra vez, ¿dónde has estado los últimos meses? ¿Con quién? ¿Qué puedes explicarnos de su forma de vida? ¿Quién es ese al que tanto llamas? ¿Ottar?

—Hijo de puta. No lo nombres.

—Vaya, de él sí te acuerdas. ¿Es el que te ha hecho esa barriga?

—Sargento, déjala. Esas no son formas —La soldado sale en mi defensa. Yo estoy a dos palabras de abalanzarme sobre él y arrancarle la lengua de su sucia boca.

—Espera fuera.

—Mis órdenes son estar presente mientras la interrogas.

—Y yo te digo que salgas.

Deja de mirarla para volver a por mí.

—Dime, ¿ese tal Ottar te violó? ¿O te acostaste con él por voluntad propia? ¿Quieres que te saquemos lo que sea que llevas dentro? Es posible que sea un engendro y se convierta en un monstruo.

Se acabó.

Me inclino hacia adelante y le propino un puñetazo en la nariz con todas mis fuerzas. Me he roto algún hueso de la mano. Grita y se abalanza sobre mí, haciendo que caiga hacia atrás con la silla. Veo entrar a la soldado, corre para ayudarme. Durante el forcejeo le doy una patada en la cara. No era mi intención, iba dirigida al cabrón este que intenta ahogarme.

Hasta que su pesada bota cae sobre mi vientre.

—Llevan una semana haciéndole preguntas de todo tipo y pruebas médicas. Está claro que físicamente se encuentre bien, lo que tiene es dolor emocional y eso, me temo, que no se lo vamos a poder curar de ninguna manera.

—¿Entonces cree que no supone ningún peligro para nosotros?

Este hombre es gilipollas, por más General que sea.

—Una civil embarazada, sin ningún tipo de entrenamiento, sin ningún tipo de prueba sobre lo que realmente nos preocuparía que se supiera, no señor, ella no representa ningún problema ni para el gobierno ni para nosotros.

—Estará bajo su responsabilidad.

—Yo respondo por ella, señor.

—Está bien, la semana que viene atracaremos en Barcelona, una vez allí, estudiaremos la posibilidad de dejarla volver a su vida. Después de estar una temporada controlada. Con la compensación que le han ingresado por *las molestias ocasionadas* creo que podrá llevar una vida tranquila y mantendrá la boca cerrada. No pueden saberse los verdaderos motivos por los que estábamos financiando a ese investigador.

Vaya, ¿qué motivos serán esos? Porque a mí tampoco me lo han dicho.

—¿Puedo preguntar algo, señor?

—Piense bien lo que va a preguntar, capitán.

—¿Qué motivos llevarían al ejército a investigar en ese tipo de cosas? ¿Nos interesa por algún motivo en especial la vida de los vikingos? ¿Quizá por su gestión del ataque?

—Ay, capitán, esas eran la preguntas que no debía formular. Es información confidencial.

Maldito cabrón arrogante. Ya me enteraré, ya.

Me resigno y con una leve inclinación de cabeza me despido.

—Gracias, señor. Buenos días.

Bueno, voy a buscar a Blanca para darle la noticia, se acabaron los interrogatorios y las pruebas médicas. No acaba de confiar en mí aunque quiera demostrarme lo contrario y sé que se guarda un as bajo la manga. Pero soy su única vía de escape para volver a una normalidad y poder recuperar su vida, aunque sea poco a poco.

¿Qué son esos gritos? Corro hacia el final de pasillo, en dirección a los gritos y golpes que se escuchan.

¡Dios, Blanca!

Está tirada en el suelo y sangrando.

—¡Sargento! Suéltela. ¡Ya!

—Señor, estaba escapando, ha derribado a la soldado y…

Maldito bastardo de mano suelta, sabía que tendríamos problemas con él.

—Y nada, ¡joder! ¡Está sangrando!

—He tenido que derribarla, señor. Nos ha atacado.

—Al quirófano, ¡¡Ya!!

¡Mierda! ¡Mierda! ¡Mierda!

¿Dónde está mi puto teléfono?

—Cristina, ve para el quirófano ya. Es Blanca, creo que está sufriendo un aborto.

—¡Noooo! ¡¡¡Noooo!!! ¡¡Mi hijo!! ¡¡Noooooo!!

¿Por qué estoy sangrando? Esto no debería pasar, mi bebé todavía no puede salir a este mundo. Debe quedarse dentro unos meses más.

—Blanca, tranquila, haré lo que pueda.

El capitán me lleva en brazos hasta una sala muy iluminada y me deja con sumo cuidado sobre una superficie plana. No tengo fuerzas para mantenerme despierta.

Duele. Duele mucho.

La doctora está aquí, siempre tan atenta conmigo. Ella lo salvará. Sí, ella lo salvará.

—Por favor, ¿por qué sangro, doctora? ¿Y mi hijo? ¿Está bien, verdad?

—Tranquila, Blanca, ya está…

Habla de forma pausada pero su mirada muestra un sentimiento que no quiero reconocer.

Pena. Le doy pena.

Siento como me penetra una pequeña aguja en el antebrazo derecho. Me colocan una mascarilla sobre la boca y nariz, y ese aire envenenado entra en mi organismo, dejándome completamente dormida. Tranquila. Sin dolor.

No sé cuánto tiempo llevo así. Tumbada. Una mano caliente sostiene la mía. Pero no es la de Ottar, esta es demasiado pequeña para ser la de Ottar.

Mi cuerpo está extrañamente relajado, laxo, apenas tengo fuerza y estoy muy tranquila y relajada. Eso es que todo va bien. Abro los ojos perezosamente y vuelvo a la misma pesadilla que llevo viviendo hace dos semanas. La doctora es la que sostiene mi mano, me mira con ojos tiernos y amables, aunque me parece ver algo de ¿culpa?

—¿Blanca? ¿Estás despierta? ¿Cómo te encuentras?

Asiento con un leve movimiento de cabeza. Tengo la boca pastosa.

—Agua, por favor.

Me acerca un vaso con una pajita a la boca y bebo.

—¿Qué ha pasado, doctora? ¿Por qué vuelvo a estar en una camilla?

—Blanca, no recuerdas… ¿nada?

—¿Nada? ¿Nada como qué? —Algo no va bien. Lo presiento.

—El incidente con el interrogador acabó… mal.

—No. No. No —Empiezo a mover la cabeza de lado a lado recordando pequeños detalles de lo que la doctora me está contando. Las preguntas de siempre, aquel olor a desinfectante. El soldado. Las preguntas sobre Ottar. La patada en mi vientre. Llevo las manos a mi vientre y no noto… no noto lo que tendría que notar.

—¿Y mi hijo? ¿Dónde está mi hijo? —digo en un leve susurro.

—Lo siento, Blanca, no hemos podido salvarlo. Era tu vida o la suya.

Me quedo sin habla. El dolor que siento es tan fuerte que no tengo fuerzas ni para llorar, ni para hablar, ni pensar, ni sentir.

Nada.

Estoy sola. Sin nada. Este dolor infernal me oprime de tal manera que no puedo respirar. Lo peor que podía pasar ha pasado.

—Doctora, ¿cómo está la paciente?

—Capitán. Bueno, acaba de enterarse. Será mejor dejarla descansar.

La doctora se levanta y se dirige hacia la puerta para salir del pequeño camarote que me hace de habitación y celda a la vez.

Siento que todo se vuelve negro. No quiero respirar. Si no respiro, todo este dolor desaparecerá.

Siento en la lejanía el pitido de una máquina. Y gritos.

—Dios mío, está entrando en parada. Tenemos que estabilizarla.

Y a partir de ahí, todo se vuelve negro para mí. Oscuridad y silencio por fin.

—Yo me quedaré a pasar la noche aquí.

—Pero capitán, no es necesario, un solado puede hacer esa función…

—Cristina, he dicho que yo me quedaré con ella.

—Está bien, Manu… Capitán. Buenas noches.

Solo me faltaba ahora un numerito de celos por parte de Cristina. Entiendo que le sorprenda mi interés por Blanca, pero soy el oficial al mando, si le digo que me quedo con ella esta noche, es que me quedo con ella.

Vale que habíamos quedado para cenar en mi camarote y que después íbamos a pasar un buen rato juntos, pero nunca hemos amanecido en la misma cama, no es mi novia ni tenemos ningún tipo de relación seria entre ambos. No tiene por qué haber ningún motivo especial ni extraño para que quiera quedarme a vigilar a Blanca. Me siento en parte responsable de que esté sufriendo de esta manera. Desde arriba han estado jugando a los dioses, creando y matando a su antojo y ella no es más que una víctima directa de todo este embrollo.

Tiene los ojos cerrados, pero no está dormida, lo sé por su respiración, no es la primera vez que paso la noche al lado de su cama en estas últimas dos semanas. Tiene las manos por debajo de las sábanas, en su vientre. Si ese maldito sargento no fuera igual que el mismísimo Hitler, no habría pasado nada de esto. Ahora tendrá que enfrentarse a un consejo de guerra. La soldado ha confirmado que golpeó a Blanca sin motivo.

¿Qué tipo de vida habrá vivido allí donde ha estado? Mis antepasados vienen de ahí, puede ser que haya conocido a algún tatara tatara tatara tatara… abuelo mío. Me gustaría que me explicara algo sobre su experiencia allí, aunque no voy a preguntarle nunca sobre ello, no quisiera hacerle pensar en algo doloroso.

El capitán no se ha separado de mí en toda la noche, ni siquiera ha cerrado los ojos más que para pestañear. Solo ha salido de la habitación para coger el café de la máquina que está justo en la puerta. Puede que esté arrepentido de lo que ha hecho. Me da igual. Nada puede devolverme lo que he perdido, ni a mi marido, ni a mi hijo. Nada ni nadie puede quitarme este dolor. Ahora solo quiero irme a mi casa, pero ¿a qué casa? No pienso volver al piso que compartía con Javi y seguramente tampoco tenga trabajo. Sería mejor estar muerta.

—¿Qué has dicho? —La voz del capitán me sobresalta—. Lo has dicho en voz alta, Blanca.

Su mano acaricia mi mejilla, retirando una pequeña lágrima. No me muevo ni lo miro. No quiero seguir respirando.

—¿Qué voy a hacer ahora? No tengo donde ir, no tengo trabajo, no tengo nada —Mis ojos van hacia mi vientre tapado con estas sábanas verdes de hospital militar.

—La semana que viene atracaremos en puerto. No te preocupes por nada, yo te ayudaré en todo lo que pueda.

—¿Qué vas a hacer, capitán? ¿Puedes devolverme de donde me has secuestrado? —pregunto sarcástica.

—Blanca, era una orden. No me explicaron nada sobre la misión más allá de que debía regresar contigo, viva. Si yo hubiera sabido antes que…

—¿Qué? ¿Que no quería volver? ¿Que era feliz? Ahora nada de eso importa, capitán. Nunca volveré a ser feliz. Me habéis quitado lo único que me quedaba de él, nuestro hijo era el regalo que me quedaba y me lo habéis quitado.

—Blanca, entiendo tu dolor, de verdad…

—¿Cómo vas a entender mi dolor, capitán? Alguna vez has perdido…

—Sí, Blanca. Los perdí hace tiempo, a mi mujer y a mi hija. Sé el dolor que estás pasando y créeme cuando te digo que haría lo que fuera por devolverte a tu marido y a tu hijo.

—Pues llévame a ese puto laboratorio y envíame de nuevo con él —grito.

—Cálmate. Lo haría si pudiera, pero estoy atado de pies y manos, no está a mi alcance. De verdad que lo siento.

—¿Por qué? ¿Por qué volvisteis a por mí?

—Es bastante complejo, pero, resumiendo, cuando el profesor de física al que subvenciona el ejército confesó lo que había pasado, alguien decidió que había que probar la eficacia del invento. No sabían con exactitud dónde nos enviaban, pero, aún así, enviaron primero a dos hombres a buscarte. Cuando los hicieron volver desde aquí, desde dos mil dieciséis, solo regresó parte del cuerpo de uno de los hombres.

—¿Eso es posible? ¿Hacerlos volver desde este tiempo? Entonces ¿por qué no podéis enviarme de nuevo allí?

—Ese hombre llegó decapitado, Blanca.

Recuerdo el día que Ottar salió de casa con Olaf para ir a avisar a los Munro, pero cuando volvió me dijo que había dos hombres intentando entrar en nuestra casa. Al día siguiente estaba quitando la sangre de su ropa, lavándola en el agua congelada del río. Él sabía que esos hombres no eran simples ladrones, supo que venían a por mí.

—Llegaron hasta mi casa, dieron conmigo. ¿Cuándo los enviasteis? Eso pasó hace poco...

—Los enviaron una semana después de haberte ido tú. No te localizaban.

—¿Y cómo llegaste tú tan rápido hasta donde yo estaba?

—Al traerlo de vuelta controlamos las coordenadas. No tuve que buscar mucho. Yo soy el oficial al mando, era el oficial al mando.

—No quiero seguir hablando. Déjame.

Cierro los ojos intentando olvidar todo. Pero la imagen de Ottar, su cara desencajada, su dolor, mi dolor, eso no se borra de mi mente.

—Blanca, no tienes que preocuparte por tu situación económica, he conseguido que te compensen, aunque sé que eso no será posible, ni te hará la vida más llevadera. Te han ingresado una cantidad de dinero considerable para que puedas rehacer tu vida. Sabemos que no tienes ningún familiar cercano ni...

—Tengo un marido, pero nunca podré volver con él. ¿Por qué intentas ayudarme ahora?

—Como te he dicho, seguía órdenes. Hace poco me enteré de por qué me dieron a mí el caso. Mi padre es noruego, sabían dónde te habían enviado y supusieron que les sería útil mi familiaridad con el idioma nórdico.

—¿Por eso hablabas mi lengua cuando desperté?

—Sí, me licencié en lenguas nórdicas antiguas. Domino el noruego, tanto el actual como el antiguo. Cuando me enviaron a través del tiempo, no supe dónde me enviaban, sabía que era al norte pero no dónde hasta que tu marido habló.

Parece realmente arrepentido por ser el causante de tanto dolor.

—Antes de ayer, después de hablar con mi superior para que dejaran de hacerte interrogatorios y más exámenes médicos, venía a darte la noticia de que quedabas en libertad.

—¿Qué van a hacer ahora conmigo?

—Como te he dicho, quedas en libertad. Vigilada.

—¿Qué significa eso? —¿Qué quiere decir con eso de vigilada?

—He dado mi palabra a mi superior de que yo mismo me encargaré de supervisar tu conducta a partir de ahora. Temen que puedas delatar al gobierno y al ejército.

—¿Y quién me va a creer? *Hola, he viajado en el tiempo.*

—Capitán, tengo que visitar a la paciente, ¿le importaría salir?

—Claro, doctora. Blanca, después seguimos con nuestra conversación.

—Manu, ¿vas a explicarme ya por qué has aceptado ser la niñera de esa mujer?

—Cristina, ¿qué te pasa?

—¿Que qué me pasa? Creo que es obvio lo que me pasa. Si desembarcas en Barcelona con ella, tendrás que vigilarla hasta que estos cabrones dejen de interesarse por ella y por lo que su vida pueda repercutir en los avances que han hecho con ese profesor. Sabes que sería más fácil borrarle la memoria.

—No. Rotundamente no.

—¿Qué pasó en esa misión, Manu? Qué pasó para que no hayas querido separarte de ella desde hace quince días, para que la defiendas como si fuera tu hermana o tu amante…

—Cristina, si no has venido a mi camarote a cenar y a follar después, vete y cierra la puerta que quiero descansar un rato ahora que Blanca duerme.

—Eres un cabrón. Como doctora suya que soy, voy a recomendar a los superiores la necesidad de borrar de su memoria todo lo que ha vivido en los últimos meses. Le irá bien para recuperar su vida anterior al *viaje*. Eso no le dejará ninguna secuela.

Levantándome, me acerco lentamente a ella, intentando controlar la rabia que siento por dentro antes de abrir la boca y evitar gritarle en la cara.

—No somos nada, Cristina. A ti te gusta follar conmigo y yo me lo paso bien contigo, pero no somos nada. Este numerito de celos nunca tendría que haber ocurrido. Si se te ocurre hacer cualquier movimiento a mis espaldas para que Blanca pierda la memoria, quizá seas tú la próxima en probar la máquina del tiempo. ¿Me has entendido?

—Completamente, capitán.

—¿Ahora dónde me llevan?

—Tienes que firmar unos documentos antes de desembarcar. Yo los he leído antes, no tienes que preocuparte por nada.

—Y esta tobillera, ¿tengo que llevarla siempre?

—Es un localizador, me temo que en eso no han sido flexibles.

—Pero si tú vas a estar vigilándome, ¿para qué necesitan que lleve esto?

—Blanca, no hay más remedio. Es parte del trato.

—Esto y que tú me vigiles —digo con cara de asco.

—Todavía estás a tiempo de negarte a eso y te pondrán a dos sargentos muy capaces de controlarte en todos y cada uno de tus movimientos. También existe la posibilidad de pasar los próximos meses en una cárcel militar.

No sé por qué pero confío en el capitán Andersen. ¿Tendrá algo que ver la vehemencia con la que me ha defendido a capa y espada ante sus superiores? ¿O será por su procedencia?

Después de varias horas de viaje, por fin, llegamos a una pequeña casa ubicada en mitad de la nada. Rodeada de campos y bosques, soleada y completamente diferente a lo que estaba acostumbrada en los últimos meses.

—¿Es necesario vivir tan alejados de la civilización? —No entiendo por qué tenemos que vivir en medio de ninguna parte y el uno con el otro.

—Sabes que es una de las condiciones.

—Y si ya llevo la tobillera con el GPS, ¿por qué tienes que estar tú conmigo?

—Blanca, no es solo si te escapas o hablas con algún periodista o le facilitas información a cualquier enemigo —Vaya, por lo visto puedo joderlos de muchas maneras, es bueno saberlo—. También puedes tener algún brote… psicótico.

—¿A qué te refieres exactamente? ¿Qué estoy loca?

—A quitarte la vida. Ellos quieren tenerte controlada por si en algún momento les eres de utilidad, contactarán contigo.

—No pienso decir nada más sobre lo que ya he declarado, muchas veces, por cierto.

—Lo sé. Yo quiero ayudarte, aunque solo sea por estar lejos de toda esta organización durante un tiempo. Arriba tienes tu dormitorio, tus bolsas con lo que has comprado también están ya sobre la cama. Si necesitas algo, estaré al final del pasillo.

Parece sincero.

—¿Habéis utilizado esta casa antes en algún caso?

—Sí. Se suele utilizar en el programa de protección de testigos.

—Gracias, creo que me acostaré un rato.

Y con un poco de suerte moriré de un ataque al corazón mientras duermo.

Así dejaré de sentir esta opresión constante en el pecho, esta falta de oxígeno, aunque más bien es la abundancia de ese gas en mi organismo. No pido tanto, solo dejar de respirar en cualquier momento, así sin más, y poder desaparecer de este miserable mundo.

—Blanca, tienes que comer algo. No puedes pasarte los días a base de dos tostadas a media mañana y nada más.

—De verdad que no tengo apetito. Tengo el estómago cerrado. Aparte, he engordado… con el cambio hormonal.

Desde que perdí a nuestro bebé, hace ya dos meses, he engordado unos siete kilos. No he dejado de comer por adelgazar, simplemente es que no tengo hambre.

Las cosas tan básicas y sencillas como ducharse, ver la televisión, escuchar música… nada de lo que antes me encantaba hacer ahora llama mi atención. Renuncié a todas esas vivencias por pasar una vida con él. Ahora ya no me son necesarias, puedo vivir sin todos los lujos y comodidades, pero no puedo vivir sin él.

No sin él.

Dos días a la semana, por las mañanas, viene una fisioterapeuta y los viernes nos visita la doctora Otero, mi psicóloga. Con ella, las charlas cada vez son más distendidas aunque no le he hablado de mi vida en Noruega a nadie, solo a Manu, el capitán. A veces, después de comer, le doy alguna clase de noruego antiguo, aunque su pronunciación es bastante buena, siempre alucina con todo lo que le enseño. No se explica cómo es posible que mi mente y mi cuerpo se adaptaran y aprendieran el idioma solo por el hecho de aparecer allí. Y que después de dos meses de vuelta toda esa información siga intacta en mi cabeza.

Mi regreso y adaptación aquí ha resultado ser más complicado de lo que me resultó empezar a hablar su idioma cuando aterricé en Noruega y me topé con Asdis.

A veces lo oigo hablar por teléfono con alguien, no sé si tendrá pareja. Por lo que me pareció en el barco, él y la doctora Núñez tenían algo, aunque supongo que al ofrecerse él a cuidar (entiéndase: vigilar) de mí y ella seguir en el barco, no hay muchas oportunidades de verse y crear una relación estable.

Necesito hacer ejercicio, no puedo estar todo el día sin hacer nada. Quiero salir a correr y entrenar. Esta noche se lo comentaré a Manu, la doctora ya me ha dicho que sería muy conveniente y recomendable para mi estabilización que hiciera deporte y todo aquello que me ayude a sentirme mejor.

Han pasado dos meses desde que volví. La primavera se acerca. ¿Cómo estará ahora… la tierra? ¿Cómo estará él? ¿Habrá encontrado a… alguien? Halldora quizá haya vuelto a su antigua rutina. Maldita bruja, ¿no vio venir lo que iba a pasar? ¿No le dijeron sus putas piedras que esto pasaría?

A veces sigo teniendo esa constante necesidad de culpar a alguien por mis desgracias, aunque si me centro y pienso tranquila, sé sin ningún tipo de duda que Halldora no haría eso.

—¿Blanca?

—¿Qué? —grito de malas maneras.

—¿Qué te pasa hoy? Vaya mal genio…

—No tengo ganas de hablar. Bueno, sí, hay una cosa que te quiero decir. Quiero salir por la montaña a correr, necesitaría algunas cosas… ¿Podemos ir a comprar a algún centro comercial cercano?

—Sabes que no tenemos ningún vehículo aquí. Tendría que hablar con…

—No, Manu. No tendrías que hablar con nadie por el simple hecho de que tú eres el oficial al mando de la operación. Tú eres mi responsable y, por lo tanto, tú decides lo que puedo o no puedo hacer. No creas que soy tonta porque te equivocas.

13

Vamos de camino a la ciudad más cercana. Está a unos ochenta kilómetros de donde me tienen retenida. Porque el cuento de que estoy libre no es más que eso, un cuento. Si estuviera libre no tendría un vigilante las veinticuatro horas del día ni estaría alejada de todo e incomunicada.

Podría vivir, o no, mi vida.

Como yo quisiera.

La mayoría de los días no tengo ganas ni fuerzas para levantarme de la cama, pero entonces viene la doctora Otero y se encarga de ayudarme lo mejor que puede. Tengo que reconocer que, muy mi pesar, en este momento de dolor y pesimismo en el que me encuentro, las visitas con la doctora me ayudan a seguir adelante. Creo que si me hubieran dejado sola en casa, me habría vuelto loca. Y muy posiblemente habría acabado con mi propia vida.

Hablar con Manu también es de ayuda, no en todos los casos pero sí en muchos. Al principio lo odiaba a muerte, después comprendí que nada me devolvería a mi marido ni a mi hijo y que sentir ese rencor en mi interior no sería bueno. Si tengo que morir que sea estando en paz conmigo misma. No puedo sentir ese odio perpetuo por alguien que seguía órdenes y solo pretendía mantenerme con vida, aunque, ironías del destino, haya conseguido totalmente lo contrario al separarme de él.

Echo de menos sus besos, su voz dura, la suavidad de su barba en mi espalda cuando me abraza al dormir. Echo de menos sus manos sobre mi cuerpo, su cuerpo calentando al mío. Entrenar con él. Respirar el mismo aire puro que teníamos en las montañas.

Joder, cuando parece que saco un poco la cabeza de todo este barrizal de mierda, vuelvo a caer un poco más. Tengo que encontrar la manera de volver con él. No quiero obsesionarme con eso porque si se convierte en el objetivo de mi vida y no lo consigo, habré fracasado en todo lo que haya hecho durante los días o años que me queden. Dejaré que pasen los días y me amoldaré lo mejor posible a los cambios que vayan surgiendo hasta que tenga una oportunidad, algo que me indique hacia dónde seguir y lo haré.

Podría contactar con otros investigadores, seguro que hay más de uno trabajando con una posible máquina del tiempo. Pero para eso tendré que esperar a que dejen de controlarme.

El sonido del teléfono de Manu me devuelve a la realidad. Él va conduciendo y yo voy sentada en la parte de atrás del coche.

—Andersen —Esa es su forma de contestar al teléfono, menos mal que a mí me trata mejor.

Miro por la ventana intentando no escuchar su conversación, no me interesa, los árboles van pasando por mi lado a gran velocidad. Qué curioso, antes ir a ciento veinte por la autopista me parecía ir super rápido, pero desde mis dos viajes, de ida y de vuelta al otro tiempo, la velocidad es algo tan relativo. Pensar que recorrí casi novecientos años en un momento, en unos segundos. Y ahora por más rápido que vaya, aunque consiguiera un cohete, jamás podré llegar hasta él, mi Ottar.

—Está bien, ahora no puedo hablar. Esta noche sí. Yo saldré mañana por la mañana a primera hora.

Veo que me mira por el espejo retrovisor. ¿No sabe que conducir hablando con el teléfono móvil en la mano es motivo de multa y retirada de puntos? ¿O eso a los militares de misiones secretas como él no les afecta?

—¿Dónde vamos mañana? —pregunto cuando acaba la llamada.

—Donde voy mañana. Vendrá una compañera esta noche y se quedará contigo este fin de semana.

—¿Y eso por qué? ¿No temes que la decapite y me escape? —pregunto sarcástica.

—Sé que no eres capaz de matar a nadie, Blanca.

¿Este sería un buen momento para comentarle ciertas cosas que hice en otro tiempo…? No, mejor me callo. Esa parte sí preferiría olvidarla, aunque todo está grabado a fuego en mi memoria.

—Si tú lo dices.

—El lunes estaré de vuelta. La capitán Sánchez tiene mucha experiencia…

—¿Con mujeres que viajan en el tiempo?

—En eso solo tenemos experiencia tú y yo. Somos los únicos que hemos viajado y hemos regresado. No, tiene mucha experiencia en misiones de apoyo como esta.

—¿Por qué me explicas tantas cosas sobre tu misión? ¿No es alto secreto o algo así?

—Te lo explico porque confío en ti. Quizá la empatía por lo sucedido, algo de sentimiento de culpa… y que estoy hasta los cojones de seguir metido en un sitio que no se corresponde con nada al que yo me alisté. Hace que me sienta unido a ti en cierta forma. Juegan con nosotros y nos manejan a su antojo. Hace dos semanas que he solicitado mi baja en el ejército.

Vaya… ahora que ya me estaba acostumbrando a su presencia.

—Entonces, ¿la nueva capitán es la que ocupará tu sitio de vigilante?

—No. Tú serás mi última misión. Si todo sigue como hasta ahora, las consultas con la psicóloga, tu buena conducta —Ni que fuera un preso asesino o un narco…—, te darán libertad absoluta de movimientos en ocho meses.

—¿Ocho meses más? Joder… No os dais cuenta de que estoy perfectamente, que no pienso quitarme la vida, ¿vale?

Casi un año para poder disponer de mi libertad y de mi vida como más me plazca.

—Tienes que cambiar tu discurso delante de la psicóloga sobre el tema del dinero. Te recuerdo que depende de su informe que los de arriba decidan dejarte en libertad.

—No, eso sí que no. No quiero ese maldito dinero para nada.

—Blanca, no seas tonta. Te ayudará. No tienes necesidad de buscarte un trabajo rápidamente para mantenerte, con ese dinero podrías vivir en cualquier parte, como tú quisieras…

—¿Cómo yo quisiera? Yo quisiera estar en pleno siglo XIII, con mi marido vikingo, viviendo sin agua corriente, sin electricidad, sin nada más que su persona, su compañía y la de nuestro hijo. Y la de las personas que se hicieron importantes para mí.

Ay, Blanca, si tú supieras por qué me voy a ausentar este fin de semana… Todavía no puedo contártelo, pero si todo sale como yo espero, te voy a alegrar la vida, y mucho.

—¿Sabes cómo perdí a mi mujer y a mi hija? No. No lo sabes porque no te lo he explicado nunca. Trabajaba como profesor de noruego, mi padre es noruego, mi madre española. Total, no tenía ninguna formación sobre defensa personal ni pensamiento de ser militar. Mi padre es militar retirado del ejército noruego, siempre quiso que yo siguiera sus pasos, pero en lugar de alistarme en el mismo ejército que él, me alisté en el español.

—Lo típico. ¿Por qué te alistaste entonces?

—Era navidad, estábamos comprando regalos en un centro comercial. Después de las compras, bajamos al aparcamiento para meter las bolsas en el maletero y quedarnos a comer algo en uno de los restaurantes del centro comercial. Al llegar a nuestro coche, unos… hijos de puta saltaron sobre Bea, le clavaron un cuchillo en el hígado y revolearon el carrito de mi pequeña. Justo en ese momento pasaba un cuatro por cuatro, con la mala suerte de que mi niña fue a parar debajo de las ruedas. Solo tenía seis meses… No pude defenderlas. Y todo fue por llevarse un puto teléfono móvil y nuestras carteras.

Percibo su dolor como si fuera el mío propio. Hace que me olvide por unos momentos del intenso dolor que parece querer arrancarme el corazón de cuajo cada vez que respiro.

—Lo siento, mucho.

—Bea murió antes de llegar al hospital. Estuve a punto de quitarme la vida, muchas veces. Gracias a mis padres, al cariño de mi madre y al empeño y persistencia de mi padre conseguí salir adelante. El control y la obediencia que tenía que seguir al alistarme en el ejército hicieron el resto. Mi vida se normalizó, sabía exactamente lo que tenía que hacer a cada minuto del día y eso evitaba que mi mente se dispersara y quisiera hacer alguna locura. La doctora Otero fue la encargada de seguir mi tratamiento.

Esa también era una muy mala manera de perder a tus seres queridos. Él ya tuvo a su niña en brazos, la besó, la vio crecer…si hay una parte *positiva* en mi historia es que, aunque lo quiero con toda mi alma, mi bebé se fue antes… No creo que pudiera seguir respirando si ya lo hubiera tenido entre mis brazos.

—Gracias.

—¿Por qué? — pregunta extrañado.

—Por explicármelo. No tenías por qué y, aún así, lo has hecho y me ha dado en que pensar.

Cuando salimos de la autopista, le hago dar la vuelta y volver a entrar. No tenemos por qué ir a ningún centro comercial.

Tal y como Manu me ha comentado, la capitán Sánchez es una mujer encantadora. Sus ojos tienen un azul tan claro que apenas parecen de verdad, te hipnotiza con la mirada y con su dulce voz. A pesar de su dulce apariencia no he podido pasar por alto su fuerza física, está realmente fuerte. Supongo que por eso Manu la ha llamado a ella, para que ocupe su lugar mientras él está ausente. Temen que en cualquier momento haga una locura y ataque a alguien para conseguir que vuelvan a enviarme con Ottar.

Ella, al igual que la doctora Otero, no tienen todos los datos de mi paso por el velo del tiempo, solo saben que soy una especie de testigo protegido que ha perdido a su marido y a su hijo. Tienen que basar su terapia en base a eso, ya que a mí tampoco me apetece tener que contarles nada sobre Ottar, simplemente no lo soporto.

Esos momentos los dejo para mí, para la soledad de mi cama. Ahí sí me permito pensar en él y recordad su voz profunda, su olor y su calor.

No ha pasado ni una noche en la que no me duerma pensando en él o soñando con él.

Y llorando.

Cada noche.

A veces, me siento mal conmigo misma porque me parece que lo echo más en falta a él que a nuestro bebé y eso me causa más dolor y pena. La doctora Otero intenta convencerme de que el cuerpo y la mente humanos son muy sabios y todavía hay muchas reacciones de estos que no podemos entender. El cuerpo es sabio y actúa en nuestro beneficio. Es normal en una situación como la mía tener sentimientos encontrados y no verle la lógica a lo que sentimos.

El capitán se ha marchado hace apenas dos horas, no sé de qué trata su viaje pero la verdad es que lleva algunos días extraño, más taciturno que normalmente. A veces, mientras estoy cenando, se va a su habitación y lo escucho hablar en voz baja por teléfono, intentando que yo no escuche su conversación, cuando normalmente no ha tenido problema en hablar delante de mí cuando lo han llamado desde el ejército. Sé que son ellos los que llaman porque contesta de forma monótona, diciendo su apellido y después sigue la conversación sin inmutarse de que yo esté delante o no. Quizá tenga una novia y le dé vergüenza hablar con ella en mi presencia.

La voz de la capitana me saca de mis pensamientos.

—¿Qué te apetece cenar, Blanca?

—Nada en especial.

—Como no sabía si teníais la despensa llena, he traído algo del restaurante chino que hay cerca de mi casa. ¿Te gusta la comida china?

¿Comida china? Sí, supongo que sí me gusta. En mi mente parece como si nunca la hubiera probado cuando sé que alguna vez en mi vida sí la he comido, aunque no consigo recordarlo.

—Supongo que sí. Pero no tengo mucha hambre.

—El capitán ya me ha avisado de que posiblemente dirías eso, así que nada de excusas y vamos a cenar.

Cenamos en silencio, apenas he probado unos fideos y la ternera a la plancha.

La verdad es que desde mi vuelta no he conseguido ser la misma que antes de… él. No es solo que lo añore hasta que el dolor me parte el alma, el pecho y me quedo sin respiración. Es algo más. Aún con las carencias que teníamos en su siglo y acostumbrada a las modernidades del mío, no consigo adaptarme de nuevo a todo esto. Cuando estaba con Ottar había deseado poder darme una ducha con él, ver una película tranquilos en el sofá de casa, escuchar música con él o abrazarlo mientras cocinaba para mí. Cosas tan sencillas pero que nunca íbamos a poder disfrutar. Ahora me ducho de forma mecánica, sin interés, llevo casi tres meses sin depilarme y hasta cuando estaba con él me las ingeniaba para pasarme la hoja afilada del cuchillo por las piernas para no tener pelos y estar bonita para él. Menos mal que mi zona íntima estaba depilada con láser y no había vuelto a crecer pelo desde la última sesión. Pero las piernas es otro tema y las axilas… Ahora me da lo mismo estar o no depilada, oler bien o no, simplemente me aseo y me visto, ni me preocupo en secarme el pelo, que quede como quiera.

Esta noche, después de ducharme, me he cortado la melena. Para haberlo hecho yo misma, apenas tengo trasquilones.

—Yo me voy a la cama ya. Buenas noches, capitán.

—Puedes llamarme Clara. No hace falta que utilices mi rango. Tú no eres militar —Su sonrisa es verdadera y lo que veo en su boca se refleja en sus ojos.

Levanta la mirada de su tablet y cuando me ve, le cambia la cara.

—¡Ay, madre mía, Blanca! ¿Qué has hecho con tu preciosa melena?

Se levanta y viene hacia mí para verme desde atrás. Igual sí ha quedado un poco mal. Me toca los mechones.

—¿Por qué te has hecho esto? Tenías una melena preciosa. Dame las tijeras y deja que te arregle un poco este estropicio.

Se las doy, me siento y ella empieza a peinarme y a arreglar los trasquilones que yo no veía.

—Necesitaba un cambio de imagen. No… podía seguir llevándolo tan largo.

Demasiados recuerdos.

—Bueno, creo que ya está. Te queda precioso igualmente, incluso creo que resalta más el precioso tono verde de tus ojos.

—Gracias, Clara. De veras. Que descanses. ¿Crees que podría donarlo a alguna asociación o algo así?

—Estoy segura de que sí. Yo me encargaré de entregarlo de tu parte. Es un gesto muy bonito.

Por lo menos, servirá para alguien que lo necesite.

Subo las escaleras que llevan hasta mi habitación.

Habitación neutra, aséptica. Una sencilla cama, una mesilla, un armario con apenas unas sencillas piezas de ropa. Nada personal, ningún recuerdo en forma de foto.

El único marco de fotos que hay en la propiedad es mi mente. Me aferro a su imagen, todos los momentos del día y mi inconsciente me lo muestra durante las horas de sueño.

No quiero dejar de pensar en él. No quiero que por algún extraño efecto de ese maldito viaje haga que me olvide de mi vida con él.

No quiero que sea como si nunca hubiera sido real, como si nunca hubiera existido, porque yo sé que él es real, y Halldora, y Olaf y su familia. Todos, incluido mi hijo, que ya nunca nacerá.

—¡¡Petter!! ¡Me alegro de verte, amigo!

—¡¡Manu, estás enorme!!

—Ya sabes, me gusta esforzarme en el gimnasio.

Después de las palmadas típicas en la espalda de cada uno, me invita a pasar a su despacho.

—Me alegró mucho la noticia. Siempre he sabido que podías llegar lejos en la policía.

—¿Y me lo dices tú que eres de las fuerzas especiales?

—Sabes perfectamente que si yo tuviera a mi esposa conmigo nunca me habría metido en el ejército. Lenna no te dejaría alistarte ni aunque ella pudiera ir detrás tuyo.

—Sí, habría una manera, si ella tuviera un rango superior al mío —Reímos los dos con ganas.

—Bueno, ¿a qué se debe tu visita? Por lo poco que me has comentado por teléfono, me has dejado bastante intrigado.

—Antes de todo, quiero decirte que esto no es nada oficial. Te lo pido como amigo. Si en algún momento tienes que invadir alguna norma que te prohíba seguir la investigación que tengo que proponerte, espero que seas sincero conmigo y me lo digas. No quiero que arriesgues más de la cuenta.

—Venga, déjate de tonterías y dime qué necesitas.

—Te he traído este retrato robot. Solo necesito que investigues un poco a ver si aparece en vuestra base de datos.

—¿Es peligroso?

Buena pregunta.

—No creo que esté fichado. La verdad es que no se le busca por ningún altercado ni delito. Es… muy importante poder saber si está en el país o no. Creo que podría estar en Noruega desde hace unos meses pero no puedo confirmarlo.

—Está bien, lo pasaré por el escáner y a ver qué vemos, si hay alguna coincidencia te avisaré de inmediato. ¿Todo va bien?

—Sí, es solo que, bueno, es mi último trabajo antes de mi baja voluntaria y…

—¿Baja voluntaria? —Su cara de asombro me hace reír.

—Sí, después de ocho años he decidido que lo dejo. No me gusta en lo que se está convirtiendo y prefiero dejarlo ahora antes de que me sienta más inmerso en temas que no defiendo.

—¿Pero solo dejas tu escuadrón o el ejército?

—Todo, estoy pensando en venirme aquí a vivir. Sé que a mis padres les haría mucha ilusión que volviera a vivir cerca de ellos.

—Así tu madre tendría oportunidad de buscarte alguna chica decente…

—Cállate, y no me arruines la estancia.

—¿Vendrás a casa a cenar, no? Lenna no te perdonará que vuelvas a España sin pasar a visitarla.

—Por supuesto, esta noche ceno con vosotros. Mañana comeré con mis padres antes de volver.

Han pasado más de dos meses desde que Manu se fue de fin de semana. A pesar de su vuelta, la capitana ha vuelto un par de veces a la cabaña para comer o cenar con nosotros. Parece que tienen muy buena relación. La verdad es que, aunque no lo demuestre, me cae bien y con sus visitas hace más amenos los ratos que pasa con nosotros.

El campo empieza a florecer, las amapolas y margaritas colorean el terreno y los gorriones cantan a todas horas. Parece que el mundo está feliz. Lástima que no se pueda decir lo mismo de mí. A pesar de que la doctora Otero insiste en decir que ya estoy bien y que lo aconsejable sería empezar una nueva vida, yo no soy capaz de imaginarme mi vida más allá de veinticuatro horas. Sé lo que haré un día y el siguiente, pero no tengo intención ni ganas de planear más allá.

Los superiores del capitán también han estado viniendo por aquí. Volvieron a traer su polígrafo y a preguntarme las mismas preguntas de siempre: qué recuerdas, qué hiciste allí, te obligaron de alguna manera, te enamoraste, sabes qué puede ser de él... Esa, sin duda, es la que más rabia y dolor me causa. ¿Si supiera algo de él iba a estar yo aquí?

¡Por favor! Mataría por volver con él.

Poco a poco, voy siendo consciente de que, al igual que con mi bebé, tampoco volveré a ver a Ottar, no fuera de mis sueños y de mi mente. Mi cerebro vuelve a jugarme malas pasadas y hace que me sienta mal por eso. Mal por tener tan claro que no volveré a tocarlo, a sentirlo, a besarlo... Siento que lo estoy traicionado, que estoy dejando de luchar por volver con él.

En toda esta historia, si alguno de los dos tiene una posibilidad de volver con el otro, esa sería yo. En mi mente enferma he trazado más de un plan, desde secuestrar al capitán —con un arma tampoco me costaría tanto, Ottar es más alto que él y más fuerte y me enseñó bien a luchar— hasta volver a la universidad a ver a Carlos, el inventor de la máquina del tiempo, pero después recapacito ya que no conseguiría más que me encerrasen en una cárcel militar. Sí, no sería lo correcto y mucho menos legal, pero esta gente está por encima de la ley, Manu me lo ha dejado claro en alguna ocasión.

Después de mucho insistir, al final ha accedido a mis peticiones y, a parte de la elíptica y cinta de correr y alguna mancuerna, ha traído dos espadas de madera para que podamos entrenar. Supongo que su confianza en mí es superior a lo que yo creía, ya que después de ver como derribé a dos de sus compañeros en el barco, no duda de que sé defenderme perfectamente bien.

Por las mañanas salimos a correr por el perímetro vallado de la propiedad, unos veinte kilómetros en dos vueltas. Desde que empecé a hacer más deporte mi apetito ha vuelto a ser más normal y saludable. Después de correr, practicamos con la espada falsa. Tras haber sostenido armas como las que tenía Ottar, pesadas, de hierro y mortales, sostener un palo de madera no es lo que se dice luchar, pero por lo menos mi cuerpo recuerda los movimientos. Yo le he enseñado al capitán algún que otro movimiento y él, a cambio, me ha enseñado defensa personal.

—Blanca, sabes perfectamente que aquí no te va a atacar nadie con una espada por la calle…

—¿Qué calle? Si me tenéis aquí encerrada… —le corto antes de que acabe de hablar.

—Sabes a lo que me refiero, no te hagas la tonta. Ahora, venga, vamos a acabar los ejercicios.

Colocándose detrás de mí, demasiado cerca para mi gusto, pasa uno de sus brazos por delante de mi pecho y con el otro hace el intento de cogerme por la cintura. Ahora yo tengo que darle un cabezazo y, acto seguido, con mis manos sobre el brazo que me tiene rodeada, tirar de él hacia delante para conseguir desestabilizarlo y que caiga al suelo, después le coloco la rodilla sobre el pecho y… por primera vez en mucho tiempo sonrío.

—Y así es como se vence a un hombre… que pesa casi el doble que yo —digo orgullosa de mí misma.

Entonces él, en un rápido movimiento, me derriba y se coloca sobre mí, con una mano en mi garganta y su cara a pocos centímetros de la mía.

—No cantes victoria tan rápido, Blanca.

Su voz es ronca y susurrante, después de las horas que llevamos entrenando estamos los dos sudados y veo brillar su frente, ahora tan cerca de mí. Empieza a incomodarme estar atrapada debajo de su cuerpo y sin pensarlo dos veces, levanto la rodilla y la clavo en su entrepierna.

Este entrenamiento me ha recordado algo muy especial para mí. Sé que Manu no tiene la culpa, pero mi cuerpo reacciona involuntariamente.

—¡¡Joder!! —se queja.

Salto para ponerme en pie y me encamino hacia la entrada de la cabaña.

—Yo ya he acabado, voy a ducharme.

Entro en mi habitación y cierro con llave la puerta. Mientras voy desnudándome, entro en mi cuarto de baño y abro el grifo del agua fría y me meto debajo. No tengo ganas de una ducha relajante. Esta situación me ha puesto de los nervios.

Él sabe claramente lo que siento por Ottar y en alguna de nuestras conversaciones me ha confesado que jamás ha vuelto a sentir por ninguna mujer lo que sintió por su esposa.

Si dijera que el capitán está de mal ver mentiría, es un hombre fuerte y atractivo, no puede compararse con mi vikingo, pero la verdad es que no está mal. Pero de ahí a que yo sienta algo por él, hay una eternidad. Una noche tuve una pesadilla. La verdad es que fue un sueño pero al ser él quien estaba entre mis piernas decidí que no me gustaba el sueño y lo desterré al cajón de pesadillas varias. Mi subconsciente intenta jugarme malas pasadas en cuanto me despisto un poco.

He tenido algún orgasmo en sueños, sintiendo a Ottar acariciar mi piel, parecía tan real como si realmente estuviera a mi lado susurrándome. Entiendo que es una necesidad fisiológica pero me niego a tocarme conscientemente. Cuando me despierto alguna noche después de soñar con Ottar, de sentir de forma tan real sus manos y su boca sobre mi cuerpo, tiemblo de deseo y acabo llorando. Sé que es en parte por la retención y el estrés de no liberarme como debería pero soy incapaz de tocarme, no encuentro ninguna satisfacción ni alivio. Incluso la doctora Otero me aconsejó que eso me iría bien, masturbarme para volver a sentirme mujer y descargar algo de adrenalina y estrés, pero simplemente no soy capaz.

¡La madre que la parió! Vaya patada en los huevos que me ha dado. Sé que posiblemente le habrá cogido por sorpresa mi ataque, pero si quiere que la enseñe, no puedo dejar que se rinda y crea que ha ganado tan fácilmente. En una situación real podrían haberle hecho mucho daño y siendo sincero conmigo mismo, eso no me gustaría nada.

La llamada de Petter me saca de mis cavilaciones.

—Petter, ¿qué tal todo?

—Manu, todo bien. Tengo noticias. Lo hemos encontrado. Y no te vas a creer lo que vas a ver. Acabo de enviarte por email una foto actual. Ábrelo y me dices.

—Ahora mismo.

Abro la aplicación de email lo más rápido que puedo y pincho sobre el correo que acaba de entrar en la bandeja de entrada. Doble click sobre el archivo adjunto y....

¡Dios mío! ¿Cómo ha conseguido eso?

Tengo que prepararlo todo con la ayuda de Petter y conseguir llevarla allí. Sé que convencerla será difícil, que Dios me de paciencia y ayuda.

Dos meses más tarde.

—Blanca, tengo ganas de ver a mis padres y he pensado que, si te parece bien, podríamos ir a visitarlos.

—Pero si faltan dos meses para los ocho que dijo el ejército que debía permanecer bajo tu supervisión.

—Y lo seguirás estando. He pensado que te gustaría la idea y así nos libraríamos un poco del calor del verano que hace aquí. Allí el tiempo es mucho más fresco.

—Sí, supongo que aunque hayan pasado casi novecientos años desde que estuve allí la última vez, el tiempo sigue siendo más fresco que aquí.

Noruega. Manu quiere llevarme a Noruega.

—¿Tus superiores lo saben?

—Bueno, la tobillera que llevas puesta te localiza en cualquier parte del mundo, por lo que sería absurdo mentirles. Sí, saben que vamos a pasar mis vacaciones allí. Y como tú estás bajo mi responsabilidad, he pensado que estaría bien.

—Vale.

—¿Vale? Blanca, hace ocho meses que te conozco, creo que te he demostrado con creces que puedes confiar en mí y ¿solo se te ocurre decirme vale cuando te estoy ofreciendo un viaje para salir de esta mierda de cabaña después de seis meses encerrada en ella? Sé que no es tu culpa, tú eres una víctima en todo este embrollo pero yo tampoco soy culpable.

—Por alguna razón accediste a ser mi captor —Sé que no tengo razón.

—Joder, Blanca, eres muy exasperante cuando te lo propones. Sí, me sentí culpable nada más volver de la misión, nada más verte allí desesperada por quedarte con él y la cara desencajada que tu marido tenía evidenciaba que tampoco quería separarse de ti. Ya te lo dije en su día, si querías haber escogido la opción de la prisión militar secreta —¿Y esto no lo es?—. ¡Blanca! Sabes perfectamente que no. Aunque estés obligada a estar aquí, has estado cuidada y has podido hacer cosas que en una prisión militar no habrías hecho jamás. Como, por ejemplo, faltarme al respeto.

Sé que tiene razón, me estoy comportando como una estúpida. Este hombre es el único que se ha esforzado en hacerme sentir mejor, en cuidarme y darme la intimidad y seguridad que necesitaba en cada momento. Sé que si estuviera en su mano, me enviaría de nuevo al siglo XIII, pero eso es imposible.

—Siento ser un poco estúpida…

—¿Un poco? —Enarca una ceja acusadora.

—Bueno, bastante estúpida. Supongo que es el momento perfecto para hacer un viaje y salir de esta clausura.

Aunque no tengo muy claro que visitar esa tierra que he sentido como mía y en la que he vivido algo tan inmenso me ayude a seguir adelante con mi vida cuando mi vida es él.

—Pues venga, prepara tus cosas que en dos días nos vamos.

14

Acabamos de aterrizar en el aeropuerto de Stavanger.

Después de esperar unos minutos, salimos hacia el aparcamiento donde nos espera el autobús que nos llevará hasta la ciudad. Tengo una extraña sensación anclada en el cuerpo que no sé cómo describir. Sé que no es ilusión ni alegría, cosas que un viaje tendría que provocarme, ya veremos cómo va todo. No tengo yo muy claro que aguante aquí dos semanas.

Por lo visto, los padres del capitán viven aquí pero no saben nada de la visita de su hijo. El camino hasta la ciudad pasa rápido, en menos de treinta minutos llegamos a la ciudad.

El camino desde el aeropuerto es un aperitivo de lo precioso que es todo este paisaje y todo el país en sí. Los prados verdes, las montañas espigadas que trepan hacia lo más alto, acabando en unos tremendos bloques de piedra que descienden en vertical hasta las aguas heladas. Temperatura que yo probé hace mucho tiempo.

Se le considera la entrada a los fiordos, durante mi estancia aquí no llegué a ver la magnitud de la belleza de estos paisajes. No sé reconocer en qué zona estuve hace tan poco, pero en un tiempo tan lejano. No hay nada que me haga recordar algo en especial. Todo me recuerda a Ottar, de una u otra manera, esté donde esté, siempre es él quien ocupa mi mente, mi torrente sanguíneo, el oxígeno que recorre mis venas, los latidos de mi corazón.

Cuando llegamos a la ciudad es su arquitectura lo que más llama mi atención. Las construcciones de madera, con tejados muy empinados. Las casas de fachadas de vivos colores contrastan con otras que son completamente blancas. Si no fuera por la arquitectura, podría decirse que son casas de algún pequeño pueblo de Andalucía, tan blancas y limpias.

Llegamos a la estación y desde allí vamos caminando por las impolutas calles de la ciudad. El tiempo no es tan malo como esperaba. Hace sol y estamos a unos agradables veinticinco grados, para ser septiembre está muy bien. Hace casi un año que empezó mi viaje, un año desde que llegué a algún lugar recóndito de esta tierra y, por desgracia para mí, ni siquiera sé dónde ir, dónde buscarlo exactamente. Según me indica el capitán, estamos en la zona antigua de la ciudad.

—Blanca, es por aquí —me avisa Manu al ver que giro en dirección contraria a la suya.

—¿Qué te parece la ciudad?

—Es precioso, todo.

—Mañana iremos al fiordo Lyse y si te sientes con ganas, podremos hacer algo de senderismo. Sé que te gustará. Seguramente mi padre quiera unirse a nosotros.

—¿Qué edad tienen tus padres?

—Mi madre cincuenta y seis y mi padre sesenta, pero siempre ha sido muy activo y le encanta hacer de guía por su querida tierra.

—¿Por qué te decidiste por España, con lo bien que se tiene que vivir aquí? Por no hablar de la riqueza del país, según tengo entendido, desde que descubrieron petróleo en él, Noruega es un país muy rico aparte de bello.

—Bueno, aquí tenemos una base naval, pero en aquel momento quise conocer la tierra de mi madre en más profundidad. Había estado allí por vacaciones, en verano y por navidades, íbamos a casa de mis abuelos maternos. Supongo que el hecho de que mi padre quisiera controlar todo lo que hacía me empujó a separarme de ellos. Eso y que me enamorara irremediablemente de mi mujer.

—¿Qué harás cuando ya estés fuera del ejército, volverás aquí?

—Es posible.

Nos adentramos en la *Gamle Stavanger*, la antigua Stavanger, donde hay más de ciento setenta casas de antiguos pescadores, todas ellas de color blanco, con más de ciento cincuenta años de antigüedad. Según me cuenta Manu, la casa de sus padres lleva en la familia Andersen desde los inicios, el tatarabuelo de su padre fue el primer habitante que tuvo la casa.

Las calles adoquinadas nos llevan hasta una preciosa casa esquinera, de madera blanca, con pequeñas flores rojas y lilas decorando las ventanas de ambas plantas.

Saca unas llaves de un bolsillo de su chaqueta y se dispone a abrir la puerta, cuando esta se abre desde el interior.

—¡Hijo! ¡¡Ay, dios mío, qué alegría, Manuel!!

Esta señora tan sonriente y efusiva debe de ser su madre.

—Mamá, ¿cómo estás? —La besa en la frente.

—Bien, hijo. Yo muy bien, ¿cómo estás tú? Cuando nos visitaste no nos dijiste que volverías tan pronto. Pasad, no os quedéis en la puerta.

—Mamá, te presento a Blanca, es una amiga.

—Amiga, ¿eh? —pregunta su madre imaginándose algo más.

—Solo amiga, mamá. Son cosas del trabajo, ya sabes…

—Sí, hijo, sí. Ya sé que no me vas a explicar nada, al igual que hizo tu padre durante toda su carrera.

—Señora Andersen —Le tiendo la mano para saludarla pero ella me abraza y besa ambas mejillas.

—Encantada de conocerte, Blanca.

—Igualmente, señora.

—Por favor, llámame Ana. Pasa, dentro está mi marido, Hans.

Si por fuera es bonita, el interior es de cuento. Robustas lamas de maderas en tonos claros forman la tarima del suelo, los muebles del salón también de madera y en un tono un poco más beige decoran la estancia. Pero si algo llama mi atención son los típicos manteles de ganchillo fino, cien por cien andaluces y de la época de mis abuelas, que decoran un buffet sobre el cual hay varios marcos de fotos. En algunas reconozco al capitán, junto a una mujer muy guapa y una pequeña niña. Su familia, la familia que perdió.

—Dame tu maleta, Blanca. La llevaré a la habitación de invitados.

—Gracias.

—¿Quieres tomar algo? —pregunta Ana.

—Un vaso de agua estará bien. Gracias.

—Siéntete como en tu casa —dice, señalando uno los sillones para que tome asiento.

Desaparece de mi vista por una puerta que da a la cocina, según puedo ver.

Manu baja las escaleras y, después de dedicarme una sonrisa, se dirige a la cocina con su madre.

La voz potente de un hombre me hace estremecer cuando lo veo entrar por una puerta al final del pasillo.

Es casi tan alto como Ottar, hacía tiempo que no veía a un hombre tan alto. Su cabello cano y sus ojos azules no recuerdan ningún rasgo de Manu, por lo visto él se parece por completo a su madre.

Fija su mirada en mí y, con una sonrisa preciosa, me saluda en noruego. De la cocina salen ahora Manu y su madre, la cual avisa a su marido de que soy española para que este me hable en mi idioma. Lo que no saben es que mi mente cambió hace unos meses, cuando viajé en el tiempo y conocí al amor de mi vida.

—Mamá, Blanca habla perfectamente nuestro idioma.

Con la cara de asombro de su madre, me levanto para saludar al señor Andersen.

—Encantada, señor —digo, ofreciéndole la mano y hablando un perfecto noruego.

Él me ofrece la suya, una gran mano, y envuelve la mía con cuidado.

—Tu pronunciación es perfecta. Siempre pensé que mi nuera sería española, como mi hijo se niega a venir a vivir a su tierra. Soy Hans.

La mirada que le dedica al capitán me deja algo incómoda. Empiezo a negar con la cabeza para decirle que no soy su nuera. Manu se lo aclara antes que yo.

—Papá, no somos pareja. Es una amiga.

—Lástima, eres preciosa.

Sonriendo le agradezco el cumplido, justo cuando su esposa, Ana, me ofrece un vaso de zumo de naranja.

Está delicioso y, después del viaje, aunque no haya sido muy largo, y el impacto de aterrizar de nuevo en estas tierras, me sienta bien y consigo mojar mi boca seca por los nervios que me produce estar aquí.

—He venido por trabajo —aclara el capitán a sus padres— y para deciros que dejo el ejército. Ya he cursado mi baja voluntaria. En poco más de dos meses será oficial y entonces, volveré.

Sus ojos negros se enfrentan a los azules de su padre, que lo observa asombrado.

—¿Qué te ha hecho cambiar de parecer? Por más que insistí, nunca quisiste alistarte a nuestro ejército.

—Puede que el hecho de que dejaras de insistir haya hecho posible el cambio de opinión… —deja caer Ana, como quien no quiere la cosa.

Manu pasa su mirada sobre mí un instante antes de contestar.

—Me he dado cuenta de que ese no era mi lugar. Todo lo que tenía que hacer en esa Unidad está hecho y ahora solo me falta ayudar a Blanca.

Me deja sin palabras. Más no puede ayudarme, ya que lo que yo ansío es imposible. Él no puede devolverme a Ottar. Creo que este sentimiento de culpa que lo atenaza empieza a ser obsesivo. Me parece que le recomendaré visitar a una psicóloga.

—Bueno, después de las revelaciones, ¿qué vais a hacer? ¿Vas a enseñarle a Blanca la ciudad? —pregunta Hans.

—Esta noche cenaremos aquí y descansaremos un poco. Mañana iremos de excursión.

Me mira y parece… ¿ilusionado? Eso es lo que parece.

—¿En qué parte de Noruega habías estado antes? —me pregunta ahora su padre.

No sé qué contestar a eso. Aunque claro, dado mi nivel de noruego, es normal que el hombre crea que he estado anteriormente en el país.

—Estuvo en Tromsø… —comienza a decir Manu.

—Sí, y después tuve un buen profesor en España.

—¿Pero estudiaste el idioma por algo, no?

—Siempre me ha gustado el país. Me gustaría hacer mi vida aquí—No miento. Solo me falta añadir que en otro siglo.

—Nuestra tierra atrae con tanta fuerza… —comenta pensativo.

—Bueno, en un momento estará lista la cena. Blanca, querida, ¿me ayudas en la cocina?

—Por supuesto.

Después de cenar un delicioso *tørrfisk*, un bacalao noruego jugoso y el mejor que he comido en mi vida, le he pedido al capitán que me indicara cuál es mi habitación. Me he sentido muy acogida, como hace mucho tiempo no me sentía, pero he preferido dejarlos a ellos hablando de sus cosas. Parece que hay una tensión no resuelta entre Manu y Hans y, siendo sinceros, no me apetece seguir manteniendo la sonrisa en mi cara cuando de lo que realmente tengo ganas es de meterme debajo de las mantas y no salir hasta dentro de mucho tiempo.

Las gotas de lluvia golpetean en el cristal de la ventana mientras intento dormir. La opresión en el pecho se ha hecho más fuerte y no consigo dormirme. Creía que estar aquí me iría bien para empezar de nuevo y decidir qué voy a hacer con mi vida dentro de dos meses, eso sí, cuando el jodido ejército me libere de este cautiverio, pero cada vez siento más presión en el pecho, un peso inexplicable que me golpea incesantemente. Temo que en cualquier momento me dé un ataque de pánico o algo parecido.

El ejército. Ellos son los primeros interesados en mantenerme oculta y que no le explique a nadie lo que ocurrió aquella noche de septiembre. Hace casi un año. Pero si piensan que les voy a agradecer el hecho de que me hayan mantenido alejada de todo, solo custodiada por un buen hombre en lugar de en una prisión o zulo, la llevan clara. Yo no pedí que fueran a buscarme, yo deseaba quedarme con él.

Ahora tengo que conformarme con mis sueños, es la única manera de mantenerlo vivo. Dentro de mí, nada ni nadie logrará que pueda olvidarlo. Yo sé que él es real, no es un producto de mi imaginación. Y lo siento más vivo que nunca dentro de mí.

Son las siete de la mañana cuando unos toques en la puerta de la habitación me sacan de este estado de duermevela en el que he estado toda la noche.

Los ratos que he conseguido dormir he soñado con Ottar. Pero todo era tan extraño. Es como si él supiera que estoy aquí y viniera a por mí. No quiero pensar locuras, así que me desperezo y salto de la cama para quitarme esa extraña sensación de encima.

Después de una ducha, un café caliente me espera en la cocina.

—Buenos días —saludo a Ana, que ya ha preparado el desayuno para toda la ciudad.

—Qué cantidad de comida, ¿todo esto lo has preparado tú? ¿A qué hora te levantas?

—En cuanto baje a desayunar mi marido, verás como desaparece cualquier miga de comida —Me sonríe dulcemente. Recuerdo el apetito voraz que solía tener Ottar.

Cojo la taza humeante de café y me fijo en unos bollos redondos que están en una bandeja, en el centro de la mesa.

—Son gofres —informa el capitán.

—¿Gofres? Tienen una pinta deliciosa.

—Ponle un poco de mermelada, verás como los mejoras.

—La de bayas la hago yo misma, está para chuparse los dedos. Si te apetece nata, también tenemos.

—Creo que la mermelada de bayas me va a gustar.

Y vaya si me gusta, es lo más delicioso que he probado jamás.

—¿Dónde la vas a llevar, Manu?

—He pensado en ir a Hafrsfjord. He quedado con Petter para cenar en su casa y no quiero llegar reventado, sé que después querrá salir a tomar algo y nos darán las tantas.

—¿Qué hay ahí? ¿En Hafrsfjord?

—Tres espadas.

—Y para enseñarme tres espadas vamos a ir…

—¡Ay, querida! No son tres espadas comunes, lo verás antes de llegar.

Me he puesto unas mallas deportivas, un chubasquero y las zapatillas deportivas, no sé si será buen calzado.

—¿Voy bien con este calzado?

—Perfecta.

El viaje hasta esta parte de las afueras de la ciudad es relativamente corto, después de una pequeña caminata, llegamos al monumento. Las tres espadas son realmente impresionantes.

Rememoran la batalla del año ochocientos setenta y dos en la que todo el pueblo noruego se unificó. Al estar clavadas en roca, cosa que hace imposible moverlas de ahí, simbolizan la paz.

Pensaba que habría más turistas pero la verdad es que apenas hay gente aquí. El día se ha levantado nublado y no creo que tarde mucho en llover.

Según me voy acercando al enorme promontorio y a las majestuosas espadas, el aire fresco y las pequeñas gotas de lluvia golpean mi rostro con fuerza. No he sido capaz de decirle a Manu ni una palabra. Voy caminando hacia ellas, pisando fuerte, como diría la canción, sin detenerme y sin pensar en nada. Un extraño escalofrío interior me hace caminar de manera automática hacia las inmensas figuras.

—¡Eh! ¡Blanca! ¿Se puede saber qué haces?

Su mano agarra con fuerza mi brazo y no me deja seguir hacia adelante.

—Nada, quiero ver las vistas —le digo, sin girarme a mirarlo.

—No me mientas, se ve a leguas que algo te pasa —comenta molesto.

—Capitán, lo único que quería era ver la inmensa belleza de este lugar.

Su cara deja ver preocupación y cabreo.

—No voy a quitarme la vida, únicamente me impresiona sobremanera estar aquí. Siento toda la fuerza de la naturaleza en mí. ¿No has ansiado nunca ser un pájaro y poder echar a volar? Si yo lo fuera, saltaría ahora mismo abriendo mis alas, sintiendo el aire pasar moviendo las plumas y observaría a los humanos aquí parados, en el borde del precipicio, sin poder seguir mi camino. Me regodearía en mí misma por la satisfacción de poder seguir adelante, sin tener que detenerme porque la montaña se acabe.

—Está bien, está bien… Pero no te acerques tanto al borde.

Sacudo mi cabeza y despejo esos pensamientos que me hacen querer saltar al vacío.

El día pasa sin más, sin darme cuenta, he sido capaz de pasar todas estas horas caminando por estas preciosas tierras, sentados en un banco, dejando que la naturaleza nos impregne por completo. Apenas hemos hablado, Manu estaba más taciturno que de costumbre, supongo que él también estará luchando contra sus propios fantasmas.

Por fin llegamos de vuelta a casa de los padres de Manu. No puedo decir que no me haya gustado el paseo, pero ha removido de manera brutal mi interior. Mis sentimientos hacia Ottar son más fuertes que nunca. Ni el paso del tiempo es capaz de arrancarlo de mi mente ni de mi corazón. Estar aquí no hace más que avivar mis ganas de estar con él. Y si no quiero volver a caer en una depresión de caballo, tengo que espabilar e intentar aceptar que no volveré a verlo.

Me quiebra el alma y el pecho solo de pensarlo, pero es así. «No volverás a verlo. No volverás a verlo». Repito en silencio una y otra vez, mientras su imagen permanece en mi memoria. Intento visualizarlo en uno de nuestros encuentros o la primera vez que lo vi en la cueva bajo la cascada, o cuando entrenábamos juntos, o cuando me tiró al río después de decapitar a aquel salvaje, cualquier imagen me sirve menos la última que tengo grabada a fuego en mi memoria, aquella noche cuando me separaron de él para siempre.

Creo que le voy a decir al capitán que no lo voy a acompañar a la cena en casa de sus amigos. De lo único que tengo ganas es de meterme en la cama después de darme una ducha y despertar mañana con fuerzas renovadas.

Al final acabo yendo a casa de esos amigos. La amable madre de Manu ha empezado a hacerme todo tipo de preguntas interesándose por mi salud, decía que no tenía buena cara y ha llegado a echarle la culpa a su hijo de haberme dado un tute excesivo durante todo el día.

La excursión, el fiordo, todo ha sido espectacular y precioso, solo que para mí no es fácil aceptar esa belleza sin tenerlo a él aquí conmigo. Ojalá pudiéramos estar los dos juntos aquí y ahora en este tiempo y disfrutar de su tierra juntos.

Poco rato después, llegamos a casa de Petter y Lena. Está en la otra punta de la ciudad, es un apartamento muy diáfano y un poco impersonal para mi gusto, pero acogedor.

—¡Me alegro de verte, amigo! —Petter es el que nos abre la puerta.

Todavía me sorprendo de la altura que llegan a tener los ciudadanos de este país. La gran mayoría son altísimos, una vez más pienso en lo pequeña que soy, en lo pequeña que sigo siendo con mi metro setenta de estatura.

Petter es el típico nórdico, rubio casi albino, barba poblada y bien cuidada, aunque no tiene pinta de ser tan suave como la de... ¡Para! No puedo estar pensando toda la noche en él. No hasta que no llegue a la soledad de mi cama y allí vuelva a ser presa de su recuerdo.

Me recompongo y le sonrío mientras él me tiende la mano.

—Pasa, estás en tu casa.

—Gracias —Sus palabras son de corazón.

—Hola, chicas —Manu saluda a tres chicas que están en la gran cocina blanca.

A excepción de una que va teñida de rojo, las otras dos son las rubias más rubias que he visto desde que he llegado a estas tierras por segunda vez. Yo parezco morena en comparación con ellas.

Una de ellas, la más bajita, aunque sigue siendo más alta que yo, se acerca a Manu y le da un sonoro beso en la mejilla. Hablan un poco y tan flojo que no escucho lo que dicen.

Las otras dos chicas se abrazan entre sí, la del pelo rojo y la rubia de pelo largo, le llega casi a la cintura. Se miran y se dan un pico en los labios.

—Blanca, te presento a Lenna. Ella es Blanca.

—Encantada —le digo tendiéndole la mano, que ella rechaza para darme un abrazo y un beso que me sorprende.

—Sé que en tu país la costumbre es dar dos besos, estuve allí de vacaciones hace años y me encantó. Estoy deseando volver con Petter.

Me habla en inglés y yo hago uso de mi perfecto noruego para contestarle.

—Igualmente, Lenna. A mí lo que me tiene enamorada es vuestro país.

—Vaya, qué buena pronunciación. Cualquiera diría que eres de aquí —dice una de las chicas, la rubia de pelo largo que pasan a presentarme después de que el capitán las haya saludado.

—Ella es Eir, hermana de Lenna, y Eske es su novia.

A ver si soy capaz de acordarme de los nombres: Eir, hermana de Lenna, pelo rojo. Eske, rubia de pelo largo.

—Precioso tatuaje —comenta Eske.

—Tengo ganas de hacerme un sol pero no tengo claro todavía dónde hacérmelo.

En ese momento, echo mi mano hacia detrás y acaricio mi tatuaje. Mi pequeño moño deshecho lo deja al descubierto.

Deben de medir un metro ochenta cada una. Son guapísimas y ambas tienen un color de ojos precioso, un verde moteado, parece hecho a conjunto con el verdor de los prados y montañas que hay por todo el país.

—Vamos, la cena ya está en la mesa —anuncia Petter.

Todo un surtido de comida típica del país está bien dispuesto en platos por toda la mesa. Manu se acerca a mí a preguntarme cómo estoy, mientras vamos hacia la mesa. Me conoce y sabe que hoy ha sido un día duro para mí.

Entre risas e historias de amigos pasamos a los postres, una especie de gofres, diferentes a los del desayuno, que casi hacen que me chupe los dedos, realmente deliciosos.

Me siento un poco fuera de lugar, hace mucho tiempo que no compartía una velada con varias personas. Y las últimas veces que lo hice fue hace más de ochocientos años.

Entre ellos recuerdan viejas juergas y bromas varias.

—Blanca, antes de que Manu se fuera a España, fue detrás de Eir durante semanas. Intentó convencerla de que era su hombre ideal, hacía todo tipo de exhibiciones …

—Eh, eh, nunca llegué a desnudarme —interviene Manu, un poco achispado por el vino y el licor.

—Bueno, solo le faltó eso… —exclama Eir en un intento de reprimir una carcajada.

No me imagino al serio del capitán persiguiendo a una chica.

—Pobre Manu, no entendía su negativa. Nunca había tenido problemas para estar con una chica. Hasta entonces.

Todos estallan en risas.

Eir y Eske se besan y Petter hace lo propio con Lenna.

Mientras, Manu y yo nos dedicamos a apartar las migas de pan y a rellenar la copa.

—Podemos ir al local de aquí abajo, ha cambiado de dirección y dicen que hay muy buen ambiente —propone Lenna.

—Por nosotras perfecto. No volvemos a casa hasta el lunes, así que disfrutaremos de la civilización mientras estemos aquí.

—Vivimos un poco alejadas de todo esto —me explica Eske.

Como la envidio.

—A mí me encantaría perderme en alguna montaña, donde no hiciera falta nada más que estar por tu tierra y tus animales. Sería feliz solo con eso.

—Vaya, Manu, todo lo contrario que te gusta a ti. Ahora entiendo que no seáis pareja —comenta Lenna, a la que su marido mira de repente arqueando las cejas.

—Entonces, ¿qué? ¿Nos vamos a bailar un rato? — Petter rompe la tensión del momento.

Todos acceden, el capitán me mira preguntando silenciosamente si me apetece. Pero yo tengo muy claro que prefiero irme a descansar o, por lo menos, a intentarlo.

—Id vosotros. Manu, yo prefiero irme a casa. Estoy hecha polvo. Hoy hemos estado de excursión y no me aguanto más —miento.

—¿De verdad que no te apetece? Mira que igual encuentras a alguien que te haga caer rendida y consigue que no vuelvas nunca más a tu país —comenta Eir.

—No creo que pueda encontrar a esa persona —digo en un susurro.

Cuando todos cogen sus abrigos y se disponen a salir de la casa, Manu me agarra por el codo para que me espere un momento antes de salir.

—¿Seguro que no quieres venir? Me apetece estar con ellos, pero no quiero dejarte sola. Hacía mucho que no coincidíamos los cinco y …

—Capitán, de verdad, ve con ellos y no te preocupes por mí. Estaré bien en casa de tus padres. Tu madre ya me ha dicho donde deja la llave de repuesto.

—¿De veras? ¿Recuerdas cómo volver?

Asiento con la cabeza mientras fuerzo una pequeña sonrisa para tranquilizarlo.

—Ve y pásatelo bien. Mañana tenemos un día largo. Sabes que prefiero no estar entre tanto gentío y tanto alboroto. Me siento fuera de lugar.

—¿Estarás bien? —pregunta.

—Todo lo bien que puedo estar. Sí, no te preocupes.

Vamos bajando las escaleras del edificio y una vez abajo me despido de todos los demás.

—No olvides que tienes aquí a tus amigos, puedes venir siempre que quieras —me dice Lenna en un caluroso abrazo.

—Gracias. Creo que no tardaré en venirme por aquí una larga temporada.

—Entonces estamos en contacto. Manu, no se te ocurra irte de aquí sin llevarla a Lysefjord y hacerse una foto en el púlpito.

—Mañana tendrá todas las fotos que quiera.

—Y, por supuesto, tenemos que volver a vernos antes de que os marchéis.

Me siento un poco mal por no acompañar a Manu y a sus amigos, por no darles la oportunidad, a ellos y a mí misma, tengo que empezar a mezclarme con el resto de la gente, hacer una vida más o menos normal. Pero no la primera noche y en un club.

Voy perdida en mis pensamientos, caminando sin fijarme bien por dónde y empiezo a creer que me he perdido.

Le pregunto por la ubicación a unos chicos que me encuentro saliendo de un pub y me dicen que voy por buen camino, así que continuo girando y pasando calles preciosas de esta bonita ciudad.

Al llegar a una pequeña y desierta plaza tengo la sensación de que alguien me sigue.

Giro la cabeza disimuladamente y me parece ver una sombra moverse hacia la esquina opuesta. Serán imaginaciones mías. Estar aquí hace que me imagine cosas que no son posibles.

Sigo bajando calle abajo cuando vuelvo a notar esa presencia detrás de mí. Me giro y esta vez veo a una sombra, un cuerpo. Alguien vestido de negro, con una capucha, se acerca a mí y no puedo verle la cara.

Comienzo a estar un poco asustada, así que acelero el paso en un intento de llegar a una zona un poco más transitada. Aunque creo que la zona de los bares quedaba más atrás.

Y encima empieza a llover.

Siento el corazón martilleándome el pecho y mi respiración se ha vuelto más agitada, sigo sintiendo su presencia detrás de mí. Pienso en pararme y dejar que me adelante pero no lo hago. No sé si sería peor el remedio que la enfermedad.

Al contrario de lo que yo pensaba, las calles siguen estando desiertas y no se oye ni un alma.

No puedo seguir así, estoy segura de que antes no hemos pasado por aquí y que no voy en buena dirección. Inspiro profundamente antes de echarme a correr cuando unos brazos me atrapan y me llevan hacia un callejón menos iluminado.

Intento gritar. Me tiene atrapada entre sus fuertes brazos y su duro cuerpo. Es muy grande. Demasiado. Lo que me sorprende es que no hace apenas fuerza ni intenta meterme mano.

Y ahí, en este momento, vuelvo a sentir la muerte.

O la vida.

O ambas cosas.

—¿Quién eres? ¿Qué significa ese tatuaje? —dice mientras pasa su nariz por mi nuca, aspirando el olor de mi piel.

15

No puede ser.

No puede ser y punto.

Esa voz no es de… no. ¡No puedo volverme loca de esta manera otra vez!

—No voy a hacerte daño. Solo necesito que me lo digas —suplica en un perfecto noruego antiguo.

Mi cuerpo se queda laxo e inerte al momento. Algo en mi interior se desconecta y dejo caer mis manos que clavaban las uñas en sus antebrazos intentando soltarme.

Dejo de escuchar mi respiración, dejo de pensar.

Únicamente puedo repetir una y otra vez esa voz y esa frase dentro de mí.

—Ottar —susurro lo suficientemente alto como para que él me oiga.

Noto una leve presión hacia su cuerpo y otra vez su voz, ahora muy floja y lejana que me dice:

—Sabía que eras mi luz.

Es ella. Ella es lo que llevo tantos meses buscando. Casi no la recordaba pero ese tatuaje, ese tatuaje lo llevo grabado en la mente. Poco recuerdo ya de mi otra vida, pero esta mujer es ella… ¡Blank!

Mi Blank.

Mi pequeña Blank.

Al recordar su nombre, todo lo demás aparece en mi mente en una secuencia de imágenes nítidas y reales.

La cascada. La cueva. La flecha. Sus ojos. Sus labios. Ella.

Mi vida entera se muestra implacable en mi mente, recordándome quién soy y de dónde vengo.

—Sabía que eras mi luz —susurro en su oído.

Beso su cuello y la estrecho contra mi cuerpo. ¿Se acuerda ella de mí? Debe ser así ya que ha dicho mi antiguo nombre y habla mi mismo idioma, no el que actualmente se habla aquí. Siento que su cuerpo se afloja y deja de resistirse a mi abrazo.

Desde que la he visto esta mañana en el fiordo no he podido dejar de seguirla. Algo me ha dicho que debía hacerlo y nunca he desconfiado de mi instinto. Ahora más que nunca me ha funcionado.

—¿Blank? Por los dioses, ¿qué te pasa? —le pregunto mientras le doy la vuelta para encontrármela con los ojos cerrados y sin fuerza para mantenerse en pie.

La cargo en brazos apretándola contra mi pecho y la miro bien. Está diferente pero es ella. Le miro el vientre, no lo tiene abultado, quizá no sea real la parte en la que creía que estaba embarazada. Tengo que llevarla a casa y conseguir que despierte.

Voy hacia el puerto con ella en mis brazos y subimos a mi pequeña embarcación.

Nos vamos de aquí.

Un delicioso aroma me despierta de este letargo. Estoy algo mareada cuando consigo abrir los ojos. Enfoco y no reconozco el lugar. No estoy en casa de los padres de Manu.

Entonces recuerdo algo. ¿Cuándo ha pasado eso? ¿Cómo he llegado hasta este lugar?

Me levanto, veo con asombro que únicamente llevo puesta la camisa, las bragas y los calcetines, nada de pantalones ni chaqueta.

Escucho ruido, agua caer en algún sitio de esta casa. Recuerdo la voz y las palabras, pero no pueden ser ciertas, mi mente me ha jugado una mala pasada al estar expuesta a tanto descendiente vikingo, a tanto paisaje precioso y vikingo, que han hecho que me crea que mi vikingo está aquí conmigo, que me ha hablado y acariciado. Tengo que volver a España ya. No puedo seguir aquí. Ha sido la peor idea que he tenido en meses.

Cuando veo el resto de mi ropa en un sillón a los pies de la cama decido ir a ponérmela, pero en ese momento aparece él por la puerta, con una bandeja y el causante del buen olor en ella.

Es como si estuviera sufriendo alucinaciones.

Ottar.

O un hombre que se parece mucho a Ottar.

Vestido con unos pantalones de pijama y una camiseta de algodón.

Sosteniendo una bandeja con un sándwich y una bebida.

Alucinaciones tan claras y nítidas que es muy difícil convencerse una misma de que no es real.

Es como un espejismo, algo irreal. Una imagen que me muestra mi mente porque estoy en este desierto desde hace ocho meses y mi cuerpo clama por beber una vez más de su agua.

Empiezo a negar con la cabeza mientras se acerca, consiguiendo que pare y me mire con una mezcla de dolor y necesidad en la mirada.

—No. No, no, no, no —Me tapo la cara y sigo negando.

—Pequeña, soy yo. No me temas —Deja la bandeja sobre la mesilla y noto que viene hacia mí. Me destapo la cara y veo como se arrodilla entre mis piernas desnudas.

Coge mi mano y, ante mi estupor, la lleva hacia su barba.

¿Se acuerda de eso? Dios mío.

Cierro los ojos y centro toda mi atención en el sentido del tacto. Sigue siendo igual de suave. Las lágrimas empiezan a caer a través de mis pestañas apretadas. Pero sigo negando con la cabeza.

Este espejismo se empeña en seguir apareciendo, en volverme loca y estoy a punto de desmayarme si sigo notando su presencia tan cerca de mí.

—Lo estoy soñando. No te lo creas, Blank, no es real.

Empiezo a hablar conmigo misma.

Loca de remate es lo que me ha vuelto todo este lugar.

—Créeme, llevo todo un día siguiéndote. No sabía quién eras pero sabía que no podía dejarte marchar.

No sabía quién soy, así que no me conoce. Este doble de mi Ottar no es real.

Algo me moja la cara. Estoy llorando.

Su mano quita las mías de mi cara y me obliga a levantar la mirada hacia su cara.

Está llorando igual que yo.

Ottar llorando.

Me fijo en sus ojos, siguen siendo esos dos profundos lagos azules donde me perdería para siempre. Su ceño fruncido sigue estando decorado con esa pequeña uve y sus labios siguen enmarcados por la barba más bonita y suave que haya visto jamás.

—No me hagas esto —digo entre sollozos—, no lo resistiré. Te veo cada noche en sueños y estando despierta, en mi imaginación, te siento en mi piel y en mi corazón, pero esto es muy real. Ottar, no sabes cuánto te necesito.

Se abalanza sobre mí y los dos caemos en la cama.

Él sobre mí, su cara está en el hueco de mi cuello y noto sus lágrimas mojar mi piel. Después de unos segundos reacciono y por fin paso mis brazos por su espalda y lo abrazo, y retengo para que este sueño no acabe jamás.

No puedo perderlo otra vez.

Me besa incesante el cuello, los hombros, la cara, mientras su larga melena y su barba rozan mi piel y su aliento llega a mis labios. Miro fijamente su boca entreabierta y mi respiración se hace cada vez más trabajosa.

Llevando mis manos hacia su cara e inclinándome lo necesario, me acerco para besarlo antes de que el sueño se rompa para siempre.

Antes de que este espejismo se pierda para siempre en este desierto de soledad.

Literalmente, saltan chispas cuando nuestros labios se rozan.

—Mi Blank, mi pequeña. No sé cómo he podido vivir sin ti todo este tiempo —Se le quiebra la voz al hablar.

—No sigas, mi amor, esto no es real —digo yo, manteniendo los ojos cerrados.

—No es ningún sueño. Es real. Estamos aquí. Los dos, siento tu piel caliente y tu pequeño cuerpo temblar debajo del mío, la humedad de tus lágrimas y el sabor de tu boca.

Se eleva un poco sobre mí y me mira intensamente.

—Sigues siendo mía. ¿Lo eres, Blank? ¿Sigues siendo mi mujer?

Siento como se separa un poco de mí y al abrir los ojos me encuentro con un dolor atronador en lo más profundo de su mirada. Me entretengo mirándolo con atención una vez más antes de volver a acariciar su barba y sus labios.

—Siempre.

—Pues deja de decir que no soy real. Me haces daño.

¿Que le hago daño? ¿Cómo voy yo a hacerle daño a semejante hombre?

No puedo ni quiero evitar notar su boca sobre la mía y disfrutar de este sueño, o no, temporal. Quiero hacer el amor con él aunque sea un sueño.

Su boca cubre de nuevo la mía y le dejo paso a su lengua insistente. ¡Dios! Es tal cual lo recordaba. El ansia nos corroe a los dos y nos volvemos una maraña de cuerpos enredados en tan solo unos segundos.

Separo las piernas y le rodeo la cintura, apretándolo contra mi cuerpo necesitado.

Me besa y me repite que soy suya entre cada beso. La felicidad que siento es tanta que no puedo controlar las lágrimas que resbalan de mis ojos y él las besa para limpiarlas mientras resbalan por mi piel.

—¿Puedo hacerte el amor? —Su pregunta me deja tiritando. ¿Desde cuándo él ha pedido permiso para entrar en mí?

—No. No puedes, debes. Y hazlo ya. Te necesito más que el aire que respiro.

Una vez más desaparece la noción del tiempo cuando él me toca. El universo se paraliza para que podamos reencontrarnos una última vez.

Cojo el bajo de su sudadera y empiezo a subirlo mientras araño la piel de su espalda. ¿Es posible que esté más fuerte de lo que ya estaba?

Se levanta y acaba de sacarse la sudadera por la cabeza y aprovecha para quitarse los pantalones de pijama y los calzoncillos de una vez. Sigue siendo mi vikingo, preparado con su espada letal.

Me coloco bien en el centro de la cama y empiezo a quitarme la camisa cuando, de repente, alguien aporrea la puerta de la casa.

Abre los ojos desmesuradamente y yo fijo mi vista en la tobillera de mi pie, la que indica en todo momento mi ubicación en cualquier parte del planeta.

—Es por esto —Le señalo el aparato y veo mis piernas sin depilar desde hace mucho.

—¿Qué es eso? —La puerta sigue sonando.

—Espero poder explicártelo después.

De repente, se escucha un estruendo y la voz de Manu llega hasta la estancia.

—¡Blanca! ¿Dónde estás?

Ottar se gira hacia la voz, sin pararse a ponerse la ropa, sale de la habitación.

Lo escucho hablar.

—Tú. Tú te la llevaste.

¡Oh, oh! Esto no presagia nada bueno. El sonido de un puñetazo me hace saltar de la cama al momento.

Voy corriendo por el pasillo hasta que llego al salón, donde Ottar tiene a Manu cogido por el cuello mientras con la otra mano le está dando puñetazos en el vientre. La nariz sangrante del capitán está manchando la preciosa alfombra que cubre el suelo.

Todo esto es real. Nunca he soñado con él peleándose con nadie. En mis sueños aparecía para estar conmigo no para partirle la cara a otra persona y perder el tiempo en eso.

De repente, reacciono y empiezo a gritar.

—¡No! ¡Ottar! ¡Para, por favor!

—Lo mataré, no volverá a separarme de ti. ¡Jamás! —brama a pleno pulmón.

En ese momento entra Petter por la puerta y mira horrorizado a Ottar y el muñeco de tela que parece ser Manu, no se está defendiendo.

Me acerco a la espalda de Ottar y lo abrazo todo lo fuerte que soy capaz mientras le grito que pare. Pero está como ido, no me escucha.

—Por favor, Ottar. ¡Noooo! —grito mientras me dejo caer al suelo.

Entonces parece reaccionar y deja a Manu caer al suelo. Este lo primero que hace es reclinar la cabeza e intentar colocarse bien la nariz torcida.

Ottar se gira con la cara llena de rabia y viene hacia mí.

Tiene los puños apretados a los costados y habla con dificultad.

—Me has dicho que seguías siendo mía. ¡Mi mujer! —ruge — ¿y lo defiendes a él? Él fue quien te separó de mí, ayer no lo reconocí pero esa voz, esa voz me ha hecho acordarme de él.

Está desnudo en medio del salón, con Manu y Petter admirando con envidia su perfecto cuerpo de guerrero. Yo solo veo la ira y el dolor en su mirada.

Me levanto del suelo y voy hacia él para abrazarlo y explicarle todo o parte de todo esto. Si se siente como me sentía yo en su tiempo, cuando aparecí allí sin esperarlo, es posible que haya cosas que no alcance a entender.

—Ottar, déjame explicarte lo que ha pasado en estos meses.

Me levanto y me acerco a él, intento abrazarlo para cubrir su desnudez de la vista de los otros dos hombres.

—¿Estás enamorada de él? —pregunta peligrosamente despacio acercando su cara a la mía.

Lo miro horrorizada mientras las lágrimas vuelven a caer a borbotones.

—¡No! —grito—. Llevo todos estos meses sufriendo por ti, viviendo sin vivir, obligándome a respirar cada puto día porque desde aquella noche no sé cómo hacerlo para no sentir este dolor que me corroe por dentro.

Me abraza y me envuelve entre sus brazos. No puedo parar de llorar.

—Ella no sabía que estabas aquí. Yo lo descubrí hace unas semanas y lo he preparado todo para que estuvierais juntos de nuevo. Mañana íbamos a ir al Lysefjord, sé que sueles estar por allí haciendo rutas de senderismo con turistas. Petter trabaja en Seguridad Nacional y dio con tu cara gracias a una cámara —Lo miro y él asiente.

Desvío la mirada a Manu estupefacta. Sin saber qué decir. Él lo sabía y me ha traído aquí, pero también me ha hecho esperar sabiendo lo que yo sufro cada día por no estar a su lado, creyendo que nunca más lo volvería a ver.

Giro entre sus brazos y me encaro al capitán. Manu intenta levantarse del suelo apoyándose en la pared y Petter se acerca a él para ayudarlo, todavía le cuesta respirar.

—¿Desde cuándo sabías que él estaba aquí?—pregunto.

—Desde que me llamó Petter para confirmármelo. Le pasé un retrato robot y ese mismo día lo preparé todo para coger mis vacaciones y traerte aquí. Sé que faltan dos meses para que puedas ser libre pero…

Ottar lo interrumpe antes de que pueda acabar.

—¿Qué quieres decir con que pueda ser libre? Ella es libre, siempre lo ha sido —Sus brazos pasan por mi vientre y me aprieta contra su duro cuerpo, sé que me está protegiendo haciendo eso.

—¿Cómo es posible que él haya venido a este tiempo?

—La hipótesis que más fuerza tiene es la de su ADN.

—¿Qué tiene que ver su ADN? ¿Cómo iba a atravesar el tiempo por su ADN?

—Al traerte de vuelta a este tiempo, tú llevabas su ADN dentro de ti. El ser que tú llevabas dentro era una mezcla de tu ADN y del suyo, así que… es lo que creemos. Por supuesto, los altos mandos no lo saben con certeza, simplemente lo intuyen. Yo he estado investigando por otra parte. El inventor de la máquina todavía no ha dado con ese pequeño detalle pero cuando lo haga, es posible que quieran investigar más.

—¿Ellos lo saben? Por eso querían encontrarle… —Ato cabos muerta de miedo por si vienen a por él y lo retienen de alguna manera.

Ottar me hace girar entre sus brazos y posa la palma de su mano en mi vientre.

—¿Así que sí, llevabas a mi hijo dentro? ¿Dónde está?

Su mirada y su voz son de ilusión. Quería a nuestro hijo. Vuelvo a recordar todo ese horrible sufrimiento, por un momento vuelvo a estar a bordo de aquel maldito barco, estirada sobre una camilla, sangrando y perdiendo el único lazo que me quedaba con él.

Su voz es un susurro y suena esperanzada e ilusionada.

Su mirada llena de amor e ilusión se cruza con la mía que vuelve a estar borrosa por las lágrimas al recordar a mi pequeño, la parte que me quedaba de él y que no llegó a nacer.

Empiezo a negar con la cabeza, cuando la voz de Petter me devuelve a la realidad.

—Blanca, me llevo a Manu al hospital para que le coloquen bien esa nariz. ¿Podemos fiarnos de que no desaparecerás de aquí? Todavía os quedan nueve días antes de que tengáis que volver a España y después será cuestión de siete semanas para que los dos seáis libres y podáis hacer vuestra vida. Hasta entonces, nadie puede saber que él está aquí. Tendremos que practicar para que engañes a la máquina y tus pulsaciones no te delaten.

Asiento sin quitar la vista de Ottar, mi marido, mi vida.

La cruda realidad vuelve a caer sobre mí, lo acabo de recuperar y ya lo voy a perder de nuevo. Aunque esta vez sé que será por poco tiempo, pero tendremos que separarnos de nuevo.

Petter ayuda a Manu a salir de la cabaña y desaparecen por la puerta, que se cierra y volvemos a estar los dos solos.

—Vístete y hablamos.

—Ven conmigo, no pienso perderte de vista. Jamás.

Va caminando por el pasillo, conmigo de la mano, hasta que llegamos a la habitación y se pone los pantalones que hace tan poco rato se había quitado. Nos sentamos los dos en el borde de la cama.

Nos miramos sin hablar, solo viéndonos en las pupilas del otro, escuchando nuestra respiración, hasta que me doy cuenta de que los nudillos de su mano derecha están sangrando.

—Dios mío, deja que te cure eso —digo cogiendo su mano entre las mías.

—No te preocupes por eso. No me duele. Blank, ¿dónde está nuestro hijo? —pregunta acariciándome la cara.

Empiezo a negar con la cabeza mientras el dique que sostenía las lágrimas vuelve a romperse.

—No pude… lo siento. No pude… lo perdí.

Cae de rodillas delante de mí, aferrado a mi vientre y llorando conmigo, sintiendo mi dolor.

—Cuando me di cuenta de que ya no estaba contigo, de que nunca me devolverían a tu lado, me aferré a él, a nuestro bebé. Era lo único que tenía de nuestra unión, sería mi regalo tenerlo conmigo pero… yo solo me defendí y él me dio donde más daño podía hacerme…

—Él, ¿ese maldito hijo de puta? ¿Por qué no has dejado que lo matara? ¡Dímelo! —Se tensa por completo a la vez que se pone de pie rápidamente.

—No es por lo que tú crees. Él me ayudó, me sigue ayudando. Él no fue el responsable. Al contrario, se encargó de que a esa persona le cayera encima todo el peso de la ley, y también sé que los puños que no ha utilizado contigo los utilizó con él.

»Me hicieron todo tipo de preguntas y muchos interrogatorios sobre cómo era el viaje a través de la máquina, sobre ti, sobre las tierras, los hombres, la cultura… sobre todo. Al principio no entendía nada de lo que me decían, no recordaba bien mi propio idioma, la vida anterior se va borrando poco a poco —Asiente a eso, sé que a él le ha pasado lo mismo—. Metieron a Manu, al capitán Andersen en esa misión porque sabían que tiene ascendencia noruega, su padre es noruego y además él había estudiado noruego antiguo, por lo que podía comunicarse conmigo y viceversa. Aquel soldado estaba forzándome mucho, me insultó hasta que ya no pude más y me defendí, pero él me golpeó en el vientre —digo esto acariciándome mi vientre plano y llorando descontroladamente—, arrebatándome todo lo que tenía.

—Esto ha sido un infierno sin ti, mi amor. Pero veo que tú te has llevado la peor parte —dice ahora más tranquilo—. Tú…, ¿tú te encuentras bien? —Me envuelve en sus brazos y lloro en su pecho descubierto.

—Si te digo la verdad todavía no me creo que estoy aquí sentada en esta cama, hablando contigo de forma real. Cada noche, Ottar, cada noche he soñado contigo, he estado muy hundida en el pozo hasta el punto de querer quitarme la vida —Tiembla al escuchar mis palabras—. Eso ya quedó atrás. Manu se hizo cargo de mí y evitó que me llevaran a una prisión militar para tenerme allí controlada. Él se hizo cargo porque se arrepintió enseguida de todo lo ocurrido desde la primera vez que hablamos y se dio cuenta de que yo no quería volver a mi tiempo. Para él era una orden y tenía que obedecer. Yo solo quería estar contigo, me daba igual todo lo demás.

—No digas eso. No podría soportar saber que te has quitado la vida por mí. No vuelvas a pensar así jamás, ¿me oyes? Jamás. ¿Y qué es eso de que tienes que volver? No pienso separarme otra vez de ti —Nos estiramos los dos en la cama, me enrollo en su cuerpo como una enredadera y él me protege con su poderoso cuerpo.

—Quieren tenerme vigilada por si me pongo en contacto contigo o le vendo la información sobre sus avances con la máquina del tiempo al mejor postor. En menos de dos meses se acabará todo esto. Pensaba en venirme a vivir aquí y ahora que sé que estás tú, podemos estar juntos de nuevo, formar nuestra vida aquí. No quería aceptar el dinero que me ofrecían pero ahora que sé que lo puedo utilizar para estar contigo no me importa hacerlo.

—Dos meses… no puedo ni quiero separarme de ti durante dos meses más. No puedo separarme de ti ni un maldito segundo. Puedo arrancarte esa tobillera y jamás sabrán donde estamos. Nos iremos al norte, a vivir en la montaña, no necesitamos estas cosas para ser felices, hemos vivido sin nada de esto y no nos ha ido mal. ¿Tú querrías… querrías venirte conmigo y no tener ningún lujo?

—Yo me habría quedado contigo hasta en tu siglo, sin agua caliente, sin lujos, sin medicina moderna, sin comodidades, si estoy contigo no necesito nada más —Me retuerzo entre sus brazos, quiero estar lo más cerca posible de él, sentir su piel, su calor directo sobre mi cuerpo.

—¿Cómo llegaste aquí? ¿Cuándo?

—La misma noche que desapareciste. Te evaporaste ante mis ojos. La furia y la rabia de Odin bramaban por salir de mi cuerpo, pero después de degollar a aquel hombre, no me dio tiempo a llegar a cogerte y arrancarte de los brazos de ese capitán. Te cubrió con una especie de manta, un extraño tejido que, a día de hoy, no he conseguido saber qué es.

»Estiré mi brazo para agarrarte pero fue imposible, desapareciste así, sin más. Una luz muy potente me cegó en ese mismo momento y antes de que me diera cuenta, experimenté una sensación que no consigo explicar.

—Luces y ruidos… —digo yo.

—Sí. Era como si mi cuerpo cayera en picado, y girara y girara sin parar. Hasta que, de repente, aparecí sobre una colina, cerca de una granja. Todo había desaparecido, todo. Nuestra casa, la granja, la montaña, el río…

Recuerdo muy bien todas esas sensaciones ya que yo las he vivido dos veces, la segunda fue diferente en algo. No solo en el hecho de que no perdí mis ropas, supongo que esa especie de manta con la que nos tapó Manu al volver a este tiempo fue la responsable de que eso no ocurriera.

Nos miramos buscando en los ojos del otro algún cambio, alguna diferencia, algo que indique que seguimos siendo los mismos que llegamos a ser uno solo.

Sin pensarlo más me levanto y empiezo a desnudarme, mientras me mira pensativo.

—Te había preparado algo para comer…

—Ottar, son más de las cuatro de la mañana, lo único que quiero es sentir tu cuerpo junto al mío, que me des tu calor sin que haya nada más entre tu piel y la mía. Saber que realmente esto está pasando.

Me deshago de la camiseta y del sujetador, dejándolo caer por mis brazos. Después voy bajando las braguitas hasta dejarlas en el suelo, a mis pies. Siento el ardor de su mirada en mi piel. Me coloco de rodillas sobre la cama y cojo la cinturilla de su pantalón, la única pieza de ropa que le cubre su escultural cuerpo, y lo voy deslizando por sus piernas, me ayuda a hacerlo levantando el culo del colchón.

Deshago la pequeña cama y nos metemos los dos dentro, tengo que estar abrazada a su cuerpo si no quiero caerme, pero eso no es ningún problema para ninguno de los dos.

—¡Por todos los dioses! —suspira.

Sus manos recorren mis costados y mi espalda, me acaricia con tanta suavidad, tanta ternura. Se coloca de lado, quedando los dos cara a cara, las piernas entrelazadas, los ojos fijos en los del otro. Nuestros cuerpos van traspasando el calor entre ellos hasta conseguir una sola temperatura, una fusión perfecta y nos olvidamos de todo lo demás, aunque solo sea por unos minutos o unas horas, solo existiremos él y yo, yo y él.

Poco a poco nos vamos acercando hasta que nuestras respiraciones se confunden y no puedo evitar acariciarle los labios con la lengua. Después de todo, soy capaz de sentir por él, con él. Y me siento plena y feliz. Sus manos bajan hasta mis nalgas y las acarician, redondeándolas, acogiéndolas en sus manos grandes y fuertes, instigándome a acercar más mi cuerpo al suyo. Su erección está firme y preparada entre nuestros cuerpos, la siento en mi vientre, ella tiene una temperatura muy superior al resto de nuestros cuerpos. Meto la mano entre nosotros y le voy acariciando los pectorales anchos y bien definidos con su capa característica de fino vello y sus pequeñas pecas.

Su boca atrapa la mía y lo que empieza siendo un beso tierno se convierte en un beso desesperado. Mi lengua lucha con la suya por lamer y recorrer cada rincón de esa boca y esos labios que llevo tiempo sin lamer y besar. Lo mismo que le pasa a la suya cuando crees que no vas a volver a besar a tu ser amado nunca más y de repente lo tienes delante de ti una vez más, te invade la necesidad de protección y posesión inherente a todo ser humano, todo recuerdo primitivo se activa al estar con él. En nuestra mente no hay nada, solo somos cuerpos desesperados por entregarnos al otro de la forma más absoluta posible y de la forma más duradera que exista.

Llego hasta su erección y la acaricio con ternura, subiendo y bajando lentamente mientras una de sus manos se desliza entre mis muslos y se pierde entre ellos.

Jadeamos los dos a la vez, cierro los ojos ante la necesidad y la pasión que siento ante su tacto.

—Ábrelos. Mírame —suplica.

Hago lo que me pide mientras acaricia mi clítoris y uno de sus dedos llega hasta el interior de mi húmeda vagina.

Mi cuerpo se arquea hacia él, ofreciéndose y acordándose de como se hace. Cogiéndole de los hombros le insto a que se coloque sobre mí, necesito sentirlo dentro de mí.

—Te necesito tanto, no puedo esperar más —suplico.

—Estás muy cerrada, pequeña. Nada me va a separar de ti, pero no quiero hacerte daño.

—Nada me va a doler más que la necesidad de tenerte. Ya estoy preparada para ti, Ottar.

Sin más dilación gira y, en un ágil movimiento, se coloca entre mis piernas. Suspiro ansiosa y deseosa por tenerlo dentro ya y levanto las caderas en su dirección para que me penetre de una vez.

Y lo hace, de una vez, hasta el fondo de mi ser, arrancándome un grito de amor y pasión.

—Te amo, mi preciosa Blank. Te amaré siempre.

Las lágrimas brotan con fuerza, pero esta vez son lágrimas de felicidad, de dicha y plenitud. Me ama y me lo ha dicho, nunca antes lo había pronunciado y, aunque no tenía dudas de su amor, escuchárselo decir es igual de placentero que lo que estamos haciendo.

—Dímelo otra vez.

—Te amo.

—Otra.

—Te amo, mi preciosa esposa.

—Nunca me lo dijiste —Dejo caer las lágrimas mientras me estremezco por sus suaves movimientos.

—Por eso tenía que volver. No podía dejar que te quedaras sin saberlo. Te amo.

—Sé que me amas, pero me gusta escuchar como lo dices.

Se mueve lentamente dentro y fuera de mi cuerpo, mis manos acarician su pecho y sus hombros, las suyas acarician mi cara y van quitando las pequeñas gotas saladas que resbalan hacia mi cuello. Nos miramos sin hablar, lentamente entra y sale de mí, su nariz roza la mía y su barba me hace dulces cosquillas acariciándome el cuello y la parte alta de los pechos.

Poco a poco va poniendo más presión y fuerza a sus movimientos haciendo que mi cuerpo se tense como la cuerda de un arco. Sus pupilas azules son dueñas de las mías.

—No puedo aguantar más, pequeña. Tengo que vaciarme con urgencia en ti.

—Te amo, Ottar. Hazme tuya, ahora y siempre.

Y así llegamos a nuestro primer orgasmo en el siglo veintiuno.

—No me sueltes —le pido—, necesito sentirte para no despertar creyendo que ha sido solo un sueño.

—No pienso moverme de tu lado ni para mear.

Seguimos abrazados, mirándonos fijamente, acariciándonos, dejando que nuestras manos recuerden la manera de tocarnos.

—¿Cómo te sentiste al llegar aquí? ¿Sabías lo que había pasado?

—Me costó un poco entenderlo. Parecía que mi mente estaba borracha, iba lenta y pesada. Me costaba pensar y razonar hasta el punto de no saber ni caminar al levantarme la primera vez. Después, poco a poco, todo fue cuadrando. Estaba desnudo, eso me sorprendió bastante. Ahí fue la primera vez que robé en este tiempo —sonríe burlón.

—¿Robaste?

—Sí. Ropa. De una casa. ¿No pretenderías que fuera por ahí avergonzando a todos los demás?

—Tú siempre tan modesto y humilde.

—¿Lo dices en serio? Porque no pretendía serlo.

—Lo sé. Eres irresistible, así que sí. ¿Por qué deberías ocultar que eres muy superior a la media?

—¿A la media? ¿Has visto como me miraban esos dos? Y no es la primera vez que veo a otros hombres desnudos.

Se remueve incómodo en la cama y creo saber el motivo.

—Ve al lavabo, tontorrón. Mientras vuelvas antes de que yo me duerma, estaré tranquila.

—En ese caso, enseguida vuelvo, mi amor.

Sale lentamente de mi cuerpo dolorido y satisfecho, me da un beso en la punta de la nariz y lo veo caminar hacia el lavabo que hay en el pasillo. Me maravilla su cuerpo y es todo mío, mi vikingo.

Cuando regresa, se coloca detrás de mí y me atrae a su cuerpo una vez más, cruzando las piernas y los brazos sobre mi cuerpo, protegiéndome como ha hecho siempre.

—No me sueltes, Ottar. No me sueltes nunca.

—No lo dudes ni un segundo. Eres mía y nunca dejarás de serlo. Si hemos conseguido esto, nada ni nadie nos va separar.

—No quiero dormirme pero tengo mucho sueño...

—Shhh, descansa, pequeña —Va acariciando mi cuerpo suavemente mientras caigo en un profundo sueño.

—Me da miedo despertar y que ya no estés aquí, que todo haya sido un sueño.

Roza su nariz contra la piel sensible de mi cuello, en el tatuaje del sol, y suspira.

—A mí me pasa lo mismo.

No sé qué hora es pero necesito levantarme para ir al lavabo. Algo pesado me lo impide. Algo pesado y que desprende un calor inconfundible. Abro los ojos y lo veo enfrente de mí, mirándome y sonriendo. Su cuerpo no ha dejado de protegerme en toda la noche, es normal que él tenga el mismo miedo que yo a que nos separen.

—Buenos días.

—Buenos días, grandullón.

—¿Has dormido bien? —pregunta mientras roza su nariz con la mía.

—La primera vez en muchos meses. Tengo que ir al lavabo un momento, no me aguanto más.

Le doy un casto beso en los labios antes de levantarme desnuda y salir corriendo hacia el lavabo.

Ay, qué a gusto se queda uno cuando hace pis. Me lavo las manos y me miro en el pequeño espejo. Mi cara no parece la misma de los últimos meses, ese rubor en las mejillas, los ojos me brillan de felicidad. Aunque sigan hinchados por todas las lágrimas. Él está aquí y es mío. Solo mío.

Abre la puerta y me pilla delante del espejo admirando mi reflejo. Me sonríe, se coloca detrás de mí y me abraza.

—¿Qué le ha pasado a tu larga melena? No es que así no me guste, pero está bastante más corto.

—No soportaba llevarlo tan largo, me traía demasiados recuerdos. Aquellos meses allí creció más que nunca en este tiempo.

Me acaricia y pega su pecho a mi espalda.

Enseguida siento su erección entre las nalgas.

—Sigues siendo mi vikingo —le digo en un jadeo, reclinando mi cuerpo hacia el suyo.

—Eso siempre, pequeña. Sigo siendo el mismo pero con vocabulario nuevo.

Los dos rompemos a reír mientras miramos a esas dos personas que nos devuelven la mirada desde el espejo. Son dos personas inmensamente felices.

—Sabes que siempre me quejaba cuando me llamabas pequeña, pues te reconozco que me encanta ser pequeña entre tus brazos, debajo de tu cuerpo o encima de él, vernos aquí en el espejo, que tu cabeza sobresalga de la mía y tu cuerpo me rodeé como una armadura. Soy tan feliz… —No puedo seguir hablando, unas lágrimas saltan la barrera de mis ojos y empiezan a deslizarse por mis mejillas.

—No quiero que llores más, tienes la piel de los ojos irritada de tanto hacerlo. No pienses en lo que pasará después, ya encontraremos una solución. Por ahora quiero disfrutar contigo de algo que una vez me contaste que era muy relajante —dice mientras señala con la cabeza la ducha.

—Si nos metemos ahí los dos será de todo menos relajante.

—¿Y lo tranquila que te quedas después de correrte? Eso cuenta como relajante, quieras o no.

Aprieto el culo contra su erección y empiezo a caminar hacia la ducha con él enganchado a mi espalda.

El agua caliente no tarda en aparecer y nos cae sobre la cabeza empezando a mojar nuestros cuerpos.

Empiezo a enjabonarme y cojo una de las cuchillas que hay en el estante de la bañera.

—No mires.

—No voy a dejar de mirarte. Me encanta ver lo que haces.

—Pues a mí no me gusta que veas mis piernas sin depilar.

Mientras me rodea con sus brazos y me quita la maquinilla de las manos, se agacha y acaba de pasarme la cuchilla por la pierna izquierda.

Si no hubiera tenido la reacción alérgica cuando me depilé con láser, podría haberme depilado todo con ese método. Y no estaría ahora así, con el sexo depilado permanentemente y con las piernas esperando ser depiladas cada pocas semanas.

No puedo evitar sonreír, soy tan feliz. Es como un sueño perfecto que en ningún momento hubiera imaginado así de real.

Le cojo de la barba y estiro con cuidado hacia mí para tenerlo a mi altura y poder morderle esos labios que me vuelven loca. Me aprisiona contra la fría pared de baldosas y coloca las manos a ambos lados de mi cara mientras me deja hacer.

—¿Te gusta? —ronronea.

—No hay nada que no me guste contigo. Me da igual si es aquí o en un río helado, tú lo calientas todo.

Sus manos empiezan a recorrer mi cuerpo, alcanzando los pechos que enseguida atiende con su boca. Me apoyo en sus hombros mientras observo como se deleita con mi cuerpo y este reacciona a él. Jadeo sin poder remediarlo y la electricidad interior empieza a descender desde mi estómago hacia mi útero. No soy nada resistente a su tacto. Se arrodilla delante de mí mientras sus labios siguen bajando por mi vientre y más abajo.

Cuando me coge la rodilla y coloca mi pierna sobre su hombro, no puedo retener un grito por la sorpresa y por la expectación que siento al ver como acerca su cara a mi sexo.

—¡Oh dios mío, Ottar!

—Eres mi diosa, Blank. Deja que te adore.

Su lengua pasa desde mi vagina hacia mi clítoris, consiguiendo así que mis manos tiren de su pelo mojado como si fueran las riendas de un caballo salvaje.

Sigue pasando de arriba abajo y ahora introduce un par de dedos al juego de tortura. Mientras succiona el hinchado clítoris, penetra en mi interior. Sonríe satisfecho cuando empiezo a jadear con más fuerza.

Sus dedos y su lengua se mueven al compás y no dan cuartel al orgasmo que estoy a punto de sufrir.

—Oh dios. ¡Sigue! ¡Sigue!

Y, como era de esperar, sigue y sigue una vez más hasta que estallo en su cara y en su mano, jadeando incontrolablemente, sintiendo por todo mi cuerpo el orgasmo y sus réplicas.

Abro los ojos y lo miro a la cara, está empapado por mí y por la ducha. Está manteniendo el control hasta que lo veo llevar una mano hacia su preciosa polla y empieza a tocarse sin dejar de mirarme. Cuando estoy a punto de arrodillarme para ser yo la que le dé placer, veo como dispara su leche y se deja ir mientras su mano sigue subiendo y bajando por su erección.

—Me vuelves loco, Blank —gruñe todavía serio apretando la mandíbula.

Se levanta y me besa de forma animal y salvaje. Me enredo en su cuello de acero y no tarda en cargarme sobre sus brazos, me anclo a su cintura con las piernas, y noto el capullo duro y caliente de su polla a punto de entrar en mí.

—Te amo —dice mientras me penetra de una estocada.

—¡Aaah! Diossss… no pares nunca, mi amor.

Sus movimientos descontrolados me elevan al cielo y no puedo hacer otra cosa que lamerle los labios, chuparlo y morderlo allí donde llego. Estallo a su alrededor chillando su nombre mientras él hace lo propio con el mío.

Una vez duchados, vestidos y relajados, vamos hasta la cocina para desayunar.

—Mataría por un poco de café —digo.

—Yo también.

—¿Tú tomando café? —pregunto imaginándomelo explorando y conociendo todo este mundo nuevo para él.

—Tenías razón. Por la mañana es mejor el café que lo que tenías en mi casa para desayunar.

—¿Dónde lo tomaste por primera vez?

—Al principio trabajé en una granja. Madrugábamos mucho y los demás tenían costumbre de beber café. Así que, por no desentonar, hice lo mismo.

—¿Y la primera vez que te cruzaste con alguien? ¿Pudiste hablar?

—Iba caminado por una carretera y el amo de la granja en la que trabajé se paró para ofrecerse a llevarme. Así lo conocí. Llovía a mares, así que le dije que sí. No sabía por qué pero entendía el idioma perfectamente y cada actividad que me proponía hacer, sabía hacerla. Lo de la granja no fue difícil, ya sabes... Hasta hace cosa de tres meses que llegué a esta ciudad y me contrataron en una empresa de viajes como guía para los turistas. No tengo problema con el terreno y se me da bien hacerlo. Cuando llegué me acordaba de ti perfectamente, de todo lo que había sucedido pero, poco a poco, aunque no quisiera, fuiste desapareciendo de mi mente, difuminándote, me acordaba pero de forma muy lejana aunque en mi interior continuaba sabiendo que había venido aquí para algo. Y el otro día cuando te vi en *Sverd i fjell* supe que tenía que seguirte. Dejé allí a los turistas, me puse en contacto con un compañero y él vino a acabar el día de trabajo.

»Esperé fuera de la casa blanca, la que hay en la ciudad vieja, y cuando te vi salir con él, algo hizo que mi sangre hirviera. Hasta que pude ver el tatuaje del sol en tu nuca. Ahí se activó algo en mi interior que me hizo esperarte todas las horas debajo de aquellos apartamentos. Estuve a punto de subir en varias ocasiones, ya sabes... el vikingo que hay en mí —reímos los dos—, pero decidí que sería mejor esperarte y no actuar de forma impulsiva

—Ah, claro, y cogerme a la fuerza y meterme en aquel callejón muerta de miedo, ¿no fue impulsivo?

—No. Llevaba todo el camino detrás de ti mirando el maldito tatuaje que no me hablaba, no me decía lo que yo quería saber. Hasta que te tuve en mis brazos y te olí. Y cuando contestaste a mi pregunta y dijiste mi nombre… todo volvió a mi mente inmediatamente. Yo sabía que eras mía pero no recordaba la explicación coherente para hacer que tú también lo entendieras en el caso de que tampoco lo recordaras.

—¿Qué vamos a hacer ahora? Cuando tenga que irme, tú tienes un trabajo, supongo que debes cumplir en él, no puedes dejarlo sin más.

—¿Que no puedo dejarlo sin más? Espérate y verás —dice, mientras me abraza y besa en la cabeza.

En ese momento suena el teléfono de casa.

—Diga —contesta Ottar—. Está bien… Sí, el próximo lunes por la mañana estaremos ahí. No, no pienso separarme de ella, y ni tú ni ninguno de tus amigos lo va a conseguir.

Dicho esto, cuelga.

—¿Quién era?

—El capitán Capullo. Me ha pedido que la semana que viene te lleve a casa de su amigo para prepararlo todo —No puedo evitar reír por la forma con la que se ha referido al pobre Manu.

Miro la tobillera y paso los dedos por encima.

—Dios, dime que quieres que te la arranque y lo haré. Sabes que lo haré.

Su súplica me hace estremecer.

—Lo sé, amor. Pero entonces le jodería la vida a Manu y no puedo hacerle eso. Él entró en el ejército y en la unidad especial para ayudar a la gente y se les ha ido de las manos. El ejército está buscando nuevas formas de ataque y con ello han causado muchos *daños colaterales,* entre ellos tú y yo. Él también perdió a su mujer y su hija, y no las podrá recuperar jamás. Si él no se llega a ofrecer para cuidar de mí y no llega a ponerse en contacto con Petter, tú y yo no nos hubiéramos encontrado jamás. En parte ha sido una suerte toparnos con él, dependido de otra persona, no estaríamos juntos ahora mismo.

—O puede que sí, ¿no decías que tu idea era venirte aquí a vivir? Quizá nos habríamos encontrado en cualquier fiordo, en cualquier montaña.

—Ayer mismo, durante la cena, le decía a unas amigas de Petter y de su mujer que mi idea era venirme aquí, pero no a la ciudad, buscarme una cabaña o una casita aislada, en mitad de la nada, y vivir con lo que me de la tierra.

—Entonces eso haremos. Los dos juntos.

—¿No te has parado a pensar en Halldora y en todos los demás? ¿Qué será de ellos? ¿Qué pensarán al no vernos allí a ninguno de los dos?

—Halldora lo sabrá, no me cabe duda. Me fui a la montaña porque no quería enamorarme nunca más, huyendo del destino y de las visiones de Halldora y de su abuela, pero mira… al final tú llegaste a mí, no solo a mi cuerpo, sino a mi corazón y a mi alma. Ahora vamos a aprovechar el tiempo que tenemos para estar juntos. ¿Qué te apetece hacer?

—Lo que sea, si es contigo.

16

La caminata hasta la cima de *Lysefjord* es de lo más entretenida. Por el paisaje, por las escaleras interminables y también por la cantidad de mujeres que se quedan absortas mirando a Ottar. Si en su tiempo ya era un hombre llamativo, ahora no tiene competencia alguna.

Claro que eso me hace sentirme orgullosa, pero a la vez, muy celosa. Estar con él a plena luz del día, pasear de su mano, volver a respirar el mismo aire. Ver como babean por él.

—¿Es necesario que te miren de esa manera? Alguien puede resbalar, ya no por la humedad del ambiente sino por sus babas.

Me abraza y ríe como nunca antes lo había visto hacer.

—¿Enserio me vas a decir que estás celosa?

—No, no te lo voy a decir.

—Solo tengo ojos para ti, pequeña.

—Sí, ya. Pero… mírala, no hay manera de que deje de mirarte. Si sigue así, me acercaré y le diré un par de cosas.

Algo que me acelera sube por mi estómago hacia mi garganta y quema como lava.

Sé que no es normal, pero ese sentimiento de posesión se ha multiplicado por infinito desde que nos hemos reencontrado.

Esperamos tranquilamente, admirando las vistas impresionantes desde la cima del fiordo.

El aire es frío, el ambiente húmedo, la combinación ideal para recordar la tierra donde nos conocimos.

—¿Recuerdas la primera vez que nos vimos? —pregunto.

—Sí, no volveré a olvidarlo. Pero esa parte tú también la recuerdas. La que no sabes es la primera vez que te vi yo a ti.

—Claro. No hemos hablado nunca de eso. Me asustabas tanto al principio…

—Estaba volviendo a casa después de pasar todo el día detrás de un alce. No conseguí cazarlo. Y menos mal —Me sonríe—. Si lo hubiera cazado, no habría sido capaz de cargar con los dos y él era comida.

—Vaya, gracias. ¿Estás diciendo que me habrías dejado morir? —pregunto sabiendo que no hubiera sido así.

—No. No seas impaciente y deja que te lo explique. Escuché tu grito estando escondido entre la maleza. La fuerza del agua de la cascada amortiguó el sonido de la caída pero te vi, así que sin pensarlo me zambullí en el agua para sacarte de allí. En esa parte hay muchas rocas y temí que te hubieras dañado con alguna de ellas. Efectivamente, eso fue lo que pasó. Te llevé hacia la superficie y al escuchar los gritos de los hermanos de Pertur, decidí meterte en la cueva que hay debajo de la cascada hasta que desapareciera el peligro.

»La herida de la flecha sangraba y estabas inconsciente, no podía llevarte hasta la casa estando en aquel estado. Preparé el emplaste lo mejor que pude y me decidí a sacarte la flecha. Estabas tan fría y tan pálida que por un momento pensé que quizá era mejor que murieras así, sin enterarte del dolor. Pero actué por instinto, en ningún momento pensé en la dichosa profecía de las druidas. Saqué la flecha y te coloqué el ungüento sobre la herida del hombro. Tuviste fiebre durante esa noche, hablabas sin parar esa lengua tuya con la que solías insultarme. Cuando despertaste había salido a cazar algo ya que me moría de hambre y supuse que cuando despertaras, querrías alimentarte.

—¿Reconoces el lugar? ¿Sabrías decir dónde están las tierras de tu familia en este tiempo?

—Creo que era más al norte. No sé por qué, pero donde aparecí tras mi viaje por el tiempo no tenía nada que ver con mi tierra. No era la misma cima, ni las montañas tampoco… pero tengo claro que no es aquí.

—Es curioso que tú aparecieras aquí y yo no. Quiero decir, que cuando viajé la primera vez fui hasta el lugar del que era el hacha.

—Pues si no lo entiendes tú, no esperes que lo haga yo.

—Ahora sé que el hacha de tu primera mujer la robaron de un museo de arte vikingo. No puedo creer todavía que todo esto haya pasado. Que hayamos viajado en el tiempo, de ida y de vuelta, y nos hayamos vuelto a encontrar. ¿Eres consciente de que hay personas que no encuentran el amor en su vida, y nosotros hemos sido capaces de encontrarnos dos veces y ambas en siglos distintos?

—Estamos destinados a estar juntos, pequeña. Si Halldora estuviera aquí, te soltaría uno de sus rollos sobre sus visiones y sobre el hecho de que ella es la mejor en lo que hace, nunca ha fallado. Y salía tan claro que vendrías de muy lejos a por mí. Nunca imaginé que esa distancia fuera real ni posible.

Nos quedamos en silencio, disfrutando del momento juntos. No me había explicado nunca lo que sucedió cuando me salvó de morir ahogada ni cómo me rescató.

—¿Cómo me llevaste hasta tu casa? Yo únicamente recuerdo la parte en la que estando dentro de la cueva te vi aparecer por debajo de la caída del agua. Apareciste como un dios dominando los elementos, era como si estuvieras controlando la enorme fuerza con la que caía el agua de la cascada. Recuerdo tus ojos azules, mirándome como siempre hacías, como si estuvieras enfadado con todos, con esa pequeña uve que se forma entre tus cejas —Le acaricio la zona mientras sonrío—, tus labios y tu barba. Sé que soñé con eso pero no lo recuerdo claramente.

—Hablabas mientras soñabas. Emitías sonidos.

—¿Ah sí? ¿Qué tipo de sonidos?

—Sonidos de los que hacen que quiera arrancarte la ropa y poseerte aquí mismo. Hasta Halldora se sintió tentada por tocarte.

—También recuerdo de forma muy clara como la escuchaba jadear a ella. La noche que bajé y la vi cabalgándote quise arrancarle la cabellera.

Ríe y me da un beso en la sien mientras se aleja a mirar el paisaje. Esto debe ser igual de nuevo para él como lo es para mí.

Mientras estoy absorta mirando la lejanía de las negras aguas a muchos metros bajo nuestros pies, pienso en cómo hubiera sido nuestra historia si nos hubiéramos conocido en esta época. Quizá nunca se habría fijado en mí. Yo en él desde luego que sí. No creo que haya nadie capaz de no fijarse en él por más que me moleste que lo haga el género femenino y alguno del masculino.

Giro la cabeza y lo veo ahí, a unos tres metros de mí, con un teléfono móvil en la mano y haciéndome fotos.

Sonrío, incapaz de contener la felicidad que me recorre todo el cuerpo, llena mis pulmones y mi torrente sanguíneo.

Mi Ottar con tecnología. Es adorable.

Espero que sea capaz de controlar su fuerza. Si no, el pobre teléfono acabará tan arrugado como una bola de papel de aluminio.

Me separo del precipicio y me acerco a él.

—¿Desde cuándo tienes tú un teléfono móvil? —sonríe ante mi pregunta al igual que hago yo.

—Ah, esto. Pues más o menos desde que llevaba aquí un mes, cuando ya había empezado a ganar algo de dinero. Lo vi y supe que tenía que comprarlo. Fue tocarlo y saber exactamente lo que tenía que hacer.

—¿Como puede ser que nos pase eso? Que tras esa experiencia, lleguemos a un lugar tan antagónico a nuestro entendimiento y seamos capaces de adaptarnos inmediatamente a lo que allí sea lo natural, lo cotidiano. Todavía no logro entenderlo.

—Yo tampoco lo sé, pero lo que sí agradeceré el resto de mi vida es que, gracias a eso, y gracias a nuestro hijo que no veremos, estoy aquí contigo —Me apoyo en él, mi cabeza encajada en el hueco de su pecho. Y lloro. Por nuestro bebé que, siendo tan pequeño, hizo algo tan infinito como hacer que su padre *volara* ocho siglos para poder estar conmigo.

—Tendremos más. A él siempre lo recordaremos.

Me acaricia la cara tiernamente, mientras con sus dedos se va llevando las gotas saladas que resbalan por mis mejillas.

—Venga, vamos al púlpito que por fin se ha quedado vacío y podemos hacernos una foto.

Me sueno la nariz con un pañuelo de papel y acabo de limpiarme la cara, no quiero que nuestra primera foto juntos sea saliendo horrorosa y llorona.

Es otro gran momento para recordar. Nuestro primer *selfie*.

Nos acercamos a la enorme roca, casi colgante, y Ottar se dirige hacia la pareja que estaba haciéndose fotos ahora mismo. Un par de chicas. Prefiero no mirar más porque es alucinante lo que consigue este hombre. Ambas están con la mandíbula descolgada, mirando atentamente todos los movimientos de mi marido.

Les deja su teléfono y vuelve hacia mí. Me rodea con su potente brazo y me hace cosquillas.

—¡Ay! —Río mientras me apretujo más contra su cuerpo. Hace aire y no me siento muy segura aquí arriba.

Sin pensárselo dos veces, me carga sobre sus brazos, consiguiendo que grite por la sorpresa.

—Estás loco. Nos vamos a caer.

—Estoy loco por ti.

Enrosco los brazos en su cuello y nos besamos. Nos olvidamos de todas las personas que hay delante de nosotros y nos dejamos llevar por nuestro beso.

Estando entre sus brazos, con los ojos cerrados, notando el latigazo del viento azotar nuestros cuerpos, me siento la mujer más afortunada del mundo por tenerlo aquí conmigo, juntos, besándonos y sintiendo que voy a pasar el resto de mi vida con este hombre.

—Eh, perdonad… tu teléfono… eh, lo dejo aquí, sobre esta roca…

Sin separar sus labios de los míos, emite un sonido de agradecimiento.

Nuestro beso va acabándose y volvemos a la realidad poco a poco. Nos miramos de una manera que no es normal, como si pudiéramos ver en el interior del otro. Su intenso azul fijo en mi silvestre verde.

—Bájame ya. Al final van a llamar a la policía por alterar el orden público.

—Si supieran lo que quiero hacerte ahora mismo, llamarían a todo un ejército.

No puedo evitar sonrojarme, mientras desciendo por su cuerpo y mis pies tocan el suelo. Me falla el equilibrio, así que no separo mi brazo de su cintura ni él me deja ir tampoco.

El día ha pasado tan rápido que ya estamos de vuelta en su pequeña casita aislada, cerca de la ciudad de Tau. Con su pequeña embarcación podemos llegar a lugares casi inexplorados y menos transitados que los más conocidos a nivel turístico.

El día ha sido fantástico y al final, tengo mis fotos en el púlpito y otra donde salimos los dos juntos, él con su melena rubia suelta al viento y yo con mi coleta. Abrazados y besándonos. En cuanto pueda tener un teléfono móvil, la pondré de fondo de pantalla.

Hemos cenado pescado típico de la zona y ahora estamos los dos enrollados en el sofá, tapados con una cálida manta. Después de ducharme, me he puesto una de sus enormes camisetas y unas braguitas que hemos comprado antes de venir.

—¿Alguna vez volverás a vestirte con pieles para mí?

—¿Quieres que me disfrace? —pregunta levantando una de sus perfectas cejas.

—No. Quiero que te vistas como lo que eres, un vikingo.

Me atrapa entre sus brazos y su pecho mientras me regala pequeños besos por el cuello y la mandíbula.

—Sería todo un espectáculo ir por aquí vestido como solía hacerlo, ¿no crees?

—Sí, bien pensado es mejor que no lo hagas, ya te miran demasiado.

—¿Lo has pasado bien hoy?

—No podía haberlo pasado mejor.

Me da la vuelta y se estira en el sofá quedando yo sobre él, sentada a horcajadas.

—¿Estás segura de eso? A mí se me ocurren otras formas de pasármelo bien...

Eso me da qué pensar y no puedo evitar la pregunta:

—¿Alguna vez... desde que estás aquí... has...?

—Dime —dice, mientras eleva su pelvis clavando en mí su protuberancia.

—¿Te has... acostado con... otras mujeres?

—¿En serio me estás preguntando eso? ¿Crees que me habría corrido de esa manera anoche si estuviera harto de follar? No he tocado a ninguna mujer desde que te toqué a ti. A ninguna. Cero.

Se levanta y quedamos los dos sentados cara a cara. Mete las manos por debajo de su camiseta, tocando y calmando mi piel que reclama su tacto.

—Yo… he visto como te miran las otras mujeres, antes casi tiro a la morena que no te quitaba los ojos de encima. Se ha rozado contigo en dos ocasiones mientras me hacías las fotos.

Sus dedos llegan a mis pezones y empiezan a tirar de ellos con suavidad mientras yo dejo de hablar y echo hacia atrás la cabeza, arqueando la espalda hacia él, disfrutando de su maestría.

—Creo recordar que Halldora te dijo en una ocasión que una vez fueras mía, no tocaría a otra mujer que no fueras tú.

—Ajá… —jadeo.

—Pues eso sigue siendo igual que siempre. Me he dado placer a mí mismo pensando que eran tus manos o tu boca las que me hacían gemir.

—¡Aaahh! —jadeo de nuevo, apretando mi sexo contra el suyo.

—Puede que no recordara tu cara con exactitud pero en lo más hondo de mi ser sabía que era por ti por quien gemía cuando me corría. ¿Tú te has tocado pensando en mí?

—Me corría en sueños, sueños contigo, siempre contigo….

—Mírame.

Con una mano aparta la tela de mis braguitas y acerca un dedo juguetón a mi necesitada vagina. Lo introduce lentamente haciendo círculos con él, haciendo que vea las estrellas desde el interior de esta casa de madera. Muy despacio, retira el dedo y veo en su mirada azul y profunda lo que piensa hacer.

Y lo hace.

Mete ese dedo húmedo de mí en su boca y se recrea chupándolo sin perderse ni una sola de mis emociones. Se coloca bien, saca su pene poderoso dispuesto a meterse en mí de nuevo. Pero verlo hacer eso siempre ha provocado los deseos más primarios en mí, así que le ayudo a sacársela de los calzoncillos y, empujando su pecho, le digo sin palabras que se estire en el sofá. Obedece y antes de ir hacia mi premio, me deleito mordiendo y chupando sus pectorales, su duro vientre y el camino de vello que baja hasta su potente pene.

Agarrándolo con una mano, acerco mi boca a su base y lamo todo el troncho recorriendo la gruesa vena que lo atraviesa hasta llegar a su desprotegido capullo, suave y cremoso.

—No aguantaré… — empieza a decir cuando lo introduzco poco a poco en mi boca.

—No. Me. Importa —digo entre chupada y chupada.

Sus manos se anclan en mi cabeza, agarrando mi pelo y empieza a marcar un ritmo creciente en mis subidas y bajadas. Se pone cómodo mientras yo sigo de rodillas en el sofá, entre sus piernas, acariciando su torso y su sexo como si me fuera la vida en ello. No puedo ni quiero parar. Lo escucho jadear y gemir mientras me hace descender por su polla hasta tenerla entera dentro, rozando mi garganta y obligándome a acompasar la respiración por la nariz si no quiero ahogarme. Con la otra mano le acaricio los testículos duros y apretados, y empiezo a notar gotas de su leche cremosa en mi lengua. Le falta poco y estoy deseando que se derrame en mi interior.

—¡Oh, joder! —gruñe.

Dos subidas y bajadas más y me mantiene con su polla llenándome entera, mientras los chorros de su leche me llenan la boca y la garganta. Me lo trago todo y, cuando afloja la presión de sus manos sobre mi cabeza, empiezo a subir por ella, lamiendo todo lo que me voy encontrando hasta su punta, la cual beso antes de dejarla para subir de nuevo el camino por su torso, y llegar a su barba suave y su boca deliciosa.

—Qué bien sabes —dice cuando mete su lengua en mi boca—. Sabes a mí, quiero que todo el mundo sepa que eres mía. Que no se acerque a ti ningún hombre.

Sigue siendo un salvaje peligroso y primitivo en este aspecto. Y me encanta porque él provoca lo mismo en mí.

Me levanta por las nalgas, aparta la tela de las braguitas y me penetra de una vez hasta que me hace rebotar sobre su cuerpo.

Nos cogemos las manos, me ayuda a mantener el equilibrio y a no caerme del sofá mientras lo monto suavemente. Mis caderas marcan el ritmo. Empieza a levantar su pelvis para llenarme al máximo, me suelta las manos y las coloca en mis caderas para marcarme un ritmo más rápido y salvaje. Apoyando mis manos en su pecho, voy rebotando sobre su cuerpo. Me mueve a su antojo, dándonos placer a ambos.

Estoy tan encendida que no tardo mucho en estallar a su alrededor, gritando su nombre, sudando y resbalando por su cuerpo.

Acabamos los dos abrazados, sentados cara a cara, besándonos y mirándonos como si fuera la primera vez que nos vemos. Él sigue moviéndose un poco más hasta que se derrama por segunda vez en mi interior.

Se levanta manteniéndome enrollada en su cuerpo, sin salir de mí, y me lleva a la cama, donde sigue duro y potente dentro de mí, moviéndose con dulzura y delicadeza. Haciendo que le suplique que no pare nunca con su tortura. Así pasamos nuestra noche juntos. Abrazados en todos los sentidos.

Por la mañana, después de desayunar, decidimos que tengo que ir a casa de los padres de Manu a por mi ropa. Todavía nos quedan cinco días juntos y, aunque me pase la mayor parte del tiempo desnuda entre sus brazos, tengo que tener algo de ropa y mis cosas personales.

—¿Cómo te las apañas siempre para vivir en un lugar tan alejado del resto de la población?

—¿No te gusta vivir así?

Pienso en los últimos meses, viviendo alejada de todo y se podría decir que es incongruente que le pregunte eso, pero entonces caigo en la cuenta de que lo que realmente echaba de menos estos meses. No era estar acompañada de más personas, sino que simplemente me faltaba la única persona necesaria e importante para mí.

—Tienes razón. No necesito a nadie más si te tengo a ti conmigo.

Vamos en su pequeña embarcación hasta el puerto de Stavanger y nos dirigimos paseando hasta casa de los Andersen.

Manu ya sabe que vamos a venir, pero, por lo visto, sus padres no han tenido noticias de nuestra visita.

—Buenos días, Hans —El padre del capitán mira a Ottar y lo evalúa positivamente, creo, al ver su sonrisa.

—Pasad.

—Eh… este es mi…

—Tranquila, hija, no hace falta que digas nada más. El cambio del brillo en tu piel y tu mirada desde el día que llegaste al que tienes hoy lo explica todo.

Suspiro aliviada y sonrío a la madre de Manu.

—Él es Ottar. Mi Ottar.

Sonrío y lo miro enamorada. No me ha soltado la mano en todo el rato.

—Aquí tienes la maleta. Manu nos ha dicho que vendrías a buscarla, pero no que vendrías acompañada. Que no es ningún problema, al contrario, se te ve muy feliz.

—Gracias, Ana. Algún día os lo explicaré.

—Ahora entiendo que tu nivel de noruego sea tan impresionante. Veo que has tenido un buen maestro porque está claro que no lo has conocido esta semana.

Ottar y yo nos miramos sin saber qué decir.

—Gracias por cuidar de mi mujer, señor.

Es incorregible, ¿ahora cómo le explico que estamos casados? Pero me encanta que sea así.

Tal y como me temía, al viejo matrimonio no les pasa desapercibido el comentario de Ottar.

—¿Tu mujer?—preguntan ambos.

A ver cómo contesto a esto.

—Eh... Sí. Nos casamos hace tiempo. Fue un flechazo —Nunca mejor dicho—, pero tuvimos que separarnos por motivos que no vienen ahora al caso. Prometo que en otra ocasión os lo explicaré.

Ana me coge las manos, y me sonríe amable y cariñosa como siempre.

Después de desayunar algo de lo que Ana había preparado, nos vamos a dar una vuelta por la preciosa ciudad.

—¿Qué te parece la comida de este tiempo?

—Que está de vicio. La cerveza es floja, pero, bueno, tendré que acostumbrarme.

¿De vicio? ¿Me acostumbraré a escucharlo hablar de esta manera?

—Cuando viajemos a mi país, te daré a probar algunas de las comidas típicas de allí, te chuparás los dedos.

Comemos en uno de los muchos puestos callejeros, nuestra economía tampoco está para tirar cohetes. Supongo que en algún momento deberé preguntarle al capitán sobre esa *compensación* que me ha ingresado el ejército. Pero por ahora no, hasta que no tenga mi libertad y Ottar no esté en peligro, por si los mal nacidos que me tienen controlada todavía están pendientes de la aparición de mi vikingo.

Vamos paseando por las calles tranquilamente, abrazados, es como si ambos tuviéramos miedo a que en cualquier momento algo nos fuera a separar de nuevo. Así que nuestros dedos están aferrados al cuerpo del otro en todo momento.

Pasamos por delante de la preciosa y sencilla catedral de San Swithun, en el centro de la ciudad. Ottar me cuenta que es la más antigua de todo Noruega, se construyó entre los años 1100 y 1125. Un siglo antes de que él naciera. Él y la catedral deben de ser los más antiguos de todo el país.

—¿Te gustaría casarte aquí? He oído que a las chicas os gustan las bodas con muchos invitados, un gran banquete…

—Ottar, soy la misma de siempre. No necesito a cien personas para casarme contigo otra vez.

Caminamos por la calle Kirkegata hasta llegar a unas salas de cine. No echan nada interesante, pero me muero por estar dentro del cine con él.

Tiro suavemente de su dedo meñique y le señalo las salas de cine con un movimiento de cabeza.

—¿Quieres entrar?—pregunta.

—Ajá.

—¿Quieres ver algo en especial? —pregunta con voz ronca, levantando una ceja y aguantando una sonrisa.

—No, nada. Pero no quiero perder la oportunidad de estar en una sala de cine contigo. Cuando estrenen algo que merezca la pena, volveremos a venir.

Una vez pagadas las entradas, nos dirigimos al interior de nuestra sala cargados con nuestras palomitas y una cola cero. Las butacas no son numeradas así que nos sentamos en la parte más escondida, atrás de todo en una esquina. Apenas hay cuatro personas más en la sala y están sentadas por la mitad del patio de butacas.

Me ofrece palomitas directamente con su mano. Primero una, después otra. Hasta que mi lengua toca sin querer la yema de sus dedos.

Siento como cambia su respiración. Y eso consigue que la mía se altere también.

Nuestras cabezas se acercan y empieza un delicioso baile del roce de nuestras narices. Me encanta olerlo, rozarlo y sentirlo con cada poro de mi piel.

—Bésame ya —ruego.

Y lo hace. Sabe como crear la expectación para que no sea capaz de contenerme a nada de lo que él me pida.

Empezamos a besarnos, suavemente, como dos adolescentes que se encuentran a oscuras por primera vez, sin temor a que nadie los vea ni reconozca, dejándonos llevar por nuestras alteradas hormonas.

Mis manos no pueden estar alejadas de su piel, las suyas padecen la misma enfermedad, así que las deslizo por su pecho y subo por su cuello, acariciando la suave barba que le cubre la cara, palpando cada centímetro de su preciosa cara. Envueltos en la pasión de nuestro beso, quiere abrazarme y deja caer el cubilete de las palomitas, dejando una alfombra crujiente a nuestros pies.

Sonrío mientras sus manos abarcan mi cara y vuelven a acercarme a él.

No soy consciente de cómo lo hace, pero, de repente, me coge y acabo sentada a horcajadas sobre sus piernas y sobre los brazos de las butacas.

—Eres un salvaje.

—Si fuera tan salvaje como dices, te estaría arrancando esos pantalones ceñidos que llevas y ahora mismo estaría dentro de ti.

—¡Shhhh!

Alguien ha escuchado nuestra conversación o nuestros susurros y se ha quejado.

—Eso sería muy salvaje.

Me mantiene apretada contra su duro y protector cuerpo.

—Blank, no voy a poder contenerme…

Le muerdo la yugular y lamo esa parte de su piel.

—¿Nos vamos?

No me contesta. Se levanta conmigo en brazos y empieza a pisar palomitas hasta llegar a las escaleras. Enrollo las piernas en su cintura, sé que es inútil decirle que me deje bajar, no lo hará.

Desde ahí, busca la puerta de los aseos y entra sin mirar y sin preguntar.

—Ottar, aquí no podemos…

Muerde mi labio inferior consiguiendo que mi cuerpo se arquee hacia el suyo de manera exagerada.

—Oh, dios mío. Lo vamos a hacer, ¿verdad?

Noto su dura y enorme erección en mi entrepierna, caliente y húmeda. Cierro los ojos y me olvido de toda la civilización, dejándome hacer.

No puedo creer que vayamos a liarnos de esta manera en unos aseos públicos.

Hasta que alguien aporrea la pequeña puerta y nos dice, muy educadamente, que no podemos seguir en el interior del cubículo.

Me mira fijamente a los ojos, los suyos refulgen con las llamas de la pasión.

—Va a ser infinitamente peor que me hagan salir con semejante erección marcando los pantalones, pero bueno… ahora salimos.

Se escucha un murmullo detrás de la puerta cerrada.

Ahogo mi escandalosa risa contra su cuello.

—Te amo —le digo completamente enamorada.

—Te amo, mi preciosa vikinga.

Al cabo de un rato estamos en un supermercado comprando todo tipo de alimentos para no tener que salir de la pequeña casita en la que ahora vive Ottar.

Los días sucesivos los pasamos encerrados en su pequeña y escondida casita.

Es una necesidad más grande que comer o respirar la que sentimos de estar el uno con el otro en continuo contacto.

—Explícame más sobre tus primeros días, tus primeras veces aquí.

—Primeras veces… Ah sí, la primera vez que me duché. Fue todo un descubrimiento. Al principio me molestó el agua caliente.

—No puedes estar hablando en serio. ¿Preferías bañarte con agua fría en el río?

—Estaba demasiado caliente. Ya sabes a lo que estaba acostumbrado. El cambio fue enorme.

—Imagina cómo fue para mí pero a la inversa.

—Tienes razón.

—¿Haces deporte? Porque tu cuerpo está más musculado que antes, si es que es posible.

—Tengo que quemar energía de alguna manera, así que salgo a correr cada día unos cuantos kilómetros y también me voy dos veces por semana a la granja para hacer crossfit.

—¿Pero no necesitas ir a un gimnasio para eso?

—No. En el gimnasio utilizan ruedas de tractor, cuerdas y todo tipo de material que puedo encontrar en casa de Harald.

—Otra más —pido.

—La primera vez que fui a comprarme ropa. La dependienta quería entrar conmigo al cambiador, según ella, para ayudarme a escoger bien la talla.

—Por supuesto… —Lo miro de reojo, imaginándomelo vergonzoso, no pega nada con él.

—¿Y qué? ¿Se salió con la suya? ¿Te aconsejó bien?

—Dímelo tú. Estos son los pantalones que compré.

Y qué pantalones. Aunque con la percha que tiene no hay nada que le quede mal. Me acerco a él y lo rodeo con los brazos, colocando las manos en los bolsillos traseros de sus pantalones.

—Mmmm, creo que sí. Quedan muy bien por esta parte de aquí —digo mientras le aprieto cariñosamente las nalgas.

—¿Quieres que te explique algo más o vas a seguir cogiéndome el culo? —Me da un beso en la punta de la nariz, ha bajado la temperatura y la tengo un poco congelada.

—Sigue —Sonrío y volvemos a cogernos de las manos mientras seguimos paseando.

—Tuve un pequeño accidente en la granja cuando llevaba unos dos meses trabajando allí. Quisieron llevarme al médico para que me cosiera la herida y yo me negaba. Sabía que no era profunda y que curaría pronto pero la esposa de mi jefe, que es enfermera, ante mi negativa a ir al centro médico, se ofreció para coserme. Dijo que mi piel tenía algo extraño, que había curado muy rápido y que nunca había visto a nadie a quien le cicatrizara una herida a esa velocidad.

—Vaya, eso antes no te pasaba, ¿verdad?

—No creo. Me parece que desde que estoy aquí hay cosas que han cambiado en mí.

—¿Se lo has dicho a alguien?

—No. ¿Debería?

—Bueno, en este caso parece que es algo más positivo que negativo, te curas antes. Pero si notas algo raro, espero que me lo digas. En este tiempo hay muchas enfermedades, virus que antes no había y no me gustaría que enfermaras.

—En todo este tiempo no me he resfriado ni una sola vez, ningún dolor, nada. Sano como un…

—Vikingo —lo interrumpo.

—Podríamos decir que sí.

—Bueno, quizá deberíamos ir a ponerte las vacunas de rigor, aunque para eso necesitarás documentación. Tendremos que hablarlo con Manu a ver cómo solucionamos eso.

Hablo con el capitán dos días antes de nuestro encuentro. No quiero pensar en ese día porque sé que después estaré dos meses sin ver a mi marido y eso me quiebra por dentro.

—Ottar…

—No quiero que te pongas triste. Lo más difícil ya lo hemos superado, casi ochocientos años de distancia no se traspasan así como así. Estamos los dos aquí, en este tiempo, en esta tierra. No pienso separarme de ti ni por un momento.

Han sido unos días mágicos como parece todo lo que nos envuelve. Desde la manera misma de encontrarnos, cosa de magia, hasta que nos hayamos vuelto a encontrar ocho siglos después, cuando las posibilidades de que eso pasara eran casi nulas.

Hoy es el día. Por la mañana despierto de nuevo desnuda entre sus brazos. Pero las lágrimas caen antes de que pueda abrirlos para verle. Sus labios eliminan las pequeñas gotas saladas y sus manos atrapan mi cara, acariciándome con los pulgares.

—Shhhh. No quiero verte llorar. Vamos a ir a casa de ese tal Petter y vamos a dejar las cosas claras.

Asiento con la cabeza sin dejar de mirarle, no quiero perderme ni un segundo estando con él.

No tengo ni idea de lo que me espera ahora. Sí, casi dos meses sin verlo. Otra vez. Y aunque no lo diga, tengo miedo, mucho miedo.

Dos horas después estamos yendo en la barca hacia Stavanger a programar nuestro futuro más próximo.

Caminamos nerviosos por los adoquines en dirección al apartamento de Petter y Lenna. Ella es quien nos recibe.

—Pasad.

Me saluda con un abrazo y un beso antes de que sus ojos vayan a clavarse en Ottar. Sin duda, llama la atención allá donde va.

—Lenna, te presento a…

—Su marido, Ottar —Él acaba la frase por mí.

En ese momento entran Manu y Petter.

—¡Oh dios mío! —exclamo al verle la cara a Manu.

—No te preocupes. Es más escandaloso de lo que realmente es.

—Nariz rota, varias contusiones… yo no diría que solo parece escandaloso —comenta Petter en tono de reproche y mirando a Ottar.

—Bueno —dice Manu quitándole importancia.

Se hace un silencio incómodo hasta que decido cortarlo de la mejor manera que se me ocurre.

—Manu, Petter… os presento a mi marido, Ottar. La otra noche no tuvimos oportunidad de presentaros.

Ambos le estrechan la mano. Ottar está algo tenso, con su brazo izquierdo me mantiene enganchada a su cuerpo preparado para el ataque. Les saca unos cuantos centímetros de alto y ancho a los otros dos noruegos, y mira que ellos no son bajitos precisamente.

—Sentaos, por favor —ofrece Lenna.

—Bueno, en vista de que este viaje ha salido más o menos como yo esperaba —empieza a decir Manu—, Blanca, me he tomado la libertad de preparar unos asuntos legales que sé que, aunque sean unas semanas dolorosas por tener que estar de nuevo separados…

—No pienso separarme de ella —responde Ottar apretando los puños de nuevo.

—Eh, tranquilo, campeón. No tengo ganas de que vuelvas a partirme la nariz y ten por seguro que esta vez no te permitiré que lo hagas.

—Eso habría que verlo… —Ottar da dos pasos acercándose a él.

—Ottar, vale ya. No me lo pongas más difícil —digo plantándole una mano abierta en el centro de su pecho.

—¿Una cerveza? —Lenna aparece con varios botellines entre las manos. Todos cogemos uno.

Consigo que Ottar se siente en un sillón y me sienta sobre sus rodillas, pasando su brazo protector y posesivo por mi cintura.

—Continuo… Siento mucho tener que decirte que Blanca…

—Blank —lo corrige Ottar de nuevo, a lo que Manu responde cerrando los ojos y tocándose la frente:

—Blank tiene un compromiso conmigo y tiene que volver. Ella sabía que tendría que volver y después solo quedarán siete semanas hasta que pueda regresar aquí y no separarse nunca más de ti.

—Sí, Manu. Yo sabía que tendría que volver, pero no sabía que me encontraría aquí con mi marido del siglo XIII del cual fui separada contra mi voluntad antes de que me hicierais prisionera.

—Blank, sabes que esa parte no puedo cambiarla, pero sí tengo otras cosas que ofrecerte. He puesto todo de mi parte y he actuado fuera de mi unidad y de mi competencia hasta encontrarlo, siguiendo mi instinto.

—¿Cómo supiste que él podía estar aquí?

—Escuché al general hablar con ese físico. Cuando tuviste el aborto —Ottar vuelve a tensarse al escuchar esa palabra—, creyó factible esa posibilidad, ya que la máquina parece llevarte allí a donde pertenece el objeto o en su caso el ADN que contenga, y centra la transmisión en eso. Así que no era de extrañar que al haber ADN suyo en el hijo que llevabas en tu interior, él también hubiera podido ser arrastrado por la potencia de la *transportadora*.

—¿*Transportadora*? —pregunta Petter.

—Sí, así la llaman. Decir máquina del tiempo sería arriesgarse mucho. Yo tengo, o tenía, acceso a esa información así que para mí no era ningún secreto. Sabes que eres parte de mi última misión. Una vez te dejen libre, yo también lo seré. Pero no pueden sospechar nada, no pueden saber que él está aquí. No quiero saber hasta dónde serían capaces de llegar. Y conociéndolos, no quiero saberlo. El general es capaz de cualquier cosa con tal de colgarse la última medalla antes de jubilarse.

—Entonces, durante estos dos meses no podremos vernos, ni hablar por teléfono, ¿nada? —pregunto aguantado las lágrimas.

Por favor que diga que sí, que podré escuchar su voz y hablar con él cada día, cada momento.

—He comprado un teléfono desechable, que está a nombre de Lenna. Pero no podemos utilizarlo más de una vez en semana. Podréis hablar pero no más de cinco minutos para que, si están vigilando las comunicaciones en la casa, no detecten la procedencia o destino de las llamadas. Podría pasar porque soy yo hablando con mis padres, pero no quiero llamar la atención más de lo necesario. Nos jugamos mucho con esto.

—Vuelvo a decir que no pienso separarme de ella —gruñe Ottar detrás de mí.

—Déjame explicarte cómo funciona este mundo. Para cambiar de país necesitas un pasaporte que dudo que tengas. Y antes de tener pasaporte debes tener un documento que certifique tu fecha de nacimiento, un documento nacional… y todo eso nos lo va a proporcionar Lenna. Es la directora de la *Skatteetaten*, algo así como el registro civil del país.

También la documentación necesaria para tener asistencia médica.

—Necesitaré que me digas tu fecha de nacimiento, si la sabes o la recuerdas, lugar de nacimiento, aunque es posible que la población actualmente no exista. No te preocupes por nada. Te convertiremos en un ciudadano noruego con siglos y siglos de familia arraigada al país. Nadie sospechará nada.

—También le iría bien tener acceso a algunas vacunas. No olvidemos que no está vacunado y ahora hay enfermedades que en su tiempo no había. No está protegido —reconozco con pesar.

—Blank, ahora lo más importante es que tú reacciones bien a las pruebas psicológicas que te harán. No tienes que preocuparte por nada, ya que con las visitas de la doctora Otero y sus análisis y resultados ya tienes medio camino hecho. Además, este viaje no solo era para mis vacaciones y para mirar de encontrar a Ottar, se lo vendí al general como una forma de traerte de nuevo a esta tierra para ver si tratabas de establecer contacto con él o si tu forma de actuar cambiaba en algo.

—Y tú no piensas decir nada de esto a ningún general, ¿está claro?

—Está claro. Ottar, quiero que entiendas una cosa. Como hombre que eres y según tus vivencias, sé que podrás entenderme. Para mí fue un trabajo, una orden que debía cumplir. Esa obligación acabó en el mismo momento en que Blank despertó y comenzó a llamarte desesperadamente a grito pelado. Entendí muchas cosas que hasta el momento se me escapaban. Por eso y por otros motivos decidí pedir mi baja voluntaria. Así que deja de preocuparte por mí, considero a Blank una amiga, una hermana pequeña a la que cuidar.

—Es mi mujer, yo cuido de ella… —gruñe de nuevo Ottar.

—Está bien, testosterona andante —digo yo mientras no intento controlar la risa—. Perdonadle, es un vikingo, ¿qué le vamos a hacer? Tenéis suerte de que no vaya por ahí con su espada y os corte la cabeza…

Manu, Petter y Lena nos miran, se miran entre ellos y empiezan a reír. Si no se lo han creído es porque no conocen nuestra vida en el siglo XIII.

Me giro para quedar cara a cara con él, nos miramos a los ojos y nos hablamos sin hablar. Siete semanas no es toda la eternidad, así que tendremos que aguantar hasta entonces.

—Yo cuido de ti —sentencia una vez más antes de besarme.

17

—¿Me llamas tú o te llamo yo? —pregunta Ottar en la puerta de embarque.

—Llámame tú o, bueno, te llamo yo… ¡Ay!, no sé cómo hacerlo, ¡joder!

—Shhh, tranquila, pequeña. No se me va a olvidar, ahora lo tengo todo claro. Voy a preparar todo para cuando vuelvas dentro de unas semanas. No serán más que eso… y tendré un lugar donde pasar el resto de la vida juntos. Vamos a hacer las cosas bien.

—Sí, ¿las vamos a hacer bien? Te has acostumbrado mucho a esta época. En otro tiempo hubieras cortado la cabeza de aquel que hubiera osado separarme de ti. No te metas en líos mientras no estoy aquí. Promételo.

—Si es lo que quieres, lo hago, no me hace falta espada para arrancarle la cabeza a cualquiera que quiera hacerte daño.

Nos reímos por no llorar y nos abrazamos con fuerza.

—Blank, tenemos que embarcar ya —avisa Manu.

—Voy…

—Recuerda que puedes ir a casa de Petter y Lenna siempre que quieras. Si tienes cualquier duda o urgencia, ellos podrán ponerse en contacto conmigo o ayudarte de forma inmediata —le dice Manu antes de irse por el pasillo.

—Gracias.

Bueno, ya es mucho, por lo menos no lo ha mirado con ganas de matarlo, cosa que ha hecho hasta ahora.

—Bésame.

Me atrapa en sus brazos y me cuelgo de su cuello, embebiéndome de su aroma, fijándome bien en cada detalle. La ropa que utiliza ahora, tan diferente a su siglo. Los pantalones vaqueros ajustados a sus musculosas piernas, el jersey con cuello de pico dejando a la vista esos pequeños y rubios pelitos de su pecho. Meto la cabeza entre sus pectorales para impregnarme bien de su olor y llevarlo conmigo hasta que volvamos a vernos dentro de casi cincuenta días.

—Te amo, no lo olvides. La última vez que nos separamos me quedé con ganas de decírtelo y sé que tú deseabas escucharlo. Te amo, mi pequeña.

—Te amo, mi vikingo. Espero que tú huelas a mí y cualquier guarra que se te acerque salga huyendo al olerme en tu piel.

Ríe.

—Ninguna va a estar tan cerca de mí, no hará falta. Yo tengo muy claro a quien pertenezco y es a ti.

—Vamooooooos, Blanca, que nos cierran la puerta.

—¡¡Voy!!

Nos vamos dando pequeños besos hasta que Ottar no puede seguir acompañándome y se queda ahí parado, serio, con los brazos colgando a los lados, sobresaliendo por encima de todos los demás.

—¡Te amo! —grita ya a unos metros de distancia.

Sin escuchar las quejas de los demás pasajeros, vuelvo hacia él y salto, colgándome de su cuello, para darle un último beso antes de subir al avión.

—¿Estás segura de que no quieres que yo te arranque eso y mate a cualquiera que intente llevarte? —sonrío en su boca—. Pues deja de ponérmelo más difícil y sube ya a ese puto avión.

A desgana me descuelgo de su pecho y vuelvo hacia el pasillo de embarque, esta vez sin mirar atrás. Si no, sé que seré incapaz de seguir avanzando y separarme de él.

Después de un par de horas en avión, llegamos a España. Recogemos el coche del aparcamiento y Manu paga un dineral por sacarlo de allí.

—Gracias.

Me mira sorprendido.

—¿Gracias? ¿Por qué?

—Por pensar, por buscarlo, por involucrarte de esta manera.

—No hay de qué.

—Sí, sí hay de qué. Estaba muerta en vida sin él y tú me lo has devuelto. Haré todo tal y como me digas para que los dos podamos ser libres de este asqueroso gobierno y podamos volver a nuestra tierra.

—¿Ahora ya eres noruega? —pregunta con una sonrisa en los labios.

—Y desde antes que tú. No olvides que me casé en 1230…

—Ya… Venga, vamos, que en menos de lo que te piensas volverás a estar allí con él.

—Eso espero —susurro mientras miro por la ventanilla del coche y dejo que las lágrimas caigan de nuevo.

Llegamos a la casa en pocas horas. Después de colocar la ropa en su sitio, me siento en el sofá esperando a que las pizzas que ha metido Manu en el horno estén listas para cenar.

—Mañana vendrá la doctora Otero, no olvides controlar tu estado de ánimo y no dejar ver nada nuevo. Sé que eres capaz de hacerlo. Tú actúa como siempre, pero sin aquellas ganas de morirte que tenías. Tampoco tienes que estar supereufórica.

—Está bien. Haré mi papel a la perfección.

—Una vez superado esto, en cinco semanas tendremos que ir a la central y allí te haremos los test de nuevo. No temas, los prepararemos antes.

La noche pasa rápida, el sueño con Ottar no ha sido tan real como haber estado con él, pero por lo menos no me ha abandonado la primera noche. He añorado su cuerpo y su calor, su respiración tranquila y pausada y, por qué no decirlo, su fuerza y su carácter. Me abrazo a mí misma con la esperanza de sentir una ínfima parte del bienestar que él me proporciona.

Cierro los ojos y soy capaz de sentirlo aquí, cerca de mí, respirando a mi lado. Hemos quedado en que el sábado será el día de la semana en que nos comunicaremos. Estas cuatro paredes se me van a hacer eternas pero el premio merece la pena.

Después de desayunar, salgo a correr los veinte kilómetros diarios y hacemos algo de lucha con las espadas de madera.

Ahora que he visto a Ottar en este tiempo, vestido con ropa actual, desenvolviéndose en este mundo tan ágil como en el suyo, no tengo las ganas de antes de mantenerme en forma para la lucha, volver al siglo XIII ya no es mi objetivo. Pero sí necesito hacer ejercicio cada día.

—Venga, hoy no estás centrada. Te derribaré antes de que te des cuenta —me provoca Manu.

—Es que desde el último día que entrenamos ha cambiado algo... No sé el qué, pero me siento viva, feliz —digo mientras me muevo por el círculo imaginario esperando su ataque para defenderme.

—Ya te veo. Acuérdate de no expresar así tus emociones o la liaremos.

—Ya me lo has dicho. No hace falta que me lo recuerdes cada dos por tres. ¿A qué hora vendrá?

—No creo que tarde. Ve dándote una ducha y así estarás lista para cuando llegue.

—Muy bien, Blanca. Has progresado perfectamente en las últimas semanas, se ve que las vacaciones con el capitán han conseguido su propósito y te han ayudado a acabar de salir del bache. Por mi parte no creo que tengamos que hacer ninguna sesión más. Te veo perfectamente y voy a enviarles tu alta médica.

—Perfecto entonces —Sonrío satisfecha con mi papel—. No se lo tome a mal, pero espero no tener que volver a verla.

—Eso mismo espero yo de ti. Manu, ya puedes pasar.

—¿Cómo ha ido? —pregunta él haciéndose el interesado.

—Muy bien. Tal y como yo creía, ya puedo darle el alta. Este tiempo aquí contigo le ha venido muy bien para superar su malestar y estar de nuevo al cien por cien. Dicho esto, yo me marcho ya que todavía me queda otra visita por hacer y no quiero que se me haga de noche antes de llegar a casa.

Manu acompaña a la doctora mientras yo me acerco al teléfono de prepago, que está guardado en un bote de galletas.

—¿Qué haces? —pregunta él desde la puerta.

—Necesito llamarlo, no puedo esperar un día más.

—Blanca, no podemos ponérselo fácil. Si están buscando algo para cazarte por más tiempo, no podemos dárselo en bandeja.

—Joder, solo va a ser una llamada, con este trasto no puedo hacer ni una videollamada para verlo. Podrías haber comprado un iPhone…

—Claro que sí, ¿con tu sueldo? —pregunta sarcástico.

—Me lo llevo a mi habitación, no seas cotilla o se lo diré y te arrancará la cabeza del cuello.

—Te creo —Hace un gesto teatral aguantando su cuello con ambas manos.

Subo nerviosa las escaleras hasta llegar a mi habitación. Entro y cierro la puerta y me tumbo en la cama, igual que una colegiala. Así es como me siento.

Le doy a la tecla de llamada, al único número memorizado del terminal y contesta a los dos tonos.

—Blank.

—Hola.

—Mi pequeña, ¿ha pasado algo? Quedamos el sábado, ¿estás bien?

—Todo lo bien que puedo estar a más de dos mil kilómetros de ti. Pero sí, estoy contando los días para estar contigo de nuevo, para no separarme jamás de ti.

—¡Por todos los dioses! No sabes lo que me cuesta no subirme a un avión e ir a por ti ahora mismo.

—Pero si no sabes dónde estoy… —sonrío.

—Te encontraría, soy buen rastreador.

—Lo sé, mi amor. ¿Cómo va todo por ahí? ¿Tienes ya tus documentos?

—Mañana tendré el pasaporte y todo lo demás en regla. Lenna se ha portado muy bien. Además, he empezado a mirar casas más grandes para cuando llegues. Ahora que conozco todo lo que hay en este mundo, no quiero que te falte de nada.

—No necesito nada más. Solo estar contigo. Además, esa casita es ideal para los dos. Estamos en contacto con la naturaleza directamente. Al igual que antes, cuando teníamos el río al lado de casa.

—Pero se nos quedará pequeña. Tengo una idea muy clara de lo que quiero. Tú no te preocupes por nada y déjalo en mis manos. Mi cerebro de vikingo ha evolucionado exponencialmente en los últimos meses. No temas.

—Ja, ja, ja. No sé cómo tomarme eso.

—Tengo una buena noticia. Por lo visto, Petter es un experto informático, algo así como un hacker. Al verme tan desesperado por no poder verte ni hablarte, me dijo anoche que nos hará una red de conexión segura y que no deja rastro para que podamos comunicarnos a través de un portal parecido a Skype y así poder vernos.

Alucino con toda la información que me da. ¿Realmente él entiende algo de lo que me ha dicho?

—Ottrar, ¿tú entiendes algo de lo que acabas de contarme?

—¿Por quién me tomas? ¿Por un cateto prehistórico?

—No — rio—, pero me extraña tanto oírte hablar de informática, hackers, redes de conexión seguras… Nada de eso pega contigo. Supongo que tendré que hacerme a la idea.

—¿Prefieres al vikingo?

—No te voy a decir que no me gusta verte aquí y tan adaptado, pero… no quiero perder a mi vikingo.

—Preciosa, tu vikingo sigue aquí, solo que ahora me controlo para no asustar a nadie.

—Bueno es saberlo — Los dos reímos y nos quedamos en silencio escuchando la respiración del otro.

—¿Cuándo dices que voy a poder verte?

—En cuanto acabe de trabajar iré a casa de Petter y Lenna a ver cómo lo lleva, no puede hacerlo desde su puesto de trabajo.

Escucho a Manu gritar desde el comedor, ya habrán pasado los cinco minutos.

—Nene, tengo que dejarte.

—¿Nene? ¿Cómo que nene? —susurra con su voz ronca, esa que hace que un rayo me recorra el cuerpo.

—Mmmmm, señor vikingo, me pone usted muy cachonda, solamente se lo digo a modo informativo.

—¡Joder, Blank! Voy a reventar los pantalones por tu culpa. ¿Lo has hecho a propósito? Cuando ya tengamos la conexión segura y hagamos videollamadas, no te libras de tener sexo online conmigo.

—¿Cómo? ¿Pero dónde has aprendido tú eso? ¿No lo habrás hecho con nadie?

Lo escucho reír por lo bajo.

—Viendo la televisión, no recuerdo el nombre de la película. Y, todavía no, pero lo estoy deseando.

—¡Diosss! Avísame en cuanto hayas hablado con Petter y tengas esa conexión segura. Tendré que pedirle a Manu su portátil.

—Sabes que te amo, ¿verdad? No lo olvides, pequeña.

—Te amo, Ottar.

Cuelgo y me llevo el teléfono al pecho, cerrando los ojos con fuerza y suspirando. Estoy locamente enamorada de mi vikingo.

Al bajar al comedor me encuentro con un capitán un poco cabreado, ya se le pasará.

—Ya lo guardo. Tranquilo, que tu amigo Petter nos ha encontrado una solución mejor.

—¿Ah, sí? ¿Qué solución? Si puede saberse.

—Va a crear una red de comunicación segura o algo así, hasta Ottar parecía entender mejor que yo lo que explicaba y eso que no está acostumbrado a estas modernidades.

—Y ¿qué pensáis hacer con la red segura?

—Videollamadas por Skype.

—Blanca, eso es arriesgado. Por más que Petter invente algo, si desde la unidad de seguridad informática quieren meterse en una red, lo conseguirán. Debéis ir con cuidado.

—No creo que Petter nos meta en un problema, ¿no? Confía en él y en nosotros. Manu, he estado muchos meses creyendo que no volvería a verlo. Ahora que sé que está aquí, no puedo dejar de anhelarlo.

—Al final vas a hacer que me arrepienta de haberte llevado con él antes de que te dejen en libertad.

—¿Sabes? A veces puedes ser muy mala persona.

Sabe que lo digo en broma, paso por su lado y lo empujo levemente con el hombro mientras voy hacia el bote de las galletas a guardar el teléfono de prepago.

Los días pasan lentamente. Después de la conversación del sábado, ya estamos a miércoles otra vez y hoy haremos nuestra primera videollamada.

Anhelando hacer lo que él me prometió, me he duchado y depilado las piernas, me he puesto el nuevo conjunto de ropa interior que me compré hace unos días cuando fui con Manu a la ciudad a por provisiones. Estoy deseando ver la cara que pone Ottar cuando me lo vea. Cómo me gustaría que me lo arrancara del cuerpo con sus dientes.

He utilizado algo de la indemnización que ingresaron en mi cuenta hace meses y todavía no había tocado. Me he comprado un MacBook. Antes no quería utilizarla porque me recordaba el daño causado y la perdida de mi marido. Ahora pienso en cómo utilizarlo de la mejor manera. Nos vendrá muy bien para empezar una vida nueva, una vida juntos.

Nerviosa, miro el reloj cada pocos minutos, hasta Manu me ha dicho que me relaje o al final me dará un ataque de nervios y tendrá que pincharme algo que me dejará fuera de juego y me perderé la cita con mi hombre.

Las diez. Si no me llama en dos minutos, lo llamaré yo.

¡Ay! ¡Ya suena!

Coloco el MacBook encima de la mesilla que tengo al lado de la cama y me siento. Deslizo el dedo por la pantalla y en pocos segundos la imagen de Ottar aparece delante de mí.

—Hola —digo mientras sonrío.

—Hola —contesta mirándome fijamente.

—Qué guapo estás. Todavía me sorprende verte así, rodeado de tecnología y fuera de la cabaña.

Lleva el pelo suelto, que le cae sobre sus musculosos hombros y le veo perfectamente sus potentes pectorales. Está recién duchado, todavía tiene el pelo húmedo y no lleva ninguna camiseta. Está sentado en el sofá de su casita.

Cierro los ojos e inspiro con fuerza.

—¿Qué haces? —me pregunta.

—Imaginarme que estás aquí, y que puedo tocarte y olerte.

—¿Qué harías si estuviera ahí contigo?

Le miro fijamente a sus preciosos ojos azules antes de contestar.

—Metería la cabeza en el hueco de tu cuello e inspiraría hondo tu aroma. Después descendería poco a poco hasta colocar la cabeza en tu pecho y enredaría tu vello con la nariz.

—Ponte cómoda —ordena con una voz que no admite réplica.

Antes de hacerlo, me levanto para que me vea entera y, lentamente, voy desabrochando la bata de seda que me cubre.

Lo escucho toser disimuladamente cuando aparecen en su campo de visión mis pechos envueltos en un precioso sujetador de seda y encaje rojo. Dejo caer la bata y le muestro el pequeño tanga a juego, girando sobre mí misma para que pueda verme bien las nalgas.

—¡Por todos los dioses, Blank! Podría correrme solo mirándote. Quiero que cuando nos veamos dentro de seis semanas lleves eso puesto para poder arrancártelo con los dientes.

Empiezo a reír y él pregunta el motivo.

—Eso mismo he pensado yo cuando me lo estaba poniendo, que ojalá estuvieras aquí para que me lo arrancaras tal y como has dicho tú.

Me dejo caer sobre la cama doblando las rodillas y colocando sobre ellas el portátil.

—La visión que tengo de tu cuerpo desde aquí es como si estuviera encima de ti, casi puedo chuparte esos preciosos pechos llenos y redondos, y tirar de ese piercing que tanto me gusta.

Llevo mi mano hacia mi pecho y acaricio el pendiente que llevo en él, estiro de él a través del fino encaje que lo deja entrever. Él también se pone cómodo y lo veo llevar una de sus manos hacia una parte de su cuerpo que no veo en pantalla.

—Cómo me gusta comerme mis tetas, esos pequeños pezones que se ponen duros como guijarros, meterlos en mi boca para morderlos suavemente, incrementando poco a poco la presión, mientras los lamo y chupo.

Cierro los ojos y me dejo llevar, pensando que es él quien acaricia mi cuerpo.

—Chúpate los dedos, Blank.

Sin abrir los ojos, hago lo que me dice.

—Saca tus preciosos pezones de esa fina tela roja y muéstrame lo que es mío. Voy a chupártelos con fuerza.

—Por favor… —suplico deseando que lo haga de verdad.

Hago lo que me pide y llevo mis dedos mojados a mis pechos. Los masajeo y tiro de cada pezón mientras mis caderas cobran vida ellas solas.

—Ahora voy bajando por tu precioso vientre para llegar hasta ese pequeño triángulo de tela roja y meterme debajo. No quiero que te lo quites, solo mete tus dedos húmedos por un lateral y acaríciate como yo lo haría.

Voy bajando lentamente la mano, acariciando cada parte de mi piel hasta que llego al suave tanga, aparto el hilo de seda y toco mis labios desnudos y despoblados, pasando el dedo corazón entre ellos, presionando mi clítoris y dejando escapar un gemido.

—¿Y tú? —pregunto abriendo los ojos y mirándolo.

—Yo estoy bien —dice, con voz ronca.

—Tú vas a rodear tu polla con la mano y vas a tocarla, primero suave, como yo te lo hago. Después vas a ir hacia ese precioso capullo que tanto me gusta comerme y vas a acariciarlo con firmeza hasta metérmela entera en la boca.

—Sigo moviendo los dedos entre tus preciosos y mojados labios. Y no puedo esperar un minuto más para meterte dos dedos en ese coñito jugoso que tienes.

Hago eso mismo y mis jadeos se descontrolan.

—Tranquila, pequeña. No hay prisa, siento como tus músculos internos me aprietan y rodean. Estoy deseando meterte la polla para que me la estrujes de tal manera que consigas que me corra con una única embestida.

—Hazlo —suplico con los ojos apretados.

—Ya voy, mi amor. Estoy colocándome sobre ti, separando tus piernas con fuerza para colocarme en tu centro y notar en mi polla lo húmeda que estás y cuánto necesitas que te penetre.

Mi mano cobra vida rápidamente y empiezo a cabalgarme a mí misma.

—Mmmm, noto el gusto salado y espeso de tu crema empezar a caer sobre mi lengua.

—¡Oh! ¡Joder, Blank! Estoy a punto de correrme.

—¡Métemela ya, Ottar! ¡Métemela o te mataré mientas duermes!

Me sorprendo a mí misma diciendo la amenaza inofensiva que solía decirle hace casi un milenio. Él ríe por lo bajo y veo como su mano se desliza arriba y abajo por su potente polla.

—¡Oh sí!

—Eso es, Blank. Ya estoy dentro de ti, preciosa. Siente como me muevo duro y rápido para ti.

—Lo siento, mi amor. Te siento aquí.

Seguimos y seguimos con esta locura hasta que el MacBook cae de mis piernas y estallo en un orgasmo que arrasa toda mi piel y mis entrañas. Chillo al darme cuenta que los mil quinientos euros que cuesta el dichoso ordenador han caído al suelo, pero no saco los dedos de mí hasta que no lo escucho a él gruñir y sé que también ha llegado al dulce final.

Me recompongo y me limpio en la toalla que tenía aquí al lado y salto de la cama para rescatar el portátil.

Ottar está rojo y sonriendo.

—¿Qué te ha pasado, vikinga?, ¿no has podido aguantar el ordenador mientras te corrías?

—Qué gracioso eres, vikingo. Me ha encantado.

—Lo sé. Espera que te pille. En cuanto bajes del avión, te llevaré a los lavabos de la terminal y te follaré rápido y duro para que sepas que tu vikingo sigue aquí para ti. Solo para ti.

—Mmmm, yo también te demostraré que tu vikinga sigue aquí, única y exclusivamente para ti.

—Deja que me limpie y ahora mismo vuelvo. No me vaciaba desde la última vez contigo y esto es un descontrol…

—¡Ottar!

—No te hagas la mojigata conmigo, sabes bien lo que hay y te encanta tragártelo.

Los días van pasando con hastío. Cada vez hay menos horas de sol, y repaso una y otra vez los test y las preguntas con un Manu algo distante y preocupado.

—¿Estás bien? —le pregunto.

—Completamente, ¿por?

—Porque no pareces tú. Estás distante y con cara de preocupado. ¿Qué te pasa?

—Nada.

—Va, hombre, tú sabes todo lo que me pasa a mí y ¿no puede funcionar en ambos sentidos?

Deja los papeles sobre la mesa y resopla cansado.

—Es por Erika.

Ahora sí que me deja a cuadros.

—¿Erika? ¿Y quién es Erika?

—La conocí la noche que tu encontraste a Ottar. Cuando fuimos a tomar unas copas con Lenna, Petter y las chicas… Creo que me he pillado de ella.

—¿Que te has pillado? Madre mía y ¿por qué no me has dicho nada de ella hasta ahora? ¿Cómo es?

—Creo que es la que sería capaz de hacer que me quedara en Noruega de nuevo. Solo hay un problema…

Espero y no me dice nada más.

—¿Y? ¿Cuál es ese problema?

—Que tiene un hijo.

—¿Y tú no quieres compromisos?

—No lo tengo claro. Hemos ido hablando por teléfono y por Whats-App. Tengo muchas ganas de verla.

—¿Por qué no hacéis alguna videollamada? Así se hace más corto el tiempo de espera…

—Ya…, ya sé cómo pasáis el tiempo Ottar y tú.

Me pongo roja como un tomate. ¿No estará diciendo lo que creo que está diciendo?

—Sí, Blanca, se escucha todo.

18

—Subo a mi habitación, Ottar ya me está llamando.

—Ok, no seas muy escandalosa esta vez.

—Ja, ja. Me parto y me mondo.

Cierro la puerta con cuidado y deslizo el dedo por la pantalla para ver al hombre de mi vida.

—Hola, guapo.

—Hola, preciosa. ¿Cómo estás?

—Nerviosa.

—Pues tranquilízate, que todo va a salir superbien, tres días y estarás jadeando en los lavabos de la terminal.

Sonrío y me tapo la cara en un falso gesto de indignación.

—Eres peor ahora que estás civilizado que cuando eras un vikingo salvaje.

—Pero te vuelvo loca, ¿a que sí?

—Sí, ese es el problema, que tú lo sabes. ¿Tienes que llamarme siempre medio desnudo?

—¿No te gusta ver que mis músculos siguen aquí? —pregunta mientras se acaricia los pectorales y hace fuerza para marcarlos.

—No. Me gustaría que estuvieran en el mismo lugar que estoy yo.

De repente, mi estado de ánimo cambia y unas molestas lágrimas se agolpan en mis ojos.

—Eh, ¿qué te pasa, pequeña? Solo faltan tres días. Tres putos días y se acabó toda esta mierda.

—No digas palabrotas —lo regaño y las lágrimas empiezan a brotar.

—Está bien, está bien. No lo diré más. Pero no llores, por favor. Reventaría la pantalla de este cacharro si supiera que aparecería ahí a tu lado, ahora mismo, para poder calmarte y estrecharte entre mis brazos.

—Lo sé. Ya está, ya se me pasa —digo sorbiendo por la nariz —,debe de ser por los nervios. No tengo ganas de volver a ver a esa gente. Tengo miedo.

—Pues no deberías. Te has enfrentado a cosas peores tú solita, como aquella vez que mataste a un hombre que te doblaba en peso y altura. ¿Lo recuerdas? ¿Ha cambiado algo en estas semanas? —pregunta serio.

—No que yo sepa. ¡Ay! ¡Sí! ¿Sabes qué?

Niega con la cabeza haciendo que los mechones de su melena se balanceen.

—Manu está enamorado de una tal Erika. La conoció la noche que tú y yo volvimos a encontrarnos.

—Me alegro por él.

—No seas así. Si lo miras de otra forma, ahora estamos juntos en mi tiempo gracias a él.

Esa noche no tenemos sexo digital como nos gusta llamarlo. Hemos decidido esperar esos tres días sin tocarnos para que así sea mucho más espectacular el reencuentro.

Paso media noche despierta, inquieta en la cama, con una sensación extraña, temiendo que algo vaya mal. Pienso en su sonrisa, en sus preciosos ojos azules que me llenan de paz, en su cuerpo protector y consigo dormirme más tarde que pronto, pensando que estoy enrollada en su cuerpo, el lugar más seguro del mundo.

De camino a Barcelona, lugar donde tendrá lugar el interrogatorio y posterior puesta en libertad, aunque a ellos no les guste llamarlo así, tanto Manu como yo vamos en silencio. Él, conduciendo mirando por la luna delantera y yo mirando por la ventanilla lateral.

Llegamos al edificio del que espero salir antes de unas horas, no quiero esperar más para reunirme con Ottar. Toda mi vida anterior ha quedado atrás y no voy a perder ni un segundo para coger el vuelo que tengo ya pagado para mañana a primera hora de la mañana. A las 11 estaré entre sus brazos, seguramente gimiendo su nombre mientras me penetra como ha prometido. Pensar en él me calma y me excita a la vez, pero lo más importante es que me da ganas de vivir, de luchar y seguir para estar con él.

No puedo comportarme como una cobarde, no lo hice cuando lo conocí, en pleno siglo XIII, con hombres mucho más peligrosos que esta panda de ratas de despacho que llevan muchas medallas colgadas en sus pecheras pero no han librado ninguna guerra.

Después de pasar el control de seguridad, una sargento nos espera.

—Capitán.

—Sargento. Ya puede llevarnos hasta la sala de interrogatorios que nos haya sido asignada.

—Me temo, capitán, que las órdenes son que lleve a la señorita y usted espere en la sala de espera.

Miro a Manu asustada, eso no era lo que hemos estado ensayando. Él iba a estar conmigo todo el rato.

—Sube, no te preocupes. Voy a ver al comandante y después iré a reunirme contigo.

—La última vez que eso pasó, perdí a mi hijo.

Se acerca a mí y me habla al oído para que solo yo pueda escuchar lo que dice.

—Ve y no actúes de forma premeditada ni temeraria. No hagas tonterías y contesta las preguntas como las hemos estudiado.

—Lo intentaré.

Me conduce por un pasillo solitario hasta llegar a dos ascensores. Mete la llave en lugar de apretar el pulsador y esperamos a que el elevador llegue a la planta y abra las puertas.

Miro a la sargento. Una chica de no más de veinticinco años. Pienso en si tendrá familia, si tendrá un marido o hijos que la esperen cada día cuando ella llega a casa. Por fin se abren las puertas automáticas y entra después de mí. Vuelve a meter la llave que lleva colgada en una cinta al cuello y el aparato se pone en marcha ascendiendo de forma rápida y continua.

Las puertas se abren y dan paso a unas oficinas bien dispuestas en pequeños cubículos, donde hombres y mujeres llevan un pinganillo en la oreja y hablan animadamente por teléfono con alguien que no está en estas instalaciones.

El lugar parece de todo menos un cuartel del ejército ni ninguna institución oficial.

Veo algunas puertas con el cartel de peligro radiológico, las cuales tienen los cristales tintados para que no se pueda ver nada a través de ellas.

Por fin, después de varios pasillos, paramos delante de una puerta en la que hay un oficial custodiándola.

—Traigo a la retenida MD089934.

Que se refiera a mí como a la *retenida* no me hace ninguna gracia, pero me mantengo erguida y sin bajar la mirada. Yo no soy militar y no debo ningún orden jerárquico a nadie.

—Está bien, ya podéis pasar.

Entro en una habitación aséptica y únicamente equipada con una pequeña mesa de acero inoxidable, una silla y un ordenador con muchos cables. Aparte de todo eso, veo una cámara en la esquina superior izquierda que apunta directamente a la posición donde estaré sentada en esa silla. Ni ventanas ni ninguna otra puerta que no sea por la que acabo de entrar.

Me acompaña hasta la silla cuando, en ese momento, se abre la puerta y entra un hombre de unos cuarenta años, militar. Va vestido como tal, aunque hay algo diferente en su uniforme que no alcanzo a reconocer.

—Buenos días. Puede tomar asiento, enseguida empezaremos.

Levanta la tapa del ordenador portátil que traía consigo mientras yo tomo asiento en la incómoda silla.

Viene hacia mí y comienza a engancharme transmisores en varios dedos de las manos, en la parte superior del pecho y en los pies. Me pide que me descalce cuando observa que tengo los pies cubiertos, resopla molesto como si yo ya tuviera que saber que debía descalzarme.

—¿Dónde está el capitán Andersen? —pregunto.

—Aquí no.

Empezamos bien.

—Él iba a estar conmigo. Si va a empezar la prueba no veo por qué no está aquí ya o, en su defecto, por qué no lo esperamos.

—Él no es su abogado.

—No necesito abogado, yo no he cometido ningún crimen —replico a la defensiva.

—Empezamos —dice sin hacerme ni puto caso.

—¿Se llama usted Blanca Díaz Risco?

Bien, acuérdate de hacerlo todo como siempre, Blank. Me repito a mí misma, consciente de que tengo los transmisores informando de mi ritmo cardiaco y de mis pulsaciones.

—Sí.

Me centro en seguir respirando tranquilamente. Fijo mi vista en un pequeño surco en la blanca pared y no aparto mi vista de él.

—¿Tiene veintiséis años?

—Sí.

—¿Entró sin permiso en la sala de pruebas de la universidad?

Cabrones.

—Sí —me obligo a responder.

—¿Reconoció a alguien en aquella sala?

Claro.

—No —miento controlando mis pulsaciones. Por ahora todo está controlado.

—¿Viajó en el tiempo a través de una máquina experimental?

—Eso parece.

—Cíñase a las preguntas contestando con un monosílabo, sí o no.

—Sí.

—¿Sabe dónde fue a parar?

—No.

—¿No reconoce la zona, país o continente donde apareció?

—No.

—¿Tuvo contacto personal con alguien mientras estuvo allí?

—Sí.

—¿Mantuvo relaciones sexuales con alguien allí?

Maldito cabrón.

—Sí.

—¿Estuvo en contacto con algún tipo de arma?

Esto es alucinante.

Después de cuatro horas haciéndome preguntas y pruebas médicas tales como comprobar mi nivel de radiación, analítica de sangre y dos escáneres, aparece Manu y no trae buena cara que digamos.

—Manu, ¿por qué no has podido estar conmigo?

Me coge del codo y me lleva pasillo arriba, lejos de la puerta del despacho donde he pasado las últimas horas.

—Blanca, creo que algo no va bien. He firmado los papeles de mi renuncia, los han aceptado y solo falta que salga publicado en el BOE para que sea del todo oficial.

—Pero, ¿qué problema hay? He contestado a todo bien, tranquila y manteniendo las pulsaciones a raya y la respiración controlada.

—No estoy seguro, pero creo que estos cabrones se guardan algo.

—Señorita Díaz, puede pasar.

Manu viene conmigo y esta vez pasa junto a mí al despacho. Nos sorprende ver que hay cuatro soldados, además del instructor que ha estado haciéndome el test, un médico a juzgar por su bata y el general.

Me quedo de pie al lado de Manu. Siento sus ojos negros clavados en mi nuca, se mantiene un poco por detrás de mí, a mi derecha, vigilando mi retaguardia.

El general es el que empieza a hablar.

—Bueno, ha pasado mucho tiempo desde que nos vimos la última vez, Blanca. ¿Cómo te encuentras?

—Bien. Perfectamente bien.

—Sí, eso parece indicar el informe de la doctora Otero y el resultado de algunas de las pruebas que te hemos realizado durante el día de hoy.

Espero con cara de póker a que siga con su explicación, que no me importa lo más mínimo.

—Te lo preguntaré una sola vez.

Lo miro esperando esa pregunta que parece no le apetece hacerme.

—¿Has tenido relaciones sexuales últimamente?

¿Cómo? ¿Pero el viejo este cabrón quién se cree que es?

—Eso no le incumbe. En lo más mínimo.

—Oh, muchacha, ya lo creo que sí.

—No, ya le digo yo que no. Mi vida privada no tiene nada que ver con esto. Ya he perdido bastantes meses de mi vida por su culpa.

—¿Estaría dispuesta a volver a viajar en el tiempo?

Sé que esa pregunta tiene gato encerrado desde el mismo momento en que la formula.

—Es una experiencia que no quisiera volver a vivir.

—Pero, si mal no recuerdo, cuando usted volvió de su viaje…

—Me trajeron ustedes, yo no lo pedí —interrumpo.

—Fuera como fuese, usted pedía y pedía que la devolviéramos allí. ¿Ya no quiere volver?

—No.

Maldito bastardo.

—¿Tiene eso algo que ver con su viaje reciente a tierras nórdicas?

—No.

—Podría ser que allí se haya encontrado con alguien a quien ya conociera de antes y por eso no quiera volver con el padre del hijo que perdió. ¿Me equivoco?

—Hijo de puta —susurro más alto de lo que pretendía.

—¿Qué ha dicho? —Su cara de asombro hace que parezca más zarigüeya que persona.

—Que no. Digo que quiero irme ya de aquí, que me quiten de una vez este puto aparato del tobillo y me dejen hacer mi vida. Esa vida que jodieron el pasado mes de septiembre, hace un año ya que rompieron mi vida.

—Eso no va a ser posible.

—¿Cómo?

Grito y doy un paso adelante con intención de sacarle los ojos.

—Seguimos necesitando que alguien viaje como lo hizo usted. Y para que todo no sea tan diferente, nos irá muy bien su estado.

Empiezo a negar con la cabeza y miro a Manu asustada. ¿Qué mierda está pasando?

—Tengo mis derechos como ciudadana, pienso ir a denunciar su abuso de poder, mi retención ilegal durante más de ocho meses y... ¿Y de qué estado me habla?

—¿No lo sabe? Está usted embarazada. Usted ha cobrado una cantidad generosa de dinero por hacer de conejita de indias para nosotros. Así lo pone en este papel donde su firma figura al final.

Mis manos bajan hasta mi vientre plano y firme, no puede ser. Las lágrimas se agolpan de nuevo en mis ojos, la rabia sube por momentos desde mi estómago por mi cuello hasta llegar a mi boca y mis ojos. No entiendo nada de eso de una firma pero estoy segura de que yo no he firmado nada de eso. Nunca.

No van a joderme la vida otra vez, he matado antes y puedo volver a hacerlo. Me da igual en qué puto siglo estemos. Lo que están haciendo conmigo es ilegal.

—Capitán, ¿supongo que usted no tiene nada que ver con la criatura que lleva dentro la señorita Díaz?

Me giro y me encuentro con su mirada desesperada. «Lo siento», susurra y deja de mirarme.

—No. En nuestro viaje no nos separamos en ningún momento, a excepción de una noche de copas donde tardó más tiempo de lo normal en ir al servicio, pero no llegó a salir del local.

Lo miro sorprendida. ¿Por qué dice eso? ¿Me ha engañado él también? No puede ser.

Siento que voy a vomitar en cualquier momento.

—Es posible que en esos minutos se encontrara con alguien en los aseos y tuviera una relación sexual de la cual se haya podido quedar embarazada.

Vomito. Estrepistosa, profunda y dolorosamente, vomito lo poco que tenía en el estómago.

Ottar. Otra vez no.

—Llévenla a un lavabo, por el amor de dios.

Dos manos me sujetan por los brazos pero soy incapaz de ver quién lo hace. Escucho la voz del traidor informar de que él me llevará al lavabo.

Otra arcada sube violentamente por mi garganta hasta doblarme de dolor.

—Bueno, estas cosas y otras peores tendrá que vivirlas allí y no tendrá ayuda de medicamentos, así que tampoco hay que alarmarse.

El cabrón de Manu me agarra fuerte del brazo y me zarandea para que me enderece. Las lágrimas inundan mis ojos y me escuecen la piel por la que pasan, como si de ácido se tratara. Su agarre produce el mismo dolor en mi piel.

No tengo fuerzas para esto. Si nos cruzamos con algún soldado armado y despistado le robaré el arma y me volaré la tapa de los sesos, no voy a permitir que vuelvan a separarme de él y me envíen de vuelta allí. Sin él. Y, dios mío, embarazada. ¿Cómo ha podido pasar?

Salimos de la habitación y siento más que escucho al traidor a mi lado.

—No es lo que crees. Voy a sacarte de aquí. Pero para eso tiene que parecer que tú y yo no tenemos tanta complicidad.

Me giro a mirarlo sin entender lo que me dice. ¿Cómo cojones piensa sacarme de aquí?

Lo miro sin verlo, llorando desconsolada con un dolor tan fuerte que me desintegra el alma y no veo manera posible de volver a salir de aquí con vida.

Entramos en el lavabo, él comprueba que nadie más esté utilizándolo y abre el grifo para después empezar a limpiarme la cara, mientras yo no sirvo para nada más que llorar y aguantarme el estómago. Siento como si mi cuerpo estuviera partido en dos.

—Blanca, voy. a. sacarte. de. aquí. Mírame.

Coge mi cara entre sus grandes manos y levanta mi cabeza para ayudar a mis torpes ojos enfocar la mirada y verle bien la cara.

—Voy a *sacaros* de aquí. Al ver tus analíticas creen que el padre puede ser Ottar, llegando a la misma conclusión de que él podría haber atravesado el velo del tiempo gracias al ADN que había en tu cuerpo. Ahora creen que si te envían a ti, él también se desvanecerá en este tiempo y volverá al suyo.

—No. No. ¡¡Nooooooo!!

Empiezo a darle puñetazos en el pecho, le araño la cara y consigo darle un derechazo en la nariz. Le sangra y maldice más que cuando Ottar se la rompió.

—Tendría que haber dejado que te matara. Volví aquí para salvar tu pellejo y que pudieras seguir con tu apacible vida y mira qué ironía, ahora soy yo la que se va a pudrir aquí o vete a saber dónde….

Entran dos soldados y me agarran mientras pataleo presa de la rabia y el dolor.

Cuando paso por el sangrante traidor me dice:

—Acuérdate de lo que te he dicho.

De todas las maneras en las que esto podía acabar ha tenido que ser de la peor. Maldito hijo de la gran puta el general de los cojones.

He tenido que salir del edificio, dejándola dentro, en un estado lamentable, emocionalmente inestable. Si consigue un arma antes de que yo pueda sacarla de ahí… prefiero no pensarlo.

Voy hacia el aparcamiento y saco mi teléfono móvil de la guantera. Tiene que haber una solución.

—Papá, necesito tu ayuda.

19

Estamos a punto de entrar en el edificio, espero no volverme loco y saber hacer bien mi papel.

—Traemos una orden de extradición inmediata de una ciudadana noruega. Nuestra embajada ya se ha puesto en contacto en el plazo acordado.

El general Andersen ha venido en persona para traer el documento oficial.

La persona que nos atiende pone cara de circunstancia y avisa a alguien por teléfono.

Mientras esperamos en la recepción del edificio, el general habla con los dos soldados que lo escoltan permanentemente.

Después de cinco minutos esperando, aparece una militar con una carpeta en la mano. Se cuadra delante del general Andersen y empiezan a hablar en inglés.

Nos hace una seña y nos conduce hasta un pasillo lleno de puertas.

¿Dónde cojones la tendrán? Las manos empiezan a temblarme y empiezo a sopesar todas las posibilidades de ataque si la cosa no sale como tiene que salir. No tendría problema en acabar con todos los hombres que he visto en este edificio. Realmente Blank tiene razón cuando me dice que ella es alta. Mi pequeña vikinga.

Llegamos a un despacho y nos atiende otro militar, yo no sé qué rango tiene ni me interesa, pero debe tener menor rango ya que se cuadra ante Andersen.

Me siento detrás del general y al lado de uno de los dos soldados que ha viajado con nosotros.

El general habla en inglés y la soldado del principio le traduce al militar del despacho.

—Como ya hemos informado, venimos a llevarnos a una ciudadana noruega que tienen aquí retenida. Ahí tiene toda la documentación.

—Siento informarle que dicha persona ha sido trasladada esta misma mañana.

La militar le traduce al general.

Este se levanta y golpea la mesa con su gran puño; para ser un sexagenario, sigue teniendo mucha fuerza. Igual desciende de mi rama genealógica.

—Están buscando excusas para entorpecer esta extradición. Si quiere crear una guerra entre nuestros países, está a punto de conseguirlo.

La traductora momentánea vuelve a hablar, esta vez al oído del que parece estar al mando. Este pone cara de amargura y mientras niega con la cabeza, la militar/traductora sale del despacho sin cerrar la puerta.

Vuelve al cabo de unos segundos con unos documentos que le enseña al general. Este los lee y entrega los que él traía en la carpeta debajo de su brazo.

El militar al cargo revisa lo que le acaba de entregar y asiente.

—Vamos a buscarla.

Tres días llevo encerrada en esta celda oscura y sin comunicación.

Tres días tirada en el suelo de esta asquerosa celda, maldiciendo mi suerte y sufriendo por el hijo que voy a perder otra vez.

Tres días llorando por el amor que no voy a volver a ver.

Tres días desde que me dijo que me sacaría de aquí. Otra mentira más.

¿Quién le dirá que me han retenido y que no me van a soltar? Manu no será capaz porque Ottar lo mataría en ese mismo instante.

Escucho como viene el soldado de turno, seguramente a llevarse la bandeja con la comida que no me como por miedo a que esté envenenada. Tengo que ser fuerte y aguantar hasta que vayan a sacarme de aquí y después, intentar conseguir un arma o algo válido para quitarme la vida y no dejar que vuelvan a meterme en ese puto aparato del tiempo. Yo moriré, mi hijo morirá, pero Ottar no se verá devuelto a su tiempo. Me quedaré tranquila sabiendo que, por lo menos él, vive seguro.

La puerta se abre.

Raro, normalmente solo abren la trampilla por la que entregan o recogen la comida.

—Levántate, hora de irse.

Me tapo la cara con la mano para evitar la luz directa en mis doloridos ojos y, ayudándome con la pared, arrastro el culo por ella para ponerme de pie. Sigo con la misma ropa que cuando llegué aquí creyendo que sería libre para irme con Ottar. Nada más lejos de la realidad.

Se acerca a mí y me ayuda a incorporarme. Chica lista, viene sin el arma reglamentaria. Cogiéndome del brazo con cuidado de no hacerme daño, me lleva hasta la puerta, donde la luz que entra por las ventanas me ciega parcialmente. Siento que alguien se arrodilla a mi lado y empieza a tocar la tobillera que lleva acompañándome los últimos meses. Ahora ya no les hará falta saber *dónde* estoy porque se medirá en *cuándo* estoy. Eso si consiguen meterme de nuevo al alcance de esa máquina.

Mis ojos empiezan a acostumbrarse a la claridad y veo que, efectivamente, me han quitado la maldita tobillera.

Empezamos caminar hasta llegar a unos ascensores. Dos soldados más esperan en su interior junto con una sargento que sostiene unos papeles. Me mira y agacha la mirada. Vaya, ¿tan mala pinta tengo?

El ascensor empieza a elevarse y en pocos segundos las puertas vuelven a abrirse, estando de nuevo en otro pasillo lleno de ventanas y puertas.

Escucho el murmullo de alguien hablando cuando me hacen parar al lado de una puerta.

De ella salen dos militares.

Pero… ¿qué ropa es esa? La bandera que llevan en su hombro no es la que deberían llevar. Se colocan cada uno a mi lado, substituyendo a la soldado anterior y, cuando vuelvo a levantar la vista, veo aparecer delante de mí a un hombre mayor, un militar que tiene muchas condecoraciones en su solapa.

Le miro la cara y la boca se me desencaja por la impresión.

Esa bandera del hombro es la noruega. Vuelvo a mirar a los hombres que me escoltan, primero a uno y después al otro. De nuevo dirijo mi vista hacia el militar mayor reconociendo esa cara que me observa y empieza a hablar en noruego.

—Blank Díaz, está detenida por los delitos cometidos por su persona el pasado día tres de septiembre a las cero horas y quince minutos. Vamos a proceder a su detención y a esposarla para ser transportada de inmediato a una cárcel del país.

No doy crédito a lo que está pasando. Es el padre de Manu. ¿Ha venido para sacarme de aquí? En ese momento algo se mueve dentro del despacho y hace que el general se aparte de la puerta mientras los dos soldados me colocan las esposas en la parte delantera.

Levanto la vista para encontrarme con los ojos azules más intensos y profundos que he visto jamás.

Con la barba más suave que he tocado jamás. Y los brazos más protectores que he sentido jamás. Las lágrimas se agolpan de nuevo en mis ojos mientras él, en un momento, mueve sus ojos indicándome que no diga nada, que no lo delate.

Está aquí y ha venido a salvarme.

Cuando se acerca para cogerme del brazo y hacerme caminar, siento que todo se vuelve negro, mi cuerpo cae flácido y mis piernas parecen mantequilla.

Despierto entre sus brazos, estamos en un avión.

—¿Cómo…? —empiezo a preguntar pero me callo cuando me fijo en su cara de miedo.

—¿Qué te pasa?

—Le da miedo volar —asegura Hans desde el sillón de nuestra derecha.

—Para llegar hasta aquí hemos tenido que sedarlo. Es como un caballo. Ahora se ha negado a que lo durmiéramos porque quería estar cuidando de ti —aclara Manu desde un asiento a nuestra derecha.

Miro a Ottar a los ojos, si me lo explicaran no podría creerlo. Tiene miedo de verdad.

Ay, mi pobre vikingo salvaje tiene miedo a volar.

—Debe ser a lo único que le tienes miedo —susurro acariciándole la cara.

—Y a perderte —aprieta los labios.

—Bésame.

Y lo hace, nos besamos a diez mil pies de altura, volando a ochocientos kilómetros por hora, mientras vamos los dos juntos hacia nuestro destino.

EPÍLOGO

Veintiocho de abril de 2018, Flåm (Noruega)

—¿Cuándo llegarán?

—No creo que tarden mucho, el tren en esta época no tiene problema por la nieve, así que tú no te preocupes.

—¿Tienes ganas de verlos?

—Por supuesto que sí. Supongo que esta vez no se quejará de nuestro escándalo. Les he preparado la habitación más lejana que hay de la nuestra.

—Y si no, siempre podemos subir a nuestra pequeña cabaña para dos —le digo, abrazándole la enorme espalda mientras él seca el último plato.

Se gira y me rodea con sus brazos, sus preciosos y fuertes brazos capaces de abarcar a su mujer y a nuestros dos preciosos hijos gemelos de un año. Hoy es su aniversario y viene *tío* Manu con Erika y el primo Rick, de cinco años. No es hijo de sangre de Manu pero como si lo fuera. Además, está embarazada de siete meses, de una pequeñina. También vienen los *abuelos* Hans y Ana.

Desde mi vuelta nos vinimos a vivir al pequeño pueblecito de Flåm, encerrado en un precioso valle verde, dentro del fiordo Aurlands.

Durante aquellas últimas semanas para mí en España, Ottar estuvo buscando un lugar donde estuviéramos cómodos y pudiéramos hacer nuestra vida. Encontró una bonita casa que hace las funciones de albergue para los afortunados turistas que llegan con el *Flåm line*, un precioso recorrido en tren por el fiordo y su escarpado terreno que es una de las principales atracciones turísticas. Y así nos ganamos la vida.

Nuestra casa está dentro de la misma propiedad pero no en la casa de los huéspedes. Allí, Rita es la encargada de la limpieza, Ottar del mantenimiento y recepción, y yo hago lo que buenamente puedo con mis dos pequeños vikingos.

Lasse y Thor. Dignos hijos de su padre. Esta vez la sorpresa fue doble y Ottar estuvo agradeciendo a los dioses durante semanas la llegada de nuestros dos preciosos hijos. Pelo rubio tan suave y fino como el de su poderoso padre, piel blanca como la leche, mejillas sonrosadas cada vez que hacen alguna trastada. Empezaron a andar a los nueve meses los dos. Son dos gotas de agua, la única diferencia es que uno tiene los ojos azules de su padre y el otro, verdes como yo. Agua y naturaleza.

Hoy tengo que darle una noticia a mi querido marido. Nos volvimos a casar después de mi rescate, en el bosque de nuestra propiedad, y en el *Skatteetaten*, esta vez de forma legal.

Para poder rescatarme, Lenna falsificó algunos documentos y gracias al padre de Manu, al que quiero como si fuera mi propio padre, pudieron traerme de vuelta.

Aquí nadie nos molesta, nadie nos busca y vivimos donde empezó todo hace ocho siglos.

Sí, mi historia de amor empezó en el año 1.230 d.c.

El teléfono suena y sé que es Rita avisando de que nuestros invitados están aquí.

—Voy a por ellos —dice Ottar.

Mis pequeños están durmiendo la siesta en su habitación. Tienen dos preciosas cunas de madera robusta, talladas y creadas con las manos de su precioso padre. Ottar sigue trabajando la madera para deleite mío y de algunos vecinos.

Todos los muebles en la casa principal, la nuestra, están hechos por él. Los muebles del comedor, la habitación de los niños, nuestra cama… ¡Ay! Nuestra cama es espectacular. Sencillamente es la mejor cama que nadie pueda tener.

Ottar llega con los invitados mientras yo los espero en el salón de casa.

—Hans, Ana, ¡qué alegría veros de nuevo!

—Ay, cariño, este lugar es uno de los más bonitos de este país y mira que abundan.

Me dan un beso en la mejilla cada uno y pasan a la que también es su casa.

—Preciosa, ¿cómo estás? ¿Dónde están mis *monstruitos* preferidos?

Manu me envuelve en sus brazos, no sin una mirada de reproche de mi marido, que todavía no se acostumbra a que ningún hombre que no sea él me toque.

—Están descansando. Si no, esta noche no habrá quien los aguante. Tú me entiendes, ¿verdad, Erika?

Le acaricio su creciente barriguita antes de abrazarla.

—Completamente, Blank.

—Hola, campeón. ¿Vienes al jardín conmigo? Creo que tío Ottar ha fabricado algo que te gustará.

Salimos al jardín trasero para enseñarle el parque de nuestros hijos. Ottar ha creado un parque para que los pequeños que se hospeden en nuestra casa puedan jugar mientras sus padres van a hacer senderismo.

Ottar le ayuda a subir y justo cuando voy a sentarme con Ana y Erika en uno de los bancos, suena el altavoz de mi escucha bebé. Uno de mis adorables hijos ya se ha despertado y en lo que yo tarde en llegar a su habitación, ya se habrá encargado de despertar al otro.

—Voy a por ellos —se ofrece Ottar.

—Déjalo, ya voy yo.

Sigo el camino empedrado hasta la entrada trasera y observo otra vez la decoración del salón, especial para celebrar el nacimiento de mis amores.

—¡*Ammá*! —llama Lasse.

—¿*Ammá*? —se sorprende Thor al escuchar a su hermano, está de espaldas a mí y todavía no me ha visto.

—¿Dónde están mis bichitos? —me acerco a ellos.

Sus dos cunas están una al lado de la otra. La otra noche pillamos a Thor intentando pasar de su cuna a la de su hermano en mitad de la noche.

Son unos terremotos. Adorables terremotos.

Quizá debería decir que son adorablemente salvajes como su padre.

—¡*Ammááá!* —gritan los dos a la vez levantando sus bracitos y agitando sus pequeñas manitas.

—Ya está aquí mami. Ven aquí, corazón mío. Uy, este culito tiene una cacota —Cojo a Thor y lo coloco sobre el mueble cambiador para deshacerme de ese pañal sucio.

Lasse se queja porque todavía no lo he sacado de la cuna.

Ahora sí. Una vez limpios y calzados, salimos de su habitación hacia el salón, nuestra familia nos espera ahí.

Van caminando, cada uno cogido de una de mis manos. No puedo creer que sean mis niños.

Tengo la vida que jamás había imaginado tener y doy gracias a todas las fuerzas de la naturaleza porque eso haya sido posible.

En cuanto ven a su padre, de pie, colocando unos platos sobre la mesa, empiezan a llamarlo y a querer soltarme para ir corriendo hacia él.

La visión de mi marido, con unos pantalones de algodón, un jersey de punto, su melena rubia, larga y suelta sobre sus hombros y esa cara de felicidad inmensa cada vez que está junto a sus hijos, es la mejor imagen del universo para mí.

La tarde pasa rápido y con ella la cena.

Me encanta ver como mi salvaje marido alimenta a nuestros pequeños dándoles el biberón. Como trepan por su pecho y tiran de su preciosa melena, mientras señalan la suya propia y dicen: *Omo pappi.*

—Sí, pequeño, es como el pelo de papi, ¿eh?

Me encanta ver como se acarician el uno al otro. Están totalmente sincronizados. Es curiosa la sintonía que tienen los hermanos gemelos.

—Blank, debes de darle mucho trabajo y movimiento a Ottar para que siga estando en forma con la manera de cocinar que tienes.

—¡Oye! ¿Qué le pasa a mi manera de cocinar? —pregunto, haciéndome la ofendida.

—Que está todo buenísimo. Y él no ha engordado ni un gramo. Lo dicho, después de los gemelos, ¿todavía tenéis ganas de seguir *practicando*?

—Eso no se acabará nunca —dice Ottar más serio de lo que pretendía. Los demás rompemos todos en risas.

—Chicos, ha sido un placer como siempre disfrutar de vuestra compañía y de vuestra deliciosa comida. Nos vamos ya a descansar que mañana querréis salir a pasear y ya no estamos para estos trotes.

Ana se levanta de la mesa y Hans, Manu y Erika la siguen.

El pequeño Rick está dormido en el sofá, y nuestros chiquitines acaban de tomarse su biberón y descansan plácidamente, por lo menos hasta las cinco de la mañana.

Nos despedimos de ellos y Ottar los acompaña a la puerta mientras yo empiezo a recoger la mesa.

Escucho la puerta cerrarse y sus pasos descalzos venir hacia mí. Unos brazos me envuelven y me obligan a dejar sobre la mesa lo que llevo en las manos.

—Deja eso. Mañana lo recogemos. Ahora quiero disfrutar de esto, antes de que cualquiera de mis dos salvajes se levante y me impida alimentarme.

Sus grandes y callosas manos pasan por encima de la tela que cubre mis pechos. El ligero vestido no resiste su fuerza cuando mete por mi escote su mano para tocar piel con piel mis necesitados y sensibles pechos.

Antes de que me de cuenta, pasa un brazo bajo mis piernas y me carga en brazos, mientras yo paso mis brazos por su ancho y duro cuello para atraerlo hasta mí.

—*¿Todavía practicáis?* —se mofa de la pregunta de Manu.

—No seas malo —digo, acercando mi cara a la suya y paso la nariz por esa barba rubia que me vuelve loca—. Para tener ochocientos años, no puedo quejarme de tu potencia.

Le muerdo el carnoso labio inferior y tiro de él para después pasar mi lengua por encima.

Llegamos a nuestra habitación, deja la puerta abierta como siempre. Me gusta estar atenta a los niños, que están al final del pasillo. Me deja con cuidado sobre la gran cama, de rodillas sobre ella sigo sin ser tan alta como él.

Sus manos van hacia el bajo de mi vestido y lo levanta para sacármelo por la cabeza. Cabeza que ladeo para facilitarle el trabajo.

Mis manos se mueven por su duro y marcado pecho. Sus pectorales son mi lugar preferido en el mundo y la mejor almohada que pueda tener, sin importar que sean duros, estar entre sus brazos y abrigada por su cuerpo, protegida por su pecho es la mejor sensación del universo.

Desabrocho uno a uno los botones de su camisa y cuando acabo la separo para después acercarme y pasar mi lengua desde su ombligo por las protuberancias de sus duras abdominales y llegar a la separación de sus marcados músculos pectorales.

Lo escucho sonreír cuando mis manos torpes no pueden abrir el botón de su pantalón.

Gruño frustrada y él me ayuda enseguida. Entre tanto, me deshago de mi sujetador y del tanga. Estoy desnuda y mojada sobre nuestra cama, lista para él.

—No me cansaré nunca de mirarte y de maravillarme cada vez que lo hago.

Desnudo, de pie delante de mí, coge mis pechos y se inclina para meterse los pezones en la boca, primero uno y después el otro. Ya no llevo el piercing, me lo quité para darle de mamar a mis niños.

Me acerco a él y agarro el caliente capullo de su erección. Sabe que me encanta comérmelo y a él no le importa lo más mínimo esta pequeña manía que tengo. Al contrario. Succionarlo me calma y consigo el mismo efecto en él.

La introduzco poco a poco en la boca, mojándola con mi humedad y llevándome con la lengua las pequeñas gotas de su leche. Lleva todo el día detrás de mí para intentar tener una de nuestras *escapadas*. Con él nunca es mal momento. Cualquier día nos va a pillar alguien y sé que me moriré de vergüenza, pero, mientras tanto, no pienso pararle los pies.

Mientras me lo meto más adentro, abarcando todo lo que puedo hasta la garganta, él pasa su mano posesiva por mi espalda, marcando mi columna vertebral hasta llegar a mis nalgas. Me da un pequeño cachete consiguiendo que entre más su polla en mi boca.

Controlo la respiración, y sigo chupando y absorbiendo con gusto hasta que él cambia los planes y, colocando sus manos en mi cabeza, enredando sus dedos en mi pelo, se desliza hacia atrás retirándome mi juguete.

—Quiero meterme en ti con urgencia.

Me levanta y me sostiene con sus brazos, yo enrollo mis piernas en su cintura, y siento como su preciosa y dura polla aprieta mis sensibles y mojados labios vaginales, rozándola toda por mi sexo para impregnarla bien de mis fluidos antes de penetrarme.

Mis brazos van a su cuello mientras apoya mi espalda en la puerta de madera de nuestro cuarto de baño y mis manos le acarician la cara. Nuestra habitación siempre iluminada con pequeñas velas, aparte de darle ese toque romántico que busca cualquier pareja, nos devuelve a nuestra pequeña cabaña, la primera casa que compartimos. Nuestra gran cama es un modelo mejorado de la que compartimos entonces.

Le gusta alargar mi agonía y no darme lo que quiero aunque lloriquee por conseguirlo. Pero él no sabe que mis hormonas vuelven a dominarme y no estoy para sus jueguecitos de alargar el momento de penetrarme.

—Maldito vikingo. ¡Métemela ya o te mataré mientras duermes! ¡Aah!

Jadeo al instante en que su potente espada se clava en lo más hondo de mi ser, de mi carne, de mi cuerpo, de mi alma y de mi corazón. Él sonríe satisfecho y orgulloso.

—¿Demasiado vikingo para ti, pequeña?

Sonrío al recordar la frase de nuestra noche de bodas, de la primera noche de la primera boda. Jadeo mientras me sube y me baja a su antojo, marcando un ritmo cadencioso y perturbador.

—Puedo soportar más de ti, vikingo. Y ¿sabes una cosa? —jadeo antes de poder darle la noticia—. Nuestra pequeña familia de vikingos va a crecer en unos meses.

Arremete con todas sus ganas dentro de mí mientras nuestras bocas devoran todo del otro. Amortigua mis gritos de pasión, y yo me trago sus jadeos y soplidos con cada nueva embestida de su cuerpo de dios sexual al mío de simple mortal.

Halldora no se equivocaba al decir que perpetuaría el linaje de mi marido y su nombre se alargaría hasta el fin de los días. Y con nuestra descendencia de pequeños hombrecitos eso está garantizado durante otra generación más por lo menos.

Llegué desde muy lejos y lo encontré, viviendo en su montaña alejado de todo el mundo para no volver a enamorarse, y cayó a mis pies la primera vez que le llamé Vikingo.

FIN

Playlist

- *Like you'll never see me again* - Alicia Keys
- *If I ain't got you* - Alicia Keys
- *Orion* - Metallica
- *Cheap thrills* - Sia
- *Love on top* - Beyoncé
- *Never give up* - Sia
- *Try* - Pink
- *By your side* - Sade
- *Magic* - Coldplay
- *Always in my head* - Coldplay
- *You & I (nobody in the world)* - John Legend

Podéis encontrar la lista en Spotify: *https://open.spotify.com/user/aini-vad3/playlist/5bVSmacvFOX3g7MX24ZEWn*

Todas estas canciones expresan de alguna manera lo que yo he querido plasmar en estas páginas que acabas de leer. Te invito a escucharlas y, en caso de que no entiendas inglés, puedes buscar los videos subtitulados en Youtube, así podrás ponerte en situación con cada canción.

Para mí, la música es muy importante, no podría estar sin escucharla. Como ves, tengo unos gustos muy variados y te contaré un secreto: algo que siempre tienen en común mis personajes conmigo son los gustos musicales.

Agradecimientos

A Loli, una vez más mi lectora cero.
A todas las lectoras de *Almas*, mi primera obra.
A todas las que empezáis a seguirme con *Mi vikingo*.
Ha sido tan especial recibir vuestros mensajes, ya sea por las redes sociales, email, en mi página web, personalmente... todas vuestras palabras de agradecimiento, de apoyo, de cariño me han hecho seguir con ganas esta aventura de escribir para que podáis seguir disfrutando de todas estas ideas que mi imaginación me brinda.

OPINIONES Y PEDIDOS:
www.daviniapalacioswriter.com

Redes sociales:
Instagram: @daviniapalacioswriter
Facebook: Davinia Pwriter y Davinia Palacios Writer

ÍNDICE

www.ingramcontent.com/pod-product-compliance
Lightning Source LLC
Chambersburg PA
CBHW080731250626
47170CB00010B/2797